rororo

Jo Platt wurde in Liverpool geboren und studierte Literatur. Über das ländliche Wiltshire, London und Seattle, wo sie als Lehrerin arbeitete, verschlug es sie nach St. Albans. Dort spielt ihr erster Roman «Herz über Kopf» , der es auf Anhieb auf die deutsche Bestsellerliste schaffte. Heute lebt sie mit ihrem Mann und zwei Kindern in Bristol. «Die Liebe schreibt die schönsten Geschichten» ist der dritte Roman aus Jo Platts Feder.

Jo Platt

Die Liebe schreibt die schönsten Geschichten

Roman

Aus dem Englischen von Katharina Naumann

Rowohlt Taschenbuch Verlag

Die Originalausgabe erschien 2017 unter dem Titel
«You Are Loved» als Amazon Kindle E-Book.

Deutsche Erstausgabe
Veröffentlicht im Rowohlt Taschenbuch Verlag,
Reinbek bei Hamburg, August 2018

Published by Arrangement with Scribblings
Redaktion Anne Tente
Umschlaggestaltung FAVORITBUERO, München
Umschlagabbildung Jung Suk Hyun / shutterstock.com
Typografie Farnschläder & Mahlstedt, Hamburg
Schrift DTL Dorian
Druck und Bindung CPI books GmbH, Leck, Germany
ISBN 978 3 499 29163 0

Prolog

Aiden zögerte, seine Hand lag auf der Klinke der Haustür.

Ich fühlte mich seltsam unbeteiligt. Würde er jetzt mit Schuldzuweisungen beginnen? Versuchen zu erklären? Sich entschuldigen oder die Situation noch zu retten versuchen? Und wie sollte ich darauf reagieren?

«Dann hören wir von unseren Rechtsanwälten», sagte er.

War das eine Frage oder eine Aussage? Ich schwieg. Nicht, weil ich stark war oder so tat, als ob. Ich hatte einfach nichts mehr zu sagen. Er hatte mein Vertrauen zerstört, mir das Herz gebrochen und absolut keine Reue gezeigt. Dieses Ende, dieser Abschied war, wie ich annahm, bisher vermutlich noch der am wenigsten schmerzhafte Teil des gesamten Prozesses.

«Ich schicke dir dann eine E-Mail, wann ich meine restlichen Sachen abhole.»

Also kein Versuch, die Situation zu retten.

Er öffnete die Tür und ging ohne ein weiteres Wort.

Ich weiß nicht mehr, wie lange ich noch im Flur stand und den weißen Lack der Tür anstarrte. Erst als mein Handy klingelte, rührte ich mich wieder. Es war Simone.

«Hallo, Sim.»

«Hallo, Grace. Kannst du gerade sprechen?» Es klang sanft und vorsichtig.

«Ja, er ist weg.»

«Habt ihr euch geeinigt?»

«Wir haben uns geeinigt, dass Schluss ist.»

Sie schwieg einen Moment und sagte dann: «Guy ist zu Hause. Soll ich vorbeikommen? Oder möchtest du hierherkommen? Du kannst hier auch übernachten, wenn du möchtest.»

Ich schüttelte den Kopf.

«Grace? Bist du noch dran?»

«Ja, sorry, ich bin noch dran», sagte ich. «Danke für das Angebot, aber ich bin echt müde. Vielleicht an einem anderen Abend? Wäre das okay?»

«Natürlich. Soll ich dich morgen wieder anrufen?»

«Super», sagte ich.

Wieder Schweigen. «Geht es dir gut? Wie fühlst du dich?»

Ich lächelte ins Telefon, als ob mein Gesichtsausdruck mich überzeugender klingen lassen würde. «Ich will nur einen Schlussstrich unter all das ziehen, und das kann ich jetzt tun. Also geht es mir eigentlich ganz gut.»

«Ich bin froh, das zu hören», sagte sie.

Konnte ich einen Hauch Erleichterung in ihrer Stimme hören? Ich freute mich um ihretwillen, dass sie mir zu glauben schien. Es hatte ja keinen Sinn, ihr zu sagen, dass ich nicht dachte, jemals einen Schlussstrich unter Aiden ziehen zu können. Und als wir uns verabschiedeten und mein gezwungenes Lächeln wieder in sich zusammenfiel, wusste ich, dass es außerdem absolut keinen Sinn hatte, ihr zu sagen, dass ich mich eigentlich vor allem sehr ungeliebt fühlte.

Kapitel 1

«Also, Grace.» Neil schaute mich über den Rand seiner Schildpattbrille an, drehte sich dann um und bedankte sich bei der Kellnerin. Sie warf ihm einen dankbaren Blick zu und stellte eine große Kanne Tee, ein Kännchen Milch und zwei Tassen vor uns auf den Tisch. «Dann wollen wir mal über dein Buch sprechen.»

Sein Lächeln gab zwei perfekt gebleachte Zahnreihen frei, aber ich spürte doch eine gewisse Anspannung. Normalerweise schickte er mir seine Kommentare vorab per E-Mail, aber diesmal hatte er ein «kleines Gespräch bei einer Tasse Tee» vorgeschlagen, unter dem Vorwand, dass wir uns ja schon ein paar Wochen weder gesehen noch gesprochen hätten. Ganz offensichtlich hatte er das dringende Gefühl, mich persönlich treffen zu müssen. Ich war mir sicher, dass ein wie auch immer gearteter Konflikt bevorstand.

«Ja, gut, lass uns darüber sprechen», sagte ich, obwohl ich dieses Gespräch am liebsten so lange wie möglich hinausgeschoben hätte. «Soll ich schon einschenken, oder möchtest du den Tee lieber noch ein wenig ziehen lassen?» Ich griff nach der Teekanne.

«Ich warte lieber noch einen Moment», sagte er, setzte sich auf seinem Stuhl zurecht und zog sein makellos geschnittenes Tweedjackett glatt. «Aber bedien dich ruhig schon. Also, dieses Buch …» Er zog mehrere dicht mit Notizen beschriebene Seiten aus seiner braunen Kuriertasche und legte sie auf den Tisch.

«Schicke Tasche», sagte ich.

«Hat mir Gavin geschenkt», sagte er. Bei der Erwähnung des Namens seines Freundes musste er unwillkürlich lächeln. «Ein Geschenk zum Jahrestag.»

Ich freute mich für ihn. «Vier Jahre. Das ist aber schnell vergangen. Und was hast du ihm geschenkt?»

«Ich fliege mit ihm über Silvester nach Paris», sagte er, jetzt schon ein wenig angestrengt. Ich wusste, dass er mir einerseits von der Reise erzählen, andererseits aber dringend mit mir über das Buch sprechen wollte.

«Paris!», seufzte ich und klatschte in die Hände. «Oh, Neil, das wird er ganz toll finden. Wie romantisch.»

«Ja, das wird es», sagte er und fügte trocken hinzu, «jedenfalls romantischer als dein Buch.»

Ich verfluchte mich dafür, ihm die Überleitung zu meinem Buch praktisch auf dem Silbertablett serviert zu haben. Um Zeit zu gewinnen, goss ich mir eine Tasse Tee ein und fügte einen Schuss Milch hinzu. «Sicher, dass ich dir noch nichts einschenken soll? Er ist schon ganz schön stark.»

Seine blassbraunen Augen verengten sich zu Schlitzen. «Du bist sehr begabt, Grace.»

Ich seufzte. Jeder weitere Versuch, die Sache aufzuschieben oder ihn davon abzulenken, würde sinnlos sein.

«Das bist du *wirklich*», betonte er und fuhr nachdenklich mit dem Finger über den Rand seiner leeren Teetasse. «Du bist begabt, du hast schon einige Bücher geschrieben, auch noch eine lange Karriere vor dir, wenn du willst, aber ...», er schaute mich beinahe väterlich über den Rand seiner Brille an, obwohl er mit seinen fünfunddreißig zwei Jahre jünger war als ich, «... aber diese Fassung ist noch nicht gut genug.»

«Das ist doch keine Überraschung. Erste Fassungen sind doch nie gut genug.»

Er schürzte die Lippen, als wolle er eine unbedachte Bemerkung zurückhalten. «Ja, aber *diese* Fassung ist noch weiter als sonst von dem entfernt, was sie sein sollte», erwiderte er langsam.

«Wirklich?» Ich versuchte, meinen Gesichtsausdruck neutral zu halten. «Wie weit entfernt denn?»

Er setzte seine Brille ab, legte sie sorgsam auf den Tisch und lehnte sich in seinem Stuhl zurück. «Naja, um mal einen Vergleich zu bemühen, sagen wir: Das Buch sollte eigentlich in Edinburgh sein.»

«Okay?»

«Tja, und im Moment würde ich sagen, dass es ungefähr in ...»

«In Glasgow?»

«In Zimbabwe ist.»

«Oh.»

Er lächelte traurig. «Du weißt schon, dass ich das so keinem Verlag anbieten kann.»

Ich nicke. «Natürlich. Du schlägst ja immer Änderungen vor.»

«Du weichst mir schon wieder aus, und das ist nicht hilfreich», sagte er geduldig, aber auch schonungslos.

Ich öffnete den Mund, um zu widersprechen, überlegte es mir dann aber anders. Neil war seit sechs Jahren, über vier einigermaßen erfolgreiche Romane und eine sehr schmerzhafte gescheiterte Ehe hinweg mein Literaturagent und inzwischen ein guter Freund. Er war immer brutal ehrlich zu mir, hin und wieder auch streng oder unterstützend, je nach Bedarf, und er hatte ein Talent, mich sanft in die richtige Richtung zu schubsen, und nur dank seiner konnte ich von meiner Arbeit als Schriftstellerin recht gut leben. Ich wohnte und arbeitete in einer Zweizimmerwohnung im Nordwesten von Bristol und musste keine gewerblichen Liegenschaften in einem seelenlosen Großraumbüro in Swindon mehr verwalten, wie damals, als er sich bereit erklärte, mich als Agent zu vertreten. Er hatte recht: Es war nicht hilfreich, dass ich den Problemen ständig auswich, und das hatte er auch nicht verdient.

«Ich wollte nur mal etwas anderes ausprobieren», sagte ich. «Ein wenig mehr von mir selbst einfließen lassen.»

«Aber das hier ist einfach ganz anders. Und du hast viel zu viel von dir selbst einfließen lassen. Du hast dich ja praktisch nackig gemacht. Zieh die Unterhosen wieder hoch.» Jetzt lächelte er überhaupt nicht mehr, weder traurig noch sonst wie. Stattdessen goss er sich eine Tasse Tee ein.

«*So* ganz anders ist es nun auch wieder nicht», widersprach ich. «Es ist ja nicht so, dass ich jetzt Science-Fiction schreiben würde.»

Er setzte sich die Brille wieder auf und griff nach seinen Notizen. «Weißt du, welches Wort am häufigsten in diesem Haufen Papier zu finden ist?», fragte er und blätterte, ohne mich eines Blickes zu würdigen, in seinen kreuz und quer vollgekritzelten Papieren und ausgedruckten Kommentaren.

«Die Artikel *der, die, das?*», schlug ich vor.

«*Zynisch*», sagte er, ohne auf meinen Einwurf einzugehen. «*Zynisch* habe ich am häufigsten angemerkt, neben *Zyniker* und *Zynismus*. Dein neuester Roman ist eine ziemlich bittere Pille. Und am schlimmsten daran ist es, dass man beim Lesen der ersten circa siebzig Prozent noch absolut keine Ahnung hat, dass da noch eine ziemlich bittere Pille auf einen wartet.»

«So ist das Leben», warf ich heiter ein.

«Die treuen Leserinnen der Elizabeth-Canning-Romane – *deine* Leserinnen, *deine Romane* –», fügte er unbeirrt hinzu, «werden im Bett sitzen, Rotwein trinken und sich durch ihre Ferrero-Küsschen mampfen …»

«Und wer ist hier jetzt der Zyniker?»

«… sich fröhlich von dem gutaussehenden Millionär und der temperamentvollen, perfekt geformten Heldin in den Bann ziehen lassen …»

«Und sie werden es lieben.»

«… nur um dann feststellen zu müssen …», an dieser Stelle schlug er mit der flachen Hand auf den Stapel seiner Notizen, worauf ich leicht zusammenzuckte, «dass der Held des Romans mit nicht wenigen anderen Frauen schläft, einschließlich der besten Freundin der Protagonistin.»

«Ja, aber das fing doch alles an, bevor er die Heldin kennenlernte», protestierte ich.

«Aber er schläft doch auch dann noch eine Weile mit der besten Freundin, oder nicht?», sagte Neil, inzwischen leicht gereizt. «Und das ist noch nicht alles: Die beste Freundin versucht noch nicht einmal, die Beziehung zu ihm zu beenden, obwohl sie bereits selbst verheiratet ist *und* genau weiß, dass unsere Heldin sich in Mr. Nicht-ganz-Right verliebt hat.» Er besah sich einzelne Seiten aus dem Haufen. «Aber auch das ist ja noch nicht das Schlimmste, denn dann stellt sich heraus, dass auch unsere Heldin nichts gegen die eine oder andere Vögelei einzuwenden hat, aus Rache natürlich – *und zwar mit dem Ehemann ihrer besten Freundin.*» Er lächelte, aber es sah ziemlich unfroh aus. «Es ist irgendwie trotzdem in Ordnung, Grace; das muss ich zugeben. Und das Ende ist wirklich überraschend. Aber deine Leserinnen wollen keine Überraschungen.»

«Wollen sie nicht?»

«Nicht die unangenehmen, nein.»

«Aber mein Paar ist am Ende immer noch zusammen.»

Er schüttelte den Kopf. «Nur, weil sie einander verdienen. Man mag sie jedoch nicht. Es sind keine netten Leute. Sie betrügen ihre Freunde, sie betrügen einander, und *du*», er zeigte mit dem Finger auf mich, «betrügst deine Leserinnen.»

«Um ehrlich zu sein, habe ich das Gefühl, sie zum ersten Mal *nicht* zu betrügen. Das ist das wahre Leben – abgesehen vom Butler und der Megayacht natürlich.»

«Es ist nur *eine Variante* des wahren Lebens – eine ausgesprochen *zynische* Variante –, aber es ist vor allem kein Elizabeth-Canning-Roman.» Damit schob er seine Notizen vorsichtig zurück in seine Tasche. «Aber das ist nun einmal das Marktsegment, das du mit deinen Romanen bedienst. Deine Leserinnen wollen einen Millionär, dessen Gefühle vergraben sind und wieder erweckt werden müssen, und eine wunderschöne Frau, die gerettet werden muss. Sie wollen Romantik und eine Flucht vor dem Alltag. Sie wollen keinen berechnenden und unverbesserlichen Scheißkerl, der mit einer ruchlosen, intriganten Schlampe zusammenkommt. Deine Fans würden sich an ihren Erdbeeren mit Schlagsahne verschlucken und sich schwer traumatisiert unter ihren Bettdecken verstecken. Aber viel schlimmer: Sie würden sich niemals wieder ein Buch von Elizabeth Canning kaufen.»

Ich entdeckte zwei rote Flecken auf seinen Wangen, ein sicheres Zeichen für schweren Stress. Er hob seine Teetasse mit beiden Händen und nahm einen Schluck. Als er fortfuhr, klang er schon ein wenig ruhiger, aber noch genauso ernst.

«Ich werde immer dein Freund sein, Grace. Aber ich arbeite nun mal im Buchgeschäft. Wenn du genug von Büchern hast ...», er hob die Hände, um mich daran zu hindern, ihn zu unterbrechen, «... und vielleicht ist das so; vielleicht willst du wieder zur Miete wohnen oder deine Wohnung verkaufen und versuchen, dich mit deinen Prozenten vom zukünftigen Verkauf deiner bisherigen Bücher durchzuschlagen –, dann ist das in Ordnung. Wir können Freunde bleiben und unsere Geschäftsbeziehung beenden. Wenn du aber weiter Bücher verkaufen willst, dann musst du auf mich hören.» Sein Ton war wieder sanfter.

Ich atmete tief durch und starrte schweigend in meine Tasse. Er griff über den Tisch nach meiner Hand.

«Dieses Buch», sagte ich leise, «das bin ich, Neil.»

«Das glaube ich eigentlich gar nicht», sagte er und ließ meine Hand wieder los. «Wenn das so ist, ist es dein augenblickliches Ich. Und dein augenblickliches Ich braucht eindeutig eine Pause.»

Ich verdrehte die Augen. «Eine Pause wovon? Ich sitze den ganzen Tag allein zu Hause auf meinem Hintern, denke mir irgendein Zeug aus und schreibe es auf.»

«Und genau davon brauchst du eine Pause», sagte er. «Diesen Versuch hier eingeschlossen hast du fünf Romane in sechs Jahren geschrieben. Das ist eine ganz schöne Leistung, und obwohl ich meine zwanzig Prozent durchaus schätze, habe ich dich noch lieber. Du brauchst ein Sabbatjahr.»

«Was du wirklich meinst, ist doch, ich soll wegfahren, um dann zurückzukommen und einen heiteren Roman zu schreiben.»

«Du bist einfach so *dermaßen* zynisch, Grace.» Er schüttelte den Kopf. «Aber ja. Genau das meine ich. Also krieg deinen Hintern hoch und tu eine Weile etwas ganz anderes, und um Gottes willen, mach endlich ein fröhliches Gesicht.»

Kapitel 2

Ich schloss die Wohnungstür hinter mir, ließ Tasche und Mantel auf den Boden fallen und ging den langen, engen Flur entlang zur Küche. Dort öffnete ich sofort den Kühlschrank, holte die Weinflasche mit dem Rest vom gestrigen Abend heraus. Dann prüfte ich das Haltbarkeitsdatum eines einsamen Bechers Vanillesoße, der verlassen im obersten Fach stand, warf ihn aber wegen gefährlicher Überalterung weg. Die drei Kirschtomaten, die im Gemüsefach herumrollten, kamen mir ebenfalls nicht besonders verlockend vor. Also stieß ich die Kühlschranktür wieder zu und setzte mich mit der Weinflasche und einem Glas an den Esstisch mit den acht Stühlen daran, das Vermächtnis meiner gescheiterten Ehe und zugleich die stete Erinnerung daran. Ich fühlte mich so einsam und anziehend wie der Becher Vanillesoße und überlegte, was zum Teufel ich als Nächstes tun sollte.

Neil hatte vollkommen recht: Das Buch war unverkäuflich. Und er hatte ebenso recht damit, dass ich eine Pause einlegen und aufhören musste, auch nur daran zu denken, Bücher zu schreiben. Denn obwohl ich den Drang verspürte, meinen Laptop sofort wieder einzuschalten und zu versuchen, etwas Verkäuflicheres zu schreiben, hatte ich doch den finsteren Verdacht, dass das Ergebnis ebenso bitter und ebenso zynisch sein würde wie mein letzter Wurf.

Ich seufzte traurig und streckte die Hand nach der Weinflasche aus.

«Ich wusste doch, dass ich die Tür gehört habe, Grace.»

Ich zuckte zusammen und legte die Hand auf die Brust. «Du lieber Gott, Rose.» Ich lachte erleichtert auf. Es war Rose, meine Putzfrau, die mich gutmütig anlächelte. Sie war meine mollige gute Fee, eine mit einem Staubwedel statt mit einem Zauberstab. «Ich hatte nicht damit gerechnet, dass du noch da bist.» Ich warf einen Blick auf meine Armbanduhr. «Und warum bist du noch hier? Es ist doch schon fast sechs Uhr.»

«Ist es erst sechs?» Sie legte den Staubwedel auf den Tisch und nickte einen Hauch missbilligend in Richtung Weinflasche. «Wenn ich das da so sehe, müsste es doch schon viel später sein.»

Ich biss mir schuldbewusst auf die Unterlippe. «Harter Tag bei der Arbeit.»

Sie nickte und knöpfte sich den blauen Overall auf, den sie zum Putzen trug. «Naja, ich bin jetzt jedenfalls fertig. Ich bin ein bisschen später gekommen, weil ich Archie heute Morgen zum Tierarzt bringen musste.»

«Oh nein. Geht es ihm denn wieder gut?»

«Ja, er ist wieder das blühende Leben, der dumme Hund», sagte sie. «Unser Bankkonto dagegen nicht. Einhundertzwanzig Mäuse, nur um herauszufinden, dass er eine Muskelzerrung hat. Eine Muskelzerrung! Das dumme dicke Viech. Keine Ahnung, was mein Tony dazu sagt. Dieser Hund hat uns schon mehr gekostet als jedes unserer Kinder, und dabei ist keins früher als mit Mitte zwanzig ausgezogen.» Sie schüttelte verständnislos den Kopf.

«Hast du denn eine Haustierversicherung?», fragte ich hoffnungsvoll.

«Die deckt die ersten achtzig Pfund nicht ab. Trotzdem ist das vermutlich besser als nichts. Jedenfalls ...». Damit faltete sie den Overall zusammen und legte ihn in ihre grüne Tasche mit dem Aufdruck des National Trusts. Ich geh dann jetzt mal. Ach, ich habe übrigens eine offene Malteser-Packung unter deinem Bett gefunden. Die Dinger sahen aus, als hätten sie ihre besten Zeiten hinter sich. An manchen Stellen waren sie sogar schon ein bisschen grün. Ich habe sie weggeworfen, das war hoffentlich in Ordnung?»

Ich nickte. «Danke schön.»

«Dann bis nächste Woche, Gracie.»

«Ja ... oh, also es sei denn, du möchtest noch eine Tasse Tee?» Plötzlich hatte ich Angst, allein zu sein. «Nach deinem anstrengenden Tag? Irgendwo habe ich auch noch ein paar Kekse.» Auf der Küchenarbeitsfläche stand eine abgenutzte Keksdose, von der ich ganz sicher wusste, dass sie leer war. Ihren Inhalt hatte ich nämlich am Abend zuvor verschlungen, während ich Harrison Ford in *Der einzige Zeuge* angeschmachtet hatte.

«Du weißt, dass ich normalerweise nichts mehr liebe als ein Tässchen Tee und einen Plausch, aber», damit warf sie einen Blick auf die Küchenuhr, «heute ist es so viel später geworden als sonst.»

Ich nickte und zwang mich zu einem Lächeln, obwohl ich am liebsten in Tränen ausgebrochen wäre.

Sie schaute mich an, zögerte einen Moment und stellte dann ihre Tasche ab. «Aber weil es so viel später ist als sonst, hätte ich am liebsten ein Glas von dem Wein da.»

«Wirklich?», fragte ich begeistert.

«Wirklich», antwortete sie sanft. «Also schenk mir ein, und ich rufe mal eben meinen Tony an und sage ihm, dass ich später wen brauche, der mich abholt.»

* * *

«Naja, das ist ja wohl kaum eine Überraschung, oder?», sagte Rose, als ich ihr eine halbe Stunde später nachschenkte. Ich hatte ihr von meinem Gespräch mit Neil erzählt. «Wie sollst du romantisches Zeug über perfekte Männer und perfekte Beziehungen schreiben, wo ...» Sie schüttelte den Kopf.

«Wo sich doch mein eigener Mann und meine eigene Beziehung als solche Grütze herausgestellt haben», beendete ich ihren Satz. «Sie hat das Baby übrigens bekommen.»

Sie nickte grimmig. «Dachte ich mir schon, ich mochte nur nicht fragen.»

«Vor drei Wochen. Einen kleinen Jungen. Sie haben ihn Warren genannt», sagte ich. «Was ein bisschen unappetitlich ist. Denk nur mal an Warren Beatty. Der soll mit über zehntausend Frauen geschlafen haben.»

Wir konnten beide nicht darüber lächeln.

«Hast du ihn in letzter Zeit getroffen?», frage sie nach einer Weile.

«Ich habe ihn bei der Beerdigung seines Dads gesehen. Wann war das noch?» Ich runzelte die Stirn und warf einen Blick auf den lustigen Katzen-Kalender neben dem Kühlschrank, den mir Neils Partner Gavin geschenkt hatte. «Ich glaube, das ist schon ein paar Monate her. Aber ich habe mit ihm telefoniert. Morgen Abend kommt er übrigens vorbei. Offenbar will er mich etwas fragen.» Ich trank mein Glas aus.

«Er kommt *hierher*? Warum kann er das denn nicht am Telefon klären?» Rose presste missbilligend die Lippen aufeinander.

Ich zuckte die Achseln und nahm eine zweite Weinflasche aus dem Regal. «Weiß nicht. Aber er hat ein Meeting in der Nähe, da passt es gerade gut.» Ich öffnete die Flasche und goss mir ein drittes Glas ein.

«Gracie, es geht mich vielleicht nichts an, aber wir unterhalten uns nun schon seit sieben Jahren jede Woche miteinander über das, was uns so bewegt, gute und schlechte Zeiten, und …», sie zögerte, und ihr Gesicht verfinsterte sich, «… und ich habe miterlebt, was er dir angetan hat. Du hast jedes Recht, gar nichts mehr mit ihm zu tun haben zu wollen, und wenn du meine Tochter wärst, würde ich dir genau das raten.»

Ich beugte mich vor, um sie zu umarmen. «Es geht dich absolut etwas an, Rose. Du warst mir immer eine solche Stütze.»

Sie tätschelte mir den Rücken. «Du hast dich gut gehalten», sagte sie sanft.

«Nur mit der Hilfe sehr guter Freunde. Ich weiß gar nicht, was ich ohne dich getan hätte. Und ich weiß: Wenn Mum und Dad noch da wären, hätten sie exakt dieselbe Meinung von Aiden. Aber die Scheidung ist jetzt zwei Jahre her, und die Dinge laufen wieder einigermaßen. Ich hasse ihn nicht. Ich hasse sie auch nicht. Ich akzeptiere die Situation und schaue in die Zukunft.» Mein tägliches Mantra.

Rose nickte, wirkte aber berechtigterweise nicht sehr überzeugt.

Ich schwenkte mein Weinglas unbekümmert. «Alles ist gut.» Ich zwang mich zu lächeln. «Und jetzt genug über mich. Wie geht es dir? Freust du dich auf deine *grandes vacances?*»

Sie runzelte ratlos die Stirn. «Worauf?»

«Auf deinen Urlaub. Violet zu sehen», strahlte ich. «Zwei Monate in der Herbst- und Wintersonne Spaniens mit deiner Schwester. Stell dir das nur mal vor.»

Zögerlich brachte Rose ein Lächeln zustande.

Ich stellte mein Glas ab. «Gibt es da etwa ein Problem? Es klappt doch, oder?»

«Naja, es ist alles gebucht», sagte sie. «Ich wollte eigentlich nächste Woche Montag fliegen und dann rechtzeitig zu Weihnachten mit den Jungs wieder da sein. Tony wollte uns zwischendrin auch besuchen.»

«Genau», nickte ich. «Deine Pläne haben sich aber nicht geändert, oder?»

«Eileen hat einen Bandscheibenvorfall», sagte sie und starrte hilflos in ihr Glas.

«Ach du meine Güte», sagte ich mitfühlend. Eileen war Roses beste Freundin. Sie hatten sich vor über vierzig Jahren kennengelernt, als sie beide als Haushaltshilfen in einem Hotel in Bristol angestellt waren. Seitdem waren sie unzertrennlich. Sie hatten ungefähr zur selben Zeit ihre Familien gegründet und dann ihre Arbeit im Hotel wieder aufgenommen, bis Eileen in Rente ging und Rose stundenweise in Privathaushalten zu putzen begann. Sie standen sich immer noch sehr nah. Aber obwohl es nicht schön war zu hören, dass es Eileen nicht gutging, begriff ich nicht, was der Zustand ihres Rückens mit Roses Ferienplänen zu tun hatte. «Tut mir leid», sagte ich, «arme Eileen. Aber ihr Mann kümmert sich doch um sie, oder?»

Rose schaute auf. «Ja, natürlich.»

«Und was hat das dann mit deiner Reise zu tun?», fragte ich.

Sie seufzte schwer. «Naja, wer soll denn in der Zeit deine Wohnung putzen?»

«Ach, sei nicht albern.» Mir fiel wieder ein, dass sich Eileen bereit erklärt hatte, für Rose einzuspringen. «Ich komme auch mal eine Weile ohne Putzfrau zurecht.» Ich wedelte mit der Hand. «Darum musst du dir nun wirklich keine Sorgen machen.»

«Ich wusste natürlich, dass du es verstehst. Das habe ich auch schon zu Tony gesagt. Aber da sind ja noch James und Emily, nicht?»

«James und Emily?»

«Meine anderen Kunden», sagte sie besorgt. «Ich arbeite sechs Stunden für sie, seit Emily mit ihren Allergien eingezogen ist: drei Stunden montags und drei Stunden donnerstags – manchmal noch ein paar Stunden am Freitag, wenn sie Besuch bekommen. Und dann arbeite ich noch hin und wieder für Percy nebenan. Und diese Jobs kann man nicht trennen.»

Ich hatte keinen Schimmer, wovon sie sprach. «Aber sie werden doch alle zurechtkommen – oder jemand anderen finden», sagte ich.

Sie seufzte. «Genau das ist ja das Problem. Sie *werden* jemand anderen finden. Und nicht jemanden wie Eileen, die mir danach einfach wieder den Job überlässt. Sondern jemand Neuen, jemand Jüngeren, mit Bio-Bleichmittel und einem Abschluss. Jemanden, der nicht wieder geht. Und dann habe ich keinen Job mehr. Ich bin neunundsechzig Jahre alt, mit weißen Haaren und einem Hintern, der dicker ist als … naja, dicker, als er sein sollte. Ich glaube nicht, dass ich noch neue Kunden finde.»

Ihre Unterlippe zitterte, und ich beeilte mich, ihr gut zuzureden. «Das stimmt ganz sicher nicht, Rose. Du bist so großartig und so zuverlässig. James, Emily und Percy werden dich mit Kusshand zurücknehmen, sobald du wieder da bist. Sie wollen dich ganz bestimmt nicht verlieren.»

Sie schüttelte den Kopf. «Es ist nett, dass du das so sagst. Aber vielbeschäftigte Leute wie James wollen nicht ständig neue Putzfrauen suchen. Putzen ist ein Problem, das er lösen muss, und er hat genug andere. Er soll sich darum auch keine Gedanken machen müssen. Außerdem wäre es nicht fair gegenüber der neuen Putzfrau. Wenn es nur um zwei Wochen ginge, wäre es etwas anderes. Aber ich bin zwei Monate lang fort. Das ist einfach eine viel zu lange Zeit, um ohne Putzfrau zu sein, wenn man viel zu tun oder Allergien hat oder schon älter ist. Und für eine neue Putzfrau reicht es absolut aus, um sich den Job langfristig zu sichern. Aber egal. Tony und ich haben schon darüber gesprochen. Er sagt, ich solle den Job einfach Job sein lassen, aber ich fahre einfach nur ein paar Wochen, wenn ich keinen Ersatz in meinem Freundeskreis finde.»

«Aber du freust dich schon seit einem Jahr darauf!», rief ich aus.

«Ich verdiene zwar kein Vermögen, aber das Putzen bezahlt die kleinen Dinge außer der Reihe – und ein paar von den größeren, wie zum Beispiel diesen Besuch bei meiner Schwester.

Außerdem mache ich es wirklich gern, Gracie. Es würde mir fehlen. Die Leute, für die ich arbeite, übrigens auch.» Sie räusperte sich und nahm einen Schluck Wein. «Da kann man nichts machen. So was passiert, und ich habe immerhin noch Urlaub – wenn er auch kürzer ist als geplant.»

Voller Bewunderung beobachtete ich, wie sich ihre Gesichtszüge von tiefer Trauer zu geradezu philosophischer Gelassenheit veränderten.

«Es gibt schließlich auch Leute, die überhaupt nie Urlaub machen können, nicht?»

«Ich übernehme das.» Die Worte waren heraus, bevor ich darüber nachdenken konnte.

Rose sah mich an. «Du übernimmst was, meine Liebe?»

«Ich ...» Ich zögerte einen Augenblick und sagte dann: «Ich übernehme das Putzen, während du weg bist.»

Sie schaute sich in der Küche um. «Du meinst, hier?»

«Nein, nein.» Ich schüttelte den Kopf. «Du brauchst jemanden, der ein paar Monate bei James, Emily und Percy einspringt ...»

«Noch länger als das.»

«Genau, und ich muss eine Beschäftigung finden – etwas, wofür ich aus dem Haus muss und das mich ablenkt ...»

Sie nickte jetzt nicht mehr, sondern starrte mich nur an.

«Also übernehme ich deinen Job, während du fort bist. Und du bekommst ihn zurück, wenn du wieder da bist.»

«Aber ...», begann sie zögerlich, «... ich bin mir nicht sicher, ob dir das überhaupt liegt?»

«Warum nicht?»

«Naja, eigentlich magst du das doch gar nicht ... zu putzen und aufzuräumen. Ich denke da an die Malteser unter dem Bett …»

Ich überlegte einen Augenblick. «Aber da geht es ja um mein *eigenes* Haus, und ich bekomme keinen Cent dafür. Das hier wäre etwas ganz anderes. Ich würde Geld verdienen, und du weißt doch, wie neugierig ich bin. Das wäre doch perfekt!»

«Du bist so wahnsinnig nett.» Sie sah etwas gequält aus. «Und es ist ein sehr freundliches Angebot – wirklich *sehr* freundlich –, aber vielleicht ist es den Leuten doch ein wenig unangenehm, wenn eine Schriftstellerin bei ihnen putzt. Sähe das nicht merkwürdig aus? Sie erwarten doch sicherlich, dass ich ihnen eine echte Putzfrau als Ersatz anbiete.»

Ich spürte, wie mein Lächeln in sich zusammenfiel. Zuerst hatte ich nur nach einer Möglichkeit gesucht, Rose zu helfen, aber in den letzten zwei Minuten hatte mich die Verzweiflung gepackt, mir selbst zu helfen. Die Vorstellung, einen geordneten Tagesablauf, einen Sinn und eine körperliche Beschäftigung zu haben, kam mir plötzlich ungeheuer verlockend vor. Als böte sich hier eine Antwort, ein kleiner Rettungsanker.

«Aber ich freue mich sehr über dein Angebot», fuhr Rose fort. «Ich glaube, es gibt auf der ganzen Welt niemanden sonst, der das einfach so tun würde.»

«Wir müssten ihnen doch gar nicht sagen, dass ich Schriftstellerin bin, oder? Und du könntest mir alles zeigen und mich einarbeiten, bis du gehst», wandte ich ein. Hoffentlich klang ich nicht zu bedürftig. «Und was mir gerade einfällt: Als Studentin habe ich mal einen Sommer lang in einem Krankenhaus geputzt, sodass ich echte Berufserfahrung vorweisen kann, sogar auf hohem klinischem Niveau. Das ist doch das Einzige, was für sie relevant ist. Ich halte einfach meine Klappe, was meine andere Arbeit angeht.»

Rose dachte darüber nach, und mir schien, als würde sie ein wenig weicher. Das Ziel vor Augen, setzte ich noch ein Argument drauf: «Ich wische immer kreisförmig in Achten, wische feucht Staub, trage gelbe Putzhandschuhe für die Waschbecken, aber rote für die Toilette, und reinige die Klobürste immer noch extra, indem ich die Toilettenspülung ein zweites Mal betätige. So haben wir es im Krankenhaus immer gemacht.»

Ganz langsam begann sie zu lächeln.

«Würdest du meinen kleinen Job denn wirklich gern machen?», fragte sie.

«Nichts würde ich lieber tun, Rose», sagte ich.

«Na, in dem Fall», damit hob sie ihr Glas, «vielen Dank. Du bist meine Retterin.»

«Du meine aber auch», sagte ich und stieß mit ihr an. «Das fühlt sich ganz genauso an.»

Kapitel 3

Gegen sieben Uhr am nächsten Abend begutachtete ich gerade mein Spiegelbild im runden Flurspiegel, als es klingelte. Ich wies mich selbst zurecht und drückte auf den Knopf der Gegensprechanlage.

«Hallo?»

Die Antwort klang ganz verrauscht und, wie ich fand, ziemlich unbehaglich. «Hallo, Grace … ich bin's … äh … Aiden.»

«Komm hoch», sagte ich und bemühte mich, meine Stimme heiter klingen zu lassen. Ich drückte auf den Summer und hastete dann zurück vor den Spiegel, um den Kragen meiner weißen Bluse zurechtzuzupfen, die ich mit Bedacht gewählt hatte, um zwar gut auszusehen, aber nicht so, als hätte ich mir dafür große Mühe gegeben. Ebenso war ich mit meinem Haar und meinem Make-up vorgegangen. Der lässige Look, der nachlässig aussehen sollte, hatte ganz schön viel Zeit gekostet.

Diese Mühe gab ich mir jedes Mal, wenn ich meinen Ex-Mann traf, und ich war nicht stolz darauf. Wir waren schon seit zwei Jahren geschieden, und er schlief schon seit mindestens drei Jahren mit seiner jetzigen Frau, wahrscheinlich sogar länger. Die Tatsache, dass ich mir immer noch Gedanken darüber machte, was er von meinem Aussehen hielt, wollte ich lieber nicht analysieren. Manchmal redete ich mir ein, es sei eine Sache der Selbstachtung und dass ich mir für jede Gelegenheit und jeden Menschen, den ich traf, solche Mühe geben würde. Aber tief in mir wusste ich, dass das nicht stimmte. Mit meinen Freunden ging ich oft ganz ohne Make-up aus, und Neils Freund Gavin hatte sich neulich bei einem Literarischen Lunch sogar zu der Bemerkung hinreißen lassen, dass mein ungekämmtes Haar ein bisschen so wirkte, als trüge ich ein totgefahrenes Tier auf dem Kopf. Aber für Aiden wollte ich aus einem unerfindlichen Grund immer super aussehen. Ich wollte ihn zwar auf gar keinen Fall zurück, aber vielleicht wollte ich immer noch auch nur den kleinsten Funken Reue über seine Untreue in ihm entfachen. Wobei es dafür bisher leider keinerlei Anzeichen gab.

Ich hatte gerade eine Locke lässig hinters Ohr geschoben, als er an die Wohnungstür klopfte.

«Hallo, Grace.» Er lächelte breit. «Hab dich gefunden.»

«Eine reife Leistung», versetzte ich trocken. «Zumal du weniger als zehn Minuten entfernt wohnst und meine vollständige Adresse kennst, einschließlich Postleitzahl.»

Er trat in meinen schmalen weißen Flur und schaute sich anerkennend um. «Das ist ja toll geworden. Du hattest ja schon gesagt, dass der Flur noch eine Menge Arbeit braucht. Schick, dass du die Dielen auch weiß gestrichen hast. Ist diese Randleiste da noch original?»

Ich schaute ihn ausdruckslos an.

Er zog fragend die Augenbrauen hoch und seufzte dann. «Sorry. Über das Smalltalk-Stadium sind wir wohl hinweg.»

Ich nickte. «Schon sehr, sehr lange. Aber komm doch durch, dann kannst du die abgeschliffenen Dielen im Wohnzimmer und in der Küche bewundern. Ich mache dir was zu trinken. Tee oder Kaffee?»

Er sah mich mit einem so müden und ganz ungewohnt verletzlichen Blick an, dass ich beinahe schon geneigt war, so etwas wie Mitleid mit ihm zu empfinden. Es war das erste Mal seit über zwei Jahren, dass wir uns allein in einem Raum befanden, der nicht das Rechtsanwaltsbüro war. Alle anderen Zusammentreffen hatten auf Hochzeiten, Beerdigungen, Partys und dem ein oder anderen Dinner bei wohlmeinenden Freunden stattgefunden, die damit ihre Entschlossenheit zur Schau stellen wollten, unparteiisch zu bleiben. Bei all diesen Gelegenheiten war auch Aidens neue und viel jüngere Freundin Summer dabei gewesen und hatte buchstäblich an seinem Arm geklebt. Wir drei hatten uns dabei immer auf kurze, höfliche und, von außen betrachtet, gutmütige Gespräche über die Arbeit, Renovierungsarbeiten und Urlaubsziele beschränkt; über Persönliches sprachen wir nie. Ihm jetzt ohne Publikum gegenüberzustehen und daher auch keinen Grund mehr zu haben, höflich oder unpersönlich zu sein, war merkwürdig beunruhigend.

«Was möchtest du denn jetzt trinken?», wiederholte ich meine Frage nun schon einen Hauch ungeduldiger, als wir in der Küche standen.

«Warte mal, ja», sagte er. Ich drehte mich gerade noch rechtzeitig um, um zu sehen, wie er aus seiner Sainsbury's-Tüte einen meiner Lieblingsweine zog. «Den hab ich uns mitgebracht», lächelte er. «Eigentlich dir.»

Ich runzelte die Stirn. «Was ist das, Aiden?», fragte ich.

«Rioja Reserva», antwortete er verwirrt.

«*Das* meine ich nicht», sagte ich mit Blick auf den Wein. «Ich meine diese Situation hier. Warum bist du gekommen? Und dann auch noch ohne Summer. Ich hatte schon ganz vergessen, wie du aussiehst, ohne dass sie wie eine Seepocke an dir klebt. Musstest du sie abkratzen lassen?»

«Grace …» Er stellte die Flasche auf die Arbeitsplatte.

Ich warf einen Blick auf die Uhr. «Komm mal zum Punkt, Aiden.»

Er seufzte, zog seine Jacke aus und warf sie fast so lässig über eine Stuhllehne, als ob er hier zu Hause wäre, wie ich ärgerlich dachte.

«Hör mal, wie wäre es, wenn ich uns ein Glas einschenke, und wir reden ein bisschen? Es sei denn, du hättest doch lieber Tee?», fragte er.

Ich zögerte einen Augenblick und beschloss dann, dass es mit einem Glas Wein in der Hand in jedem Fall leichter zu ertragen sein würde anzuhören, was er sagen würde. «Ich brauche jetzt einen Drink», sagte ich und nahm zwei Gläser aus dem Schrank.

Er öffnete die Weinflasche. «Sehr gut, ich nämlich auch.»

Ich schaute ihm dabei zu, wie er die Gläser eingoss. Er sah eindeutig weniger gepflegt aus als sonst. Sein dunkles Haar hätte dringend einen Haarschnitt gebraucht, jedenfalls nach seinen eigenen hohen Ansprüchen, und an den Schläfen konnte man schon einzelne graue Strähnen erkennen. Mit seinen vierzig Jahren war er zugegebenermaßen immer noch sehr attraktiv. Aber heute sah er ziemlich fertig aus. Die Vaterschaft forderte zweifellos ihren Tribut.

«Also musst du heute keine Nachtschicht schieben?» Ich nickte in Richtung der randvollen Weingläser.

«Summer ist bis Freitag mit Warren bei ihrer Schwester.» Er gab mir ein Glas. «Also habe ich zwei freie Nächte.»

«Du Glückspilz.» Ich ging in mein gerade gestern auf Hochglanz gebrachtes Wohnzimmer und setzte mich auf das lange rote Sofa mit den vielen Kissen, die heute tatsächlich auch darauf lagen statt auf dem Boden verstreut. Zur Sicherheit warf ich einen kurzen Blick auf die Einbauschränke rechts und links des Kamins. Hoffentlich sprangen die Türen nicht auf und spuckten all das Papier und Kleinzeug aus, das ich noch Minuten vor Aidens Ankunft hastig hineingestopft hatte.

Zu meiner Überraschung setzte er sich nur wenige Zentimeter von mir entfernt aufs Sofa statt auf einen der Armsessel mir gegenüber. Er lehnte sich zurück, trank einen Schluck von seinem Wein und sah sich um.

«Diese Wohnung sieht toll aus, Grace, und das ist kein unaufrichtiger Versuch, Smalltalk zu betreiben.» Er wandte sich zu mir. «Du siehst übrigens auch toll aus.» Er zögerte, dann fügte er hinzu: «Und das ist übrigens auch kein Smalltalk. Du siehst immer toll aus. Ich nehme nur an, ich habe kein Recht mehr, dir das zu sagen.»

«Nein, das hast du nicht», entgegnete ich schlicht. Leider freute mich sein Kompliment, aber ich fühlte mich trotzdem unwohl damit, dass ich keine Ahnung hatte, worauf er hinauswollte. Ich musste eine Erklärung erzwingen: «Also, jetzt mal ernsthaft. Was führt dich hierher?»

«Gott, ja.» Er rieb sich die Stirn. «Tja, der Punkt ist: Summer will, dass ich dich zu Warrens Taufe einlade.» Er spuckte den

Satz aus, als hätte er einen unangenehmen Geschmack, den er dringend loswerden musste.

Ich hatte gerade mein Glas zum Mund geführt, setzte es jetzt aber wieder ab. «Ich nehme mal an, dass das ein sehr schlechter Witz sein soll», sagte ich leise.

Er schloss die Augen. «Herrgott, ich wünschte, das wäre so, glaub mir.»

«Ich gehe mal davon aus, dass du diesen Vorschlag ebenso wie ich abstoßend unangebracht und überaus unsensibel empfindest?»

Er nickte mit geschlossenen Augen. «Das tue ich.»

«Und doch machst du ihn mir.»

Er schlug die Augen wieder auf. «Ich mache ihn dir, damit sie nicht selbst den Hörer in die Hand nimmt und dich selbst einlädt.»

Ich öffnete den Mund, kurz davor zu explodieren, aber er hob die Hand. «Ich habe dich eingeladen. Du hast nein gesagt. Das war's.»

Ich schaute ihn böse an.

«Bitte, Grace. Können wir es nicht einfach dabei belassen?»

Ich trank, um nichts sagen zu müssen. Gehässige Gedanken und böse Gefühle gegenüber der Frau schossen mir durch den Kopf, die nicht nur meinen Ehemann gepoppt hatte, sondern jetzt auch noch wollte, dass ich die Früchte ihrer Bemühungen bewunderte.

«Danke, dass du nicht ausflippst», sagte Aiden.

«Sei mal lieber nicht zu dankbar», murmelte ich. «Ich schreie vielleicht nicht herum, habe aber jede Menge bösartiger Gedanken in allen Farben und Formen.»

«Kann ich mir vorstellen, und ich kann es dir nicht verdenken. Es ist eine blöde Idee. Zu ihrer Verteidigung kann ich nur vorbringen, dass sie es gut gemeint hat.» Er ließ die Schultern hängen. «Glaube ich jedenfalls.»

Wir saßen schweigend da. Ich brodelte wütend vor mich hin, Aiden starrte auf die Doppeltür, die auf meinen kleinen Balkon hinausführte, von dem aus man einen Blick auf den Gemeinschaftsgarten hatte.

«Mindestens einmal wöchentlich gehe ich an diesem Haus vorbei, weißt du», sagte er abwesend, ohne den Blick vom Fenster zu wenden. «Ich habe ein Projekt am Butler Place. Wir setzen dort ein Dachgeschoss auf.» Ich antwortete nicht, und er wandte sich zu mir um. «Grace, ich bedaure es …», fing er an, verstummte dann aber. Ich starrte ihn an und merkte, dass ich den Atem anhielt. «Ich bedaure es, dass ich nicht einfach an deine Tür klopfen kann.»

Ich stieß den Atem aus. «Tja, also, ich bedaure es, dass du mit deiner Assistenten-Tussi geschlafen hast», versetzte ich ziemlich barsch. Dann trank ich noch einen Schluck Wein. «So haben wir alle unser Päckchen zu tragen.»

«Es tut mir leid», sagte er.

Ich sah ihn an. «Könntest du vielleicht ein bisschen genauer sein?»

Er seufzte tief und senkte den Blick. «Es tut mir leid, dass ich dich betrogen habe. Wie ich mich entschieden habe. Mir tun meine Fehler leid … die großen Fehler.»

Ich ballte meine Linke zur Faust und grub die Nägel tief in die Handfläche, um nicht loszuheulen.

«Es tut mir schon lange leid.» Er schaute auf und setzte sich so hin, dass er mir direkt ins Gesicht schauen konnte. «Aber ich hatte einfach nicht die Stärke und den Charakter, es dir zu sagen. Heute Abend bin ich nicht nur gekommen, um dir den kindischen Vorschlag mit der Taufe zu machen – das hätte ich auch am Telefon tun können. Ich bin hier, um mich zu entschuldigen. Und dir zu sagen, dass ich zwar vollstes Verständnis dafür habe, dass du nicht mehr mit mir befreundet sein willst, deine Freundschaft aber sehr vermisse. Und ich wollte dich fragen …», an dieser Stelle hielt er inne, «… ob ich manchmal an deine Tür klopfen darf, um mit dir einen Kaffee zu trinken – oder nur fünf Minuten mit dir zu reden. Ich weiß, dass ich es nicht verdiene, aber ich frage trotzdem.» Er wandte sich ab und schaute erneut zum Fenster hinaus.

Der ganze Schmerz kam wieder in mir hoch, der Schmerz seines Betrugs. Denn es war nicht irgendein Betrug – er hatte eine Frau flachgelegt, die sich nicht stärker von mir hätte unterscheiden können: zehn Jahre jünger, fünfzehn Zentimeter kleiner, zwei Körbchengrößen größer, und sie hieß wie eine verdammte Jahreszeit. Sie war die jugendliche, blonde Vollkommenheit mit klappernden Lidern und langen Wimpern im Vergleich zu mir, einer Mittdreißigerin mit widerspenstigen braunen Haaren. Dieser spezielle Betrug war praktisch eine fettgedruckte Zurückweisung.

Ich hatte schon den Mund geöffnet, um nach zwei Jahren endlich die vernichtende Rede zu halten, auf die ich mich all die Zeit vorbereitet hatte. «Danke, dass du dich *endlich* dafür entschuldigst, Aiden, aber …» Ich hielt inne. Er schaute immer noch ins Leere: erschöpft, niedergeschlagen, gealtert. Was hatte er da gerade getan? Er hatte sich entschuldigt. Und was war ich im Begriff zu tun? Ich wollte ihn mit einem ordentlichen Tritt in den Hintern dafür belohnen. Ich sah auf meinen Wein hinunter und beschloss, dass ich besser war als das. Und dass das hinter mir lag.

«Darüber möchte ich nicht sprechen», beendete ich den Satz. Er senkte den Kopf. «Und noch mal zurück zum Thema Taufe: Sag Summer doch, dass ich mich für die Einladung bedanke, an dem Tag aber leider keine Zeit habe. Übrigens auch an keinem anderen Tag.»

Er hob den Kopf und sah mich an.

«Sag ihr einfach, dass ich danke sage. Nein, danke. Sag ihr irgendetwas und irgendwie, Hauptsache etwas, das es für uns alle leichter macht.»

«Danke», sagte er und lächelte traurig. «Noch mal.»

Ich schüttelte den Kopf. «In meinem Kopf sind immer noch diese bösartigen Gedanken.»

«Und ich kann sie dir immer noch nicht verdenken.»

Einen Moment lang schwiegen wir beide unsicher, dann sagte ich: «Mein letztes Buch ist Mist. Neil hat mir gestern gesagt, dass es kaum unterhaltsamer ist, als Todesanzeigen in einem Schlachthof zu lesen.»

«Gut zu wissen, dass er immer noch so brutal ehrlich ist.»

«Viel hat sich nicht geändert.»

Er lächelte und zeigte auf mein halbvolles Weinglas. «Soll ich dir nachfüllen?» Ohne meine Antwort abzuwarten, nahm er mein Glas, stand auf und ging in die Küche.

Kapitel 4

Ich schaute mich in dem makellosen Schlafzimmer um. Ein Kingsize-Doppelbett thronte in der Mitte, bezogen mit Laken in unterschiedlichen Creme- und Olivtönen. Darüber hingen drei gerahmte Federzeichnungen von skelettartigen Blättern in gebrochenem Weiß in millimetergenauem Abstand an den Wänden. Zwei Lampen mit cremefarbenen Schirmen waren perfekt mittig auf verspiegelten Nachttischchen beidseitig des Bettes ausgerichtet. Wie um alles in der Welt konnte man die bloß anfassen, ohne Fingerabdrücke zu hinterlassen? Die Bewohner dieses Schlafzimmers trugen vermutlich ununterbrochen weiße Baumwollhandschuhe.

Es war etwas mehr als eine Woche her, seit ich Rose angeboten hatte, ihre Putzstellen zu übernehmen. Da sie schon in vier Tagen nach Spanien abreiste, zeigte sie mir das Haus, für das ich während ihrer Abwesenheit verantwortlich sein würde. Wir hielten uns jetzt schon eine halbe Stunde in dem georgianischen Doppelhaus mit den hohen Decken in Bennett Park Nummer 3 auf. Rose erklärte mir den dreiseitigen Putzplan, den sie vorbereitet hatte. Es erschreckte mich, dass jedes Zimmer, das wir betraten, noch perfekter wirkte als das davor. Das hier musste das Heim eines Ordnungsfreaks sein – und zwar eines klinischen Falls.

«Aber hier ist doch überhaupt nichts zu tun, Rose», protestierte ich. «Und ist nicht eigentlich morgen schon wieder Putztag? Ich habe das Gefühl, dass das Zimmer hier allein durch meine Anwesenheit unordentlich wirkt.»

«Das kommt einem wirklich ein bisschen so vor, oder? Aber bei James und Emily muss man nie aufräumen, nur putzen.»

Ich nickte abwesend und nahm ein gerahmtes Schwarzweißfoto vom Glastisch, der zwischen den beiden bodentiefen Fenstern stand. Es zeigte ein Paar beim Wandern, in Winterkleidung, das eingehakt nebeneinanderstand und direkt in die Kamera schaute. Sie lächelte breit, als ob sie kurz davor wäre, loszulachen, während seine Mundwinkel nur der winzige Hauch eines Lächelns umspielte. «Sind sie das?», fragte ich und zeigte Rose das Bild.

«Ja. Sind sie nicht ein gutaussehendes Paar?»

«Das sind sie. Wie viele Jahre liegen sie denn auseinander?» Ich schaute mir zuerst die knabenhafte, rehäugige Blondine und dann den Mann mit dem durchdringenden Blick an, der sicher einige Jahre älter war.

«Ooh, das hat mir Emily mal erzählt.» Rose betrachtete das Bild liebevoll. «Sie ist sechsundzwanzig, und ich glaube, sie hat gesagt, dass sie über zehn Jahre auseinander sind. Interessant, oder? Wie es wohl dazu gekommen ist?»

Ich nickte und brachte es fertig, nicht die Augen zu verdrehen – schon wieder ein Mann, der auf die vierzig zuging und sich eine Blondine in den Zwanzigern zugelegt hatte. «Und wie lange leben sie schon zusammen?»

Rose legte nachdenklich einen Finger auf die Lippen. «Sie ist eingezogen, kurz nachdem er mit Kirstie Schluss gemacht hat.»

Das Bett war noch nicht mal kalt, dachte ich missbilligend.

Rose zog die Nase kraus. «Du weißt, dass ich nicht gern über andere Leute rede, Gracie, aber Kirstie mochte ich wirklich überhaupt nicht. Percy von nebenan konnte sie auch nicht leiden.» Sie knuffte mich vertraulich in die Seite. «Sie hat hier zwar nicht gewohnt, war aber oft genug hier, und immer, wenn James nicht da war, tat sie so, als ob es ihr Haus wäre und ich der letzte Dreck. Vor ihm war sie immer katzenfreundlich. Zum Glück ist sie jetzt weg. Ich war natürlich erleichtert, als er sie abserviert hatte.»

«Aber Emily magst du?»

Ihr Gesicht erhellte sich. «Oh ja, sie ist ein ganz süßes Mädchen. Sie nennt James ihren besten Freund, was ich wirklich schön finde. Sie hat ihren Job gewechselt, weil ...» Sie verstummte und räusperte sich. «Jedenfalls arbeitet sie jetzt Teilzeit und studiert nebenbei. Sie ist so sanft. Und man kann so nett mit ihr plaudern – genau wie mit dir. Könnte gar nicht netter sein.»

Abgesehen von dem Kompliment war ich ein wenig enttäuscht von ihrer Antwort. «Und seit wann wohnt sie schon hier?» Ich wollte das Thema noch nicht ruhen lassen.

«Seit Ende letzten Jahres. Da habe ich meine Stundenzahl erhöht, weil sie unter Allergien leidet. Mal nachdenken ...» Sie zählte etwas an ihren Fingern ab. «Oh, sie wohnt schon zehn, elf Monate hier. Fast ein Jahr.»

Sie sah sich erneut das Foto an, jetzt ein wenig traurig. «Ich werde sie wirklich vermissen. Sie zieht nämlich schon im Januar wieder aus.»

Ich schaute erstaunt auf. «Also wohnt sie nicht für immer hier?»

Sie legte erschrocken die Hand auf den Mund. «Oh, James hat mir das im Vertrauen erzählt. Also bitte erwähne es nicht, Grace, bitte. Er hat es ihr noch nicht gesagt.»

Ich runzelte die Stirn. «Sie weiß gar nichts davon?»

Rose schüttelte den Kopf. «Ich glaube, er will nicht, dass sie sich Sorgen macht, bevor es spruchreif ist. Er will sicher gern, dass sie noch Weihnachten bei ihm verbringt. Letztes Jahr hat er es sehr schön gefunden. Und ihr gemeinsames Ostern war auch schön.»

Sie nahm mir das Foto aus der Hand, wischte einmal mit dem Ärmel ihrer Strickjacke darüber und stellte es wieder auf den Tisch.

«Aber ...», begann ich, hielt dann aber inne. Ich war ein wenig ratlos angesichts dessen, dass es Rose offenbar völlig in Ordnung fand, wie ihr Kunde mit seinen Freundinnen umging – und ihnen auf derart kalte, berechnende Art abhängig von den Feiertagen den Laufpass gab. Warum warf er Emily nicht einfach am Tag nach Halloween raus, um schon zum ersten Advent Frischfleisch genießen zu können? Rose sah mich fragend an, und ich beschloss, mich mit offener Kritik zurückzuhalten. «Ist James denn ein netter Mensch?», fragte ich.

«Oh ja. Völlig ohne Falsch. Sehr direkt, genau wie mein Tony», sagte sie, krempelte sich die Ärmel hoch und warf einen Blick auf ihre Uhr. «Also, da die Zeit ein wenig drängt, wollen wir jetzt in eins der Badezimmer gehen? Wir müssen nicht alle

Schlafzimmer ansehen, die beiden größten kennst du ja schon. Sie sind die wichtigsten, und ich würde dir gern noch mal zeigen, wie man am besten Schimmel verhindert.»

Kapitel 5

«Sorry? Du tust was?» Neil sah mich mit zusammengezogenen Augenbrauen an. Ich hatte gerade mit einem dankbaren Nicken den zweiten Cosmopolitan entgegengenommen. Er hatte vor drei Stunden angerufen, um mir zu sagen, dass er mit Gavin spontan auf ein paar Cocktails ausging, und ob ich mitgehen wolle. Er lud mich regelmäßig ein, mitzukommen, und ebenso regelmäßig sagte ich ab – aus reiner Faulheit und deshalb, weil ich meine Samstagabende am liebsten im Pyjama und mit meinem Netflix-Account verbrachte. Aber an diesem Abend akzeptierte er mein Nein nicht. Da mir klar war, dass er wegen des etwas schwierigen Treffens letzte Woche sichergehen wollte, dass es mir gutging, nahm ich die Einladung schließlich an. Und jetzt war ich froh drum. Gavin und er waren schon einzeln eine angenehme Gesellschaft, aber als Paar waren sie umwerfend. Gavins bodenständiger Südlondoner Humor war ein großartiger Ausgleich zu Neils eher rationaler Lebenseinstellung.

«Ich putze», wiederholte ich. «Oder zumindest werde ich das tun. Ich habe Gavin gerade davon erzählt. Ab Montag springe ich für Rose ein, die in den Urlaub fährt. Sie bleibt zehn Wochen.»

«Du springst für zehn Wochen ein?», hakte Neil nach. «Das ist aber kein Urlaub. Das ist ein …»

«Pssst», sagte Gavin und wedelte mit der Hand. «Lass sie doch mal ausreden.» Er sah mich mit seinen interessiert aufgerissenen blauen Augen an, und ein breites Lächeln lag auf seinem etwas rundlichen, bärtigen Gesicht. «Erzähl weiter, Grace.»

Ich lächelte. «Es sind auf jeden Fall zwei Morgen die Woche, vielleicht mehr. Neulich war ich dort, um mir alles anzusehen. Gegen das Haus wirkt ein Musterhaus wie die letzte Absteige.»

«Aber ich verstehe wirklich nicht …», fing Neil an, nur um von Gavin unterbrochen zu werden: «Warte, gleich erzählt sie dir von dem Typen mit der Zwangsneurose.» Er grinste begeistert und legte mir die Hand auf den Arm. «Erzähl ihm von dem Typen mit der Zwangsneurose.»

Ich lachte, aber Neil wirkte überhaupt nicht amüsiert. «Hast du das auch gut durchdacht?» Neil sah mich prüfend aus dem Augenwinkel an.

«Hörst du jetzt mal auf, so ein Miesepeter zu sein?» Gavin gab ihm einen Klaps auf die Hand. «Das ist doch alles *soooo* aufregend.» Seine Augen waren jetzt so groß wie Untertassen. «Hast du die Wohnung auf Videoüberwachung gecheckt?»

Ich nickte. «Danach habe ich Rose zuallererst gefragt. Es gibt dort keine Kameras. Nur eine Alarmanlage.»

«Das wird ja immer besser», sagte Gavin und prostete mir zu. «Ein wahres Schnüfflerparadies.»

Ich stieß mit ihm an. «Ich weiß!»

«Ihr beide seid wirklich unglaublich», sagte Neil und stützte sein Gesicht in die Hände. «Und damit ich später alles überzeugend abstreiten kann, will ich nichts mehr von irgendwelchen Schnüffeleien hören. Aber weißt du eigentlich, wie viel Ärger du deshalb bekommen kannst, Grace? Ich rieche den Prozess schon von weitem.»

«Mach dir nicht zu viele Sorgen. Sie putzt doch nur ein bisschen, Himmel noch mal. Mit vierzig hast du Magengeschwüre, wenn du so weitermachst», sagte Gavin.

«Und darf ich dich daran erinnern, dass die ganze Sache eigentlich deine Idee war?», setzte ich hinzu.

Neil schaute auf, die Stirn gerunzelt. «Entschuldige mal, aber ich habe nie gesagt, dass du Putzfrau werden sollst.»

«Du hast gesagt, ich soll meinen Hintern hochkriegen und eine Weile etwas ganz Neues ausprobieren.»

«Damit habe ich aber Literaturvorlesungen, Uniseminare und Mittelmeerurlaube gemeint. Nicht Bodenwischen.»

Gavins Gesicht war jetzt ganz ernst. «Ich hoffe, Neil, du meinst das nicht herablassend. Weil du dich sicher erinnerst, dass Tante Tina für mich den Salon putzt. Apropos», sagte er und wandte sich wieder an mich, «wann wolltest du das hier eigentlich in Ordnung bringen?» Er begann mit meinem schulterlangen, extrem lockigen Haar zu spielen. «Dein letzter Haarschnitt ist über drei Monate her. Du siehst schon aus wie Beatrix Lestrange.»

Ich schob seine Hand weg. «Die finden doch alle sehr sexy.»

«Wirklich? Okay, dann siehst du nicht so aus wie sie. Aber komm unbedingt demnächst mal zu mir, um dir die Haare schneiden zu lassen.»

Neil wirkte ein wenig beleidigt. «Ich habe außerordentlichen Respekt vor dem Putzen als Beruf, und du weißt genau, wie sehr ich Tina schätze. Es ist nur, also …» Er schaute zwischen mir und Gavin hin und her. «Du kennst doch ihre Wohnung», sagte er schließlich mit gesenkter Stimme.

Gavin nickte. «Das stimmt allerdings, gut beobachtet. Der Gedanke ist mir auch schon gekommen, aber …»

«Ähm, Entschuldigung, ihr wisst schon, dass ich nicht taub bin, oder?», unterbrach ich empört. Den Zustand meiner Wohnung wollte ich mir hier wirklich nicht vorwerfen lassen. Aber Gavin sprach einfach weiter.

«… aber so ist sie beschäftigt, und das ist doch alles so interessant.» Er streichelte Neil beruhigend über den Rücken. «Das Haus gehört einem gutaussehenden Satan, der seine Freundin abservieren will, sobald sie ihm dabei geholfen hat, den Weihnachtsbaum zu entsorgen.»

Neil lächelte. «Das klingt allerdings nach einer sehr aufregenden Situation. Aber nicht nach einer besonders aufheiternden. Und wir brauchen etwas Aufheiterung, nicht wahr?»

Ich starrte in meinen Cocktail und seufzte. «Ich weiß.»

«Na, Aufheiterung ist doch für die sexy Bellatrix kein Problem!» Gavin legte mir den Arm um die Schultern und drückte mich an sich. «Ich meine, sieh dir doch nur mal diese Möpse an.» Sein Blick fiel auf meine Brust, die an diesem Abend in einen schwarzen Rollkragenpullover gehüllt war. «Die sehen wirklich toll aus. Neuer BH?»

«Immer noch der alte BH. Aber Aiden hat sich entschuldigt. Läuft das unter Aufheiterung?» Diese Neuigkeit hatte ich schon gleich bei meiner Ankunft mitteilen wollen, es dann aber aufgeschoben, weil ich nicht genau wusste, wie Neil darauf reagieren würde.

Ich bemerkte, wie Gavin seinem Freund einen schnellen Blick zuwarf. Dann gab er mir ein Küsschen auf die Wange. «Das fällt definitiv unter Aufheiterung», sagte er.

Neil dagegen verlangte detailliertere Informationen, bevor er sich dazu äußerte. «Wofür genau hat er sich denn entschuldigt?»

«Für sein Verhalten. Für sie. Für den ganzen Mist.»

«Wow!», rief Gavin.

Neil wirkte zwar ebenso überrascht, aber auch skeptisch. «Wie ist es denn dazu gekommen?»

«Ich weiß es wirklich nicht. Er wirkt irgendwie …», ich zögerte, «… irgendwie verloren. Er will, dass wir wieder Freunde sind. Er arbeitet nur einen Katzensprung von mir entfernt und hat darum gebeten, hin und wieder auf einen Kaffee vorbeikommen zu dürfen.»

«Und du hast ja gesagt?», fragte Neil.

«Ich habe die Frage unbeantwortet gelassen», antwortete ich.

Neil runzelte die Stirn. «Warum hast du nicht einfach nein gesagt?»

Ich verdrehte die Augen. Gavin drückte erneut meine Schultern. «Ich finde es super, dass er sich entschuldigt hat. Darüber kannst du dich echt freuen. Aber Neil hat recht mit seiner Besorgnis.»

Ich versuchte ein sorgloses Lachen. «Ich habe nicht vor, mich wieder in ihn zu verlieben, wisst ihr.»

«Natürlich nicht. Du bist viel zu schlau dafür», sagte Gavin in genau dem vorsichtigen, weichen Tonfall, in dem mein Vater damals versucht hatte, mir die ständigen Teenager-Partys auszureden. «Er ist ein egomanischer, verlogener Drecksack, und das weißt du.»

«Das weiß ich», sagte ich. «Aber ...»

Neil schüttelte den Kopf. «Ich würde bevorzugen, wenn du diesen Satz nicht beendest.»

Ich seufzte. «Ich bin einsam, Neil.»

«Ach, sag doch so was nicht», jaulte Gavin auf. «Wir wissen doch, dass das kompletter Unsinn ist, aber es bricht mir trotzdem das Herz, wenn du so redest.»

Neil sah mich prüfend an. «Das meinst du nicht ernst, oder?»

«Ich sage ja gar nicht, dass ich keine guten Freunde habe. Ich habe eine Menge toller Freunde. Besonders euch beide», sagte ich und tätschelte Gavins Knie. «Ich bin nur einsam, genauso, wie ihr beide einsam wärt, wenn ihr euch nicht hättet.»

Gavin biss sich auf die Unterlippe. Neil nickte. «Das verstehe ich. Aber ich glaube nicht, dass Aiden die Lösung dafür ist», sagte Neil.

«Ich gebe es nur ungern zu, aber er hat schon wieder recht», murmelte Gavin.

«Ich weiß, dass er recht hat», sagte ich lächelnd und griff nach meinem Cosmopolitan. «Aber Aiden ist in Ordnung, vertraut und im Moment weit bedürftiger als ich. Gerade jetzt tut das meinem Ego ungeheuer gut.»

Nach einer Weile sagte Gavin: «Naja, solange du dabei vorsichtig bist, wird es schon gutgehen.» Er sah Neil an. «Oder nicht?», fragte er unsicher nach.

Neil lächelte. «Natürlich», sagte er dann, nahm sein Glas und prostete mir zu. «Immerhin sprechen wir hier von Grace. Was soll da schon schiefgehen?»

Kapitel 6

Ich besah mir die unterschiedlichen Schürzenmodelle an der Wand der Haushaltswarenabteilung von John Lewis. Eigentlich fühlte ich mich stark zu einer mit riesigen Klatschmohnblüten und einer anderen mit watschelnden Gänsen darauf hingezogen. Aber keine von beiden wirkte richtig *professionell*. Wahrscheinlich war es besser, die schlichte, flaschengrüne Schürze zu nehmen, die auch die Damen damals in der Schulmensa immer getragen hatten, wenn sie mir die Pommes aufs Tablett schaufelten. Ich seufzte resigniert, nahm die Schürze und legte sie in meinen Korb zu den sechs Paar Gummihandschuhen, zwei Flaschen Granitreiniger und der Dose mit dem Herdreiniger.

In weniger als vierundzwanzig Stunden würde ich in den Bennett Park Nummer 3 zurückkehren müssen, das Zuhause von James Brooke, aber diesmal nicht nur, um mich umzuschauen, sondern zum Putzen. Rose hatte mir schon ihre blaue Putzmittelkiste überlassen, in der nur die Behälter der von ihr bevorzugten Granit- und Herdreiniger beinahe leer gewesen waren. Sie hatte mir auch ihre Overalls und Putzhandschuhe aus dem Vorrat geben wollen, den sie zu Hause hatte, aber ich hatte ihr Angebot mit der Begründung abgelehnt, dass ich mir sowieso eine neue Schürze kaufen müsste, weil meine alte – schwarz, mit der Aufschrift *Hau ab, ich habe ein Messer* – zum einen bereits zehn Jahre alt und zum anderen ein Geschenk von Aiden gewesen war; zwei ausgezeichnete Gründe dafür, eine neue zu besorgen.

Rose hatte mir bei unserem Telefonat an diesem Morgen außerdem noch ein letztes Mal die Gelegenheit gegeben, doch noch aus unserer Abmachung auszusteigen. Ich nahm stark an, dass Letzteres der eigentliche Grund für ihren Anruf gewesen war. Aber ich versicherte ihr, dass ich mich auf eine feste Verpflichtung und eine gewisse Routine in den kommenden Monaten freute. Sie wollte am nächsten Morgen nach Spanien aufbrechen, und ich wollte unbedingt sicherstellen, dass sie das tat, ohne sich Sorgen um mein Glück oder sogar um ihre Arbeit zu machen. Deshalb verriet ich ihr nicht, dass ich den kommenden Wochen tatsächlich mit einem nervösen Flattern in der Magengrube entgegensah; einer Nervosität, die Neils Bedenken in der Bar gestern nicht besser gemacht hatten. Das Staubsaugen, Staubwischen und Nasswischen erfüllten mich nicht mit Bedenken, aber ich hatte ein wenig Angst davor, meinen Arbeitgebern zufällig zu begegnen, auch wenn es nur flüchtig war. Rose hatte mir versichert, dass das in James' Fall ganz unwahrscheinlich war, zumal er ständig im Büro sein würde. Aber ich würde, das hatte sie mir schon angekündigt, sicher irgendwann auf Emily treffen.

Sie hatte mir das ganz heiter erzählt, und unter anderen Umständen hätte ich mich sicher darauf gefreut, neue Leute kennenzulernen und mit ihnen ins Gespräch zu kommen – ganz besonders solche, von denen Rose mit einer gewissen Warmherzigkeit sprach. Aber ich hütete mich davor, Rose mit meinen Ängsten zu überfallen, auch nicht andeutungsweise. Sie nahm die Verpflichtung ihren Kunden gegenüber ausgesprochen ernst und wollte auf keinen Fall bei irgendwem den Eindruck erwecken, sie habe für die Zeit ihrer Abwesenheit allzu hastig einen minderwertigen Ersatz gesucht. Sie hatte ihren Kunden nur erzählt, dass ich eine verlässliche, vertrauenswürdige Freundin mit professioneller Putzerfahrung war, und diese vertrauten ihr derart, dass sie keine weiteren Fragen mehr gestellt hatten. Und, wie Neil am Abend zuvor immer und immer wieder betont hatte, war es für niemanden gut, wenn ich mehr von mir preisgab. Er erinnerte mich an meine Neigung, Unsinn zu erzählen, wenn ich nervös oder unter Druck war, und hatte mir daher geraten, so wenig wie möglich zu reden, zumindest für den Anfang, sollte sich ein Gespräch entwickeln, das über ein kurzes Hallo hinausging.

Zum Glück hatten mich die Fahrt zum Einkaufszentrum und das entspannte Besorgen der Reinigungsutensilien für ein paar Stunden angenehm von meinen Befürchtungen abgelenkt. Während ich jedoch noch darüber nachdachte, ob ich auch wirklich das richtige Schürzenmodell ausgewählt hatte, hörte ich ein leises «Hallo», und als sich eine Hand auf meine Schulter legte, war es vorbei mit der Ruhe.

Ich zuckte zusammen und fuhr herum. Aiden stand vor mir und grinste breit. «Tut mir leid, wenn ich dich erschreckt habe», sagte er lachend. «Hey, aber immerhin weiß ich jetzt, warum es bei dir zu Hause neuerdings so toll aussieht.» Er zeigte auf den Inhalt meines Einkaufskorbes.

«Was?» Ich runzelte die Stirn, ganz verwirrt von seinem plötzlichen Auftauchen. Dann warf ich einen Blick in meinen Korb und verstand. «Oh, das? Das ist ...» Ich verstummte und sah zu ihm auf. «... ich brauchte ein paar Kleinigkeiten.»

«Na, diese paar Kleinigkeiten reichen dann wohl auch für eine Weile», sagte er und lächelte.

«Ja.» Ich griff in mein Haar und ärgerte mich, dass ich zuletzt beim Zähneputzen vor vier Stunden einen trüben Blick in den Spiegel geworfen hatte, während ich bereute, dass Gavin mich zu einem vierten Cocktail überredet hatte. In dem Bemühen, Haltung zu bewahren und möglichst entspannt zu wirken, sagte ich: «Und was führt dich am Sonntag um diese Zeit ins Einkaufszentrum? Ist Summer ...», begann ich, verbesserte mich dann aber, «... ist deine Familie auch da?»

«Summer und Warren sind zu Hause», sagte er knapp. «Ich habe die Nachtschicht übernommen, und sie hatte am Morgen frei. Jetzt bin ich dran.»

«Ach so», sagte ich, weil ich nicht wusste, was ich auf diese Aussage erwidern sollte, die aus Gründen, die ich lieber nicht vertiefen wollte, meine Stimmung um einiges hob.

«Ja, also, und wohin sonst sollte ein Mann an seinem freien Nachmittag hingehen, wenn nicht ins Einkaufszentrum?»

«Eigentlich überall hin, nur nicht hierher, würde ich sagen», versetzte ich.

Er seufzte. Wir schwiegen befangen, dann sagten wir beide exakt gleichzeitig «Also».

«Du zuerst», sagte Aiden.

«Ich wollte dir nur einen schönen Nachmittag wünschen und sagen, dass ich jetzt weitermuss.»

Er nickte. «So etwas Ähnliches wollte ich auch sagen. Vielleicht trinken wir ja bald zusammen Kaffee.»

Ich winkte ihm mit der freien Hand zu und ging zu den Kassen, um meine Putzmittelbeute zu bezahlen.

Ein paar Minuten später verließ ich gerade den Laden, um zum Parkplatz zu gehen, als sich zum zweiten Mal eine Hand auf meine Schulter legte. Diesmal zuckte ich nicht zusammen. Tatsächlich hatte ich bereits darauf gewartet – beziehungsweise es erwartet.

Ich wandte mich zu Aiden um.

«Ich war eben nicht ganz ehrlich», sagte er.

«Warst du nicht?» Ich sah ihn an und wartete.

«Ich wollte dir gar keinen schönen Nachmittag wünschen. Ich wollte dich fragen, ob du schon gegessen hast. Und ob du Lust hättest, mit mir in die Stadt zu fahren, um zusammen Mittag zu essen. Ich lade dich ein.»

Ich dachte an Neils wiederholte Instruktion, diesem Mann mit äußerster Vorsicht zu begegnen. «Ich muss …»

«Oder nur einen Kaffee, wenn du schon gegessen hast», unterbrach er mich. In seinem Blick lag fast so etwas wie Verzweiflung.

Ich beschloss, Mitleid mit ihm zu haben – oder mit mir selbst, da war ich mir nicht ganz sicher. «Ich habe noch nicht gegessen», sagte ich und konnte sehen, wie er sich entspannte. «Aber jeder bezahlt für sich selbst.»

* * *

Es war schon fünf Uhr nachmittags, und wir hatten unser sehr spätes Lunch im *Cow Shed* schon vor bestimmt einer Stunde beendet. Aiden hob die Hand, um den Kellner herzurufen, und bat um eine zweite Flasche Wein.

«Einen Augenblick bitte», sagte ich zum Kellner. «Könnten Sie uns bitte eine Sekunde geben, damit wir die Sache besprechen können?»

«Möchtest du lieber etwas anderes?», fragte Aiden.

Ich schüttelte den Kopf. Einige Male schon hatte ich ihn fragen wollen, wann er eigentlich nach Hause musste. Es war mir nicht entgangen, dass er sein Telefon stumm geschaltet hatte, nachdem gegen vier Uhr schnell hintereinander eine Reihe von Nachrichten bei ihm aufgepoppt waren. Und ich musste kein Sherlock Holmes sein, um eine ziemlich genaue Ahnung davon zu haben, wer sie geschickt hatte und was darinstand. Aiden hatte nur eine einzige Textnachricht zurückgeschickt, die nicht länger gewesen sein konnte als ein einziger, kurzer Satz.

Ich hatte das unkommentiert gelassen. Schließlich war es ja wohl nicht meine Aufgabe, ihn an seine väterlichen Pflichten zu erinnern oder mich gar in seine Beziehung einzumischen. Außerdem war es weit netter, ein langes Mittagessen im *Cow Shed* zu genießen, selbst mit Aiden, als den Sonntagnachmittag mit Wäschewaschen zu verbringen, nur in Gesellschaft meiner Ängste vor dem neuen Job am nächsten Tag.

Wir hatten stillschweigend alle riskanten Themen vermieden, die mit unserer gemeinsamen Vergangenheit zu tun hatten. Stattdessen hatten wir uns an frühere, weniger schwierige Zeiten erinnert und uns von unseren jeweiligen beruflichen Entwicklungen erzählt. Aiden gestand mir von den Schwierigkeiten, eine neue Work-Life-Balance zu finden, und ich berichtete ihm von der Schreibpause. Von meiner Vereinbarung mit Rose sagte ich jedoch kein Wort. Es war ein überraschend angenehmer Nachmittag gewesen, aber jetzt bekam ich Gewissensbisse – oder so etwas Ähnliches.

«Wann musst du denn wieder zu Hause sein?», fragte ich.

Er fuhr sich durch die Haare. Dann holte er sein Handy hervor und scrollte sich durch eine offenbar recht ansehnliche Menge von Nachrichten. Er tippte etwas und schob das Handy dann wieder zurück in seine Hosentasche.

«Einen so schönen Nachmittag habe ich seit Monaten nicht mehr gehabt», sagte er leise und starrte vor sich auf den Tisch. «Vielleicht seit Jahren nicht mehr.»

Ich schwieg. Dann schaute er zu mir hoch und lächelte traurig. «Ich will einfach nicht, dass es schon zu Ende ist. So einfach ist das.»

«Ja, das Essen war echt lecker», sagte ich, um das Kompliment so unpersönlich wie möglich klingen zu lassen.

Wir saßen schweigend da und sahen uns über den Tisch hinweg an, bis wir vom Kellner unterbrochen wurden.

«Haben Sie sich entschieden?», fragte er lächelnd.

«Also, ich hätte gern noch eine Flasche Roten», sagte Aiden ernsthaft. «Aber wie ist es mit dir, Grace? Möchtest du etwas anderes?»

Ich sah ihn an und überlegte. Ich hatte ein reines Gewissen, sagte ich mir. Ich hatte ihn nicht eingeladen oder ermutigt, noch länger zu bleiben, und ich hatte ihn keinesfalls daran gehindert, nach Hause zu gehen. Tatsächlich hatte ich sogar mehr als das getan: Ich hatte ihn dazu ermuntert, nach Hause zu gehen. Und dafür, dass er dazu offenbar so gar keine Lust hatte, war ich ja nun wirklich nicht verantwortlich, oder?

Immerhin war er erwachsen, und seine Lebensentscheidungen hatten nun schon seit langer Zeit nichts mehr mit mir zu tun. Was mich anging, so hatte ich absolut nichts vor und musste auch zu niemandem nach Hause eilen.

«Ich beteilige mich gern am Roten», sagte ich achselzuckend, leerte mein Glas und verdrängte den Gedanken, dass ich mich ziemlich oberflächlich und selbstsüchtig benahm.

«Super», sagte Aiden.

«Perfekt», sagte der Kellner und ging den Wein holen.

Kapitel 7

Ich hatte den Wecker auf 8:15 Uhr gestellt. Ich wollte duschen, gemütlich frühstücken, mir Roses Putzplan noch einmal anschauen, das Auto mit den Putzutensilien vollladen und um 9:30 Uhr im Bennett Park sein, um mit der Arbeit zu beginnen.

Aber als ich gähnte, mich rekelte und schließlich auf das Display meines Weckers blinzelte, merkte ich, dass ich unbewusst auf die Schlummertaste gedrückt haben musste – und zwar mehr als einmal, denn es war bereits 8:55 Uhr.

Ich setzte mich schnell auf, bereute die hastige Bewegung sofort und ließ mich wieder aufs Kissen fallen. Trotz der mehr als acht Stunden Schlaf fühlte ich mich schrecklich. Alkohol hatte ich noch nie besonders gut vertragen, aber heute bezahlte ich den Preis für die zweite Weinflasche, die Aiden und ich bis auf den letzten Tropfen ausgetrunken hatten.

Ich setzte mich erneut auf, diesmal langsamer, schlug die Decke zurück und schwang die Beine über die Bettkante. Wenn ich es nur ins Badezimmer beziehungsweise zum Nurofen im Badezimmerschrank schaffte, wäre ich schon auf dem Weg zur Besserung. Ich ging wie eine Achtzigjährige auf der Suche nach ihrem Rollator ins Badezimmer.

Dreißig Minuten später lenkte ich meinen Mini vorsichtig in eine Parklücke vor James Brookes Haus. Ich fühlte mich zwar ein wenig merkwürdig in meiner Haut, war jedoch stolz darauf, es doch noch irgendwie pünktlich geschafft zu haben. Sogar geduscht hatte ich und noch ein leichtes Frühstück während der Fahrt zu mir genommen: eine Banane und eine Schokowaffel.

Ich schaltete den Motor aus und zog meine makellose grüne Schürze zurecht. Dann warf ich in der verzweifelten Hoffnung einen Blick in den Rückspiegel, dass ich womöglich doch besser aussah, als ich mich fühlte. Leider tat ich das nicht, ich sah eher aus wie eine feuchte Leiche. Resigniert stieg ich aus dem Auto.

Es dauerte noch einige Minuten, um meine Reinigungskiste, den Eimer, den Mikrofasermopp, die Fugenbürste und den ausziehbaren Staubwedel aus dem Auto und die fünf breiten, wenn auch recht niedrigen Stufen zur Haustür hoch zu schleppen. Aber schließlich drückte ich genau um 9:29 Uhr auf den Klingelknopf, um sicherzugehen, dass niemand zu Hause war, öffnete die Haustür, schob die gesammelten Werkzeuge meines neuen Gewerbes mit dem Fuß über die Schwelle und trat selbst ein.

Ich hatte die Tür schon hinter mir geschlossen und den Eimer genommen, als ich das langsame, aber stetige Piepen bemerkte. Da fiel es mir wieder ein: Ich musste ja erst die Alarmanlage ausschalten! Ich geriet kurz in Panik, dann fiel mir Roses Putzplan wieder ein. Der Code für die Alarmanlage stand gleich auf der ersten Seite.

Ich tippte die Ziffern 2125 in die Tastatur an der Wand links von der Haustür. Das Piepen hörte sofort auf, und meine Schultern erschlafften vor Erleichterung, die Katastrophe gerade noch abgewendet zu haben.

Eine hundertstel Sekunde später ging der Alarm erneut los, und zwar mit einem so nervenzerfetzenden Heulen, der in meinem delikaten Zustand die Grenze dessen überschritt, was ich noch für aushaltbar gehalten hätte. Ich kniff die Augen zu und steckte mir die Finger in die Ohren. Dann riss ich mich zusammen, hob Roses Putzplan mit den Anleitungen vom Boden auf und konzentrierte mich.

Um die Alarmanlage auszuschalten …

Ja.

… drücken Sie auf das Entriegelungssymbol …

Mist. Das hatte ich vergessen.

Geben Sie 2125 ein …

Ja.

… und drücken Sie das Entriegelungssymbol ein zweites Mal.

Das hatte ich auch vergessen.

Um den Alarm auszuschalten und den Code zurückzusetzen …

Endlich, nach zwei Anläufen, herrschte wieder wunderbare, herrliche und luxuriöse Stille – abgesehen von dem hoffentlich vorübergehenden Pfeifen in meinen Ohren.

* * *

Als ich fünfzig Minuten später das Badezimmer in der ersten Etage geputzt hatte, fühlte ich mich schon viel besser. Nach dem Debakel mit der Alarmanlage folgte ich Roses Anleitungen jetzt minutiös. Ich benutzte sogar eine Zahnbürste, um die Stellen um die Wasserhähne herum zu schrubben, und zog die

Plastikschuhüberzieher mit dem Gummizug an, damit ich nicht in Socken die Böden wischen musste und womöglich Fußspuren hinterließ. Ich kam gut voran. Die erste halbe Stunde hatte ich zu Adeles neuestem Album mitgesungen, und mit meinen Kopfhörern konnte ich sogar beim Staubsaugen jedes Wort der Radiosendung *Woman's Hour* verstehen.

Abgesehen von der Alarmanlage war das einzige Problem mein Haar, das ich in der Hast heute Morgen vergessen hatte zurückzubinden. Beim Staubsaugen und Wischen war das kein Problem, aber beim Putzen der Waschbecken und Oberflächen erwies sich das als extrem ärgerlich. Aber da ich kein Stück Schnur oder Gummiband in der Küche fand, benutzte ich einfach einen von Roses Plastikschuhüberziehern als Haube. Das funktionierte perfekt, und ich gratulierte mir selbst zu dieser Erfindung. Ich zog den Staubsauger ins Arbeitszimmer, stöpselte ihn ein und schaute mich um.

Da ich nun schon eine ganze Stunde geputzt hatte, beschloss ich, mir ein Päuschen zu gönnen. Ich ließ mich in den grauen Bürostuhl fallen, der ebenso wie alles andere in diesem Haus völlig unberührt, unbenutzt und ungeliebt wirkte. Karge, metallgraue Wände, weiße Hochglanzregale und einen ausladenden Schreibtisch gab es hier, dessen Oberfläche abgesehen von einem Mac, einem Drucker und einer hohen weißen Lampe vollständig leer war. Nichts in diesem Raum schien einen Hinweis auf Mr. Brookes Persönlichkeit oder Beruf zu geben, und ich bereute es jetzt, Rose nicht nach Einzelheiten gefragt zu haben. Während ich so in dem Bürostuhl Karussell fuhr, blieb mein Blick an drei grauen, jeweils mit Datum versehenen Ordnern hängen, die auf einem der unteren Regale an der Wand standen. Vermutlich standen sie nicht nur zur Zierde da. Ich stand auf und griff nach einem von ihnen.

«Hallo.»

Beim Klang der Stimme zuckte meine Hand zurück, als hätte ich mich verbrannt. Ich wirbelte herum. In der Tür stand James Brooke. Ich erkannte ihn sofort, obwohl er ganz anders angezogen war als auf dem Foto, das ich gesehen hatte. Statt der warmen Wanderkluft trug er jetzt ein blaues Hemd und dunkle Hosen, und natürlich war er einschüchternde fünfzehn Zentimeter größer als ich und nicht mehr nur ein kleines unbedeutendes Foto in meiner Hand. Aber abgesehen davon sah er genauso aus: selbstsichere Haltung, durchdringender Blick und einem Lächeln, das der sozialen Konvention geschuldet schien.

«Hallo», wiederholte er und schaute demonstrativ zwischen mir und dem grauen Ordner hin und her. «Ich bin James.»

Ich nickte und lächelte viel zu übertrieben, zutiefst erschrocken, erwischt worden zu sein. Hatte ich bereits um halb elf Uhr am ersten Tag Roses Hoffnungen in mich unwiderruflich enttäuscht? Panisch suchte ich nach einer überzeugenden Erklärung dafür, den Ordner vom Regal genommen zu haben. *Um ihn abzustauben?* Aber wo war mein Staubwedel? *Um ihn woanders hinzustellen?* Aber warum? *Um absolut unangemessene Neugier zu befriedigen?* Ich erinnerte mich plötzlich an Neils Rat, jede Unterhaltung auf das absolute Minimum zu beschränken.

«Ich bin die Putzfrau», sagte ich durch die zusammengebissenen Zähne, was mein Grinsen sicher ziemlich irre aussehen ließ.

James Brooke neigte den Kopf zur Seite und musterte mich einen Augenblick. Dann antwortete er: «Ja, ich weiß.» Sein

Blick aus den kühlen, blauen Augen senkte sich auf meine in Plastik gehüllten Füße, bewegte sich dann wieder aufwärts und blieb an meinem Gesicht hängen.

Ich spürte, wie ich rot wurde und versuchte, meinen Mund so weit zu entspannen, dass ich nicht mehr aussah wie der Joker aus Batman. «Meine Schürze ist übrigens von John Lewis», sagte ich dann, weil ich die Stille unerträglich fand, aber auf keinen Fall vom Thema Putzen abweichen wollte. «Sie ist ganz neu.»

Er zeigte auf den Plastikschuhüberzug auf meinem Kopf. «Und ist diese … Mütze auch von John Lewis?»

«Das ist eigentlich ein Schuhüberzieher», sagte ich, um mich an offensichtliche, unwiderlegbare Fakten zu halten.

«Oh ja, jetzt erkenne ich es auch. Tut mir leid, dass ich das so aus dem Kontext nicht …», sein Blick fiel auf meine Füße, «… erkannt habe.»

Mir wurde langsam übel, wahrscheinlich aus Angst, Scham und der abflauenden Wirkung des Nurofen. «Tja, dann wollen wir mal weitermachen», sagte ich in dem Versuch, möglichst lässig zu klingen. Ich ging mit drei übertrieben langen, überaus befangenen Schritten zum Staubsauger, wobei ich vermutlich aussah wie eine besonders ungeschickte Hürdenläuferin.

Mein Arbeitgeber warf einen Blick auf die Ordner. «Ich bin hier, weil die Alarmanlage angegangen ist», sagte er. «Meine Nachbarin hat mich angerufen. Offenbar hat sie geklopft und geklingelt, aber keiner hat aufgemacht. Und Sie haben die Kette vorgelegt, so konnte sie auch nicht mit ihrem Schlüssel herein. Ich musste durch die Küchentür kommen.» Er zog fragend eine Augenbraue hoch. Sein Lächeln war jetzt verschwunden.

«Ach, du meine Güte, es tut mir ja so leid. Ich war wohl taub, und dann auch noch Adele.» Ich zeigte ihm meine Kopfhörer.

In seinem Gesicht rührte sich nichts. «Nun, da ich schon mal hier bin, bleibe ich und arbeite heute Morgen von zu Hause aus.»

«Oh, gut.» Ich warf einen Blick auf den Staubsauger. «Soll ich hier dann später staubsaugen?»

Er setzte sich auf den Bürostuhl. «Machen Sie sich keine Mühe. Lassen Sie das Arbeitszimmer heute einfach, wie es ist. In Zukunft übrigens bitte auch.»

«Oh», sagte ich mit einem schlechten Gefühl in der Magengrube, für mich ebenso wie für Rose. Er hatte mich eindeutig als Schnüfflerin enttarnt – vielleicht vermutete er sogar noch Schlimmeres.

«Emily arbeitet hier nicht; sie sitzt lieber am Küchentisch. Also ist der Staub hier kein Problem. Und ich weiß, wie man den Staubsauger bedient, wenn es nötig ist.»

«Verstehe. Naja, also in dem Fall, äh ...» Ich bückte mich und zog den Stecker des Staubsaugers aus der Steckdose. «... also dann mache ich jetzt einfach mit den Schlafzimmern weiter.»

«Gut, Grace.»

Ich schaute ihn überrascht an. Er kannte meinen Namen.

Er hatte konzentriert auf den Bildschirm geschaut, wandte sich jetzt aber zu mir um. «Alles in Ordnung?»

Ich nickte und wandte mich zum Gehen. «Ja, James», log ich. «Alles in bester Ordnung.»

Kapitel 8

Ohne die Schürze abzulegen, ließ ich mich zu Hause in meinen Lieblingssessel fallen und holte mein Handy hervor. Es hatte im Laufe des Morgens einige Male in der Gesäßtasche meiner Jeans vibriert, aber ich hatte es geflissentlich ignoriert. Zuerst, weil ich unbedingt rechtzeitig fertig werden wollte und annahm, dass es sicher Gavin war, der erste Schnüffelergebnisse erwartete, und dann, weil meine Laune nach dem ersten Zusammentreffen mit James Brooke einen Tiefpunkt erreicht hatte und ich mir seiner Gegenwart unangenehm bewusst war.

Ein neuer Fakt, den ich über Mr. Brooke herausgefunden hatte und meiner Liste bereits gesammelter Informationen hinzufügen konnte (zum Beispiel, dass er kaum lächelte und Beziehungen rücksichtslos und kaltherzig handhabte), war, dass er sich in seinem Haus mit der Geräuschlosigkeit, Heimlichkeit und dem Charme eines Dementors bewegte. Von dem Moment an, als er im Büro aufgetaucht war, hatte ich meine Kopfhörer in die Tasche meiner Schürze gesteckt und still weitergearbeitet. Dennoch schaffte er es drei Mal, mich mit seinem plötzlichen Auftauchen zu erschrecken: erst in seinem Schlafzimmer, aus dem er sein Jackett vom Bett holte – zweifellos, damit ich ihm nicht die Brieftasche stahl – und dann zwei Mal in der Küche, zuletzt, als ich gerade gehen wollte.

Bei jedem dieser Zusammentreffen schien er nur mit Mühe den Blick von dem Schuhüberzug auf meinem Kopf wenden zu können. Mir war klar, dass er ihn lächerlich fand, aber ich war wild entschlossen, ihn dort zu lassen, wo er war – aus praktischen Gründen ebenso wie aus der leicht passiv-aggressiven Hoffnung heraus, dass er ihn irgendwie ärgerte. Unter anderen Umständen hätte ich ihm fröhlich und bis in alle Einzelheiten erklärt, wie es dazu gekommen war, dass ich einen Plastikschuhüberzieher auf dem Kopf trug. Aber angesichts seiner eisigen Persönlichkeit und der Gefahr, wieder etwas Falsches zu tun, beschränkte ich meine Konversation auf einfache, direkte Antworten auf seine Fragen, streng haushaltsbezogen. In der Folge hielt er mich jetzt ohne Zweifel für ein wenig «speziell» mit einer gewissen Neigung zur Besessenheit und Kriminalität.

Aber das war mir völlig egal. Tatsächlich gefiel es mir sogar, dass mich ein Mann, den ich so sehr missbilligte, nicht mochte. Aber es machte mir doch etwas Sorgen, dass seine Meinung über mich vielleicht Rose schaden könnte. Hoffentlich fand er, dass sie zumindest auf professioneller Ebene nicht komplett danebengegriffen hatte. Immerhin hatte ich wirklich den ganzen Morgen poliert, gewischt und gesaugt, um sein Haus klinisch rein zu putzen.

Ich seufzte und schaute auf das Display meines Handys. Ich hatte sieben neue Nachrichten: fünf, wie ich schon vermutet hatte, von Gavin (*Was hast du kaputt gemacht / herausgefunden* in allen Variationen), eine von Aiden und eine sehr lange von Rose, die ich mir bis zum Schluss aufsparte.

Aidens Nachricht stellte sich als eine aufgeräumte Entschuldigung dafür heraus, dass er mir am Tag zuvor so viel Zeit gestohlen hatte, gefolgt von der Frage, ob ich mich diese Woche noch einmal mit ihm zum Lunch treffen wollte. Ich zögerte nur einen ganz kurzen Moment, dann löschte ich seine Nachricht. Ich hatte bisher keinen Augenblick Zeit, an ihn zu denken, und wollte damit auch gar nicht wieder anfangen. Ich hatte unser ausgedehntes Mittagessen genossen, gleichzeitig aber begriffen, dass genau das nicht unbedingt gut war. Selbst eine freundschaftliche Beziehung zu Aiden war belasteter als ein vollbepackter Vierzig-Tonner. Ich brauchte keinen stirnrunzelnden Neil neben mir, der mir sagte, dass es am vernünftigsten war, sich aus der Sache wieder zurückzuziehen.

Ich seufzte erneut, öffnete Roses Nachricht und las.

Liebe Gracie,
ich bin sicher in Spanien angekommen, und die Sonne scheint. Hier sind es angenehme 24 Grad, das ist für mich genau richtig. Ich sitze am Pool. Violet ist gerade ins Haus gegangen, um uns Drinks zu holen. Bis zum Nachmittag bin ich sicher beschwipst. Ich wollte nur wissen, wie du heute Morgen mit dem Putzen klargekommen bist. Ich hoffe, es war nicht zu schwer und ich habe dir alles gut erklärt. Hast du Emily kennengelernt? Normalerweise ist sie montags im College, aber hin und wieder fallen Stunden aus. Wenn nicht, dann lernst du sie sicher am Donnerstag kennen. Wenn du etwas brauchst, schick mir am besten eine E-Mail – Vi will mir zeigen, wie man sie auf ihrem Computer lesen kann. Meine E-Mail-Adresse lautet rosefortune1947@

hotmail.com. Könntest du mir deine schicken? Alles Liebe und noch mal vielen Dank, dass du für mich einspringst. Ich habe Vi alles von dir erzählt, und sie findet dich auch großartig. Rose xx

Beim Lesen musste ich lächeln, mir auf die Lippe beißen und die Tränen zurückhalten. Hoffentlich hatte ich ihr vorhin nicht zu schlimm geschadet. Um ihretwillen beschloss ich, so fröhlich und normal zu wirken wie möglich, wenn ich James oder seine Freundin das nächste Mal traf. Rose würde vermutlich, sollte James eine neue Putzfrau als Ersatz für mich suchen, ihren Job wirklich nicht wiederbekommen, und das musste ich mit allen Mitteln verhindern. Ich tippte meine Antwort.

Hallo Rose,
du klingst ja schon so entspannt, das ist toll. Es lief alles ganz glatt heute Morgen, und es hat mir richtig Spaß gemacht. Ich habe beim Putzen Musik gehört. Ich glaube, unser kleines Arrangement ist für uns beide eine gute Sache. Genieße deinen wohlverdienten Urlaub mit Violet und fall nicht in den Pool! Alles Liebe, G xx
Und meine E-Mail-Adresse lautet gbwaterhouse@blueyonder.co.uk.

Dann beugte ich mich vor, zog meinen Laptop unter dem Sessel hervor, wo ich ihn aus Sicherheitsgründen verstaute, wenn ich außer Haus war, und öffnete ihn.

In dem Moment, da Rose meinen Vorschlag angenommen hatte, einen Ausflug in die Welt des Putzens zu unternehmen, hatte ich beschlossen, Tagebuch zu führen. Neil hatte recht: Ich musste eine Pause von meinen Versuchen einlegen, Romane zu schreiben, die man veröffentlichen konnte, aber wir wussten beide, dass ich nicht nur schrieb, damit man meine Werke las. Schreiben war schon immer meine Therapie und meine Zuflucht gewesen, hin und wieder auch meine Qual, und das, solange ich denken konnte. Für mich war es eine Sucht, von der ich nicht loskam, selbst wenn ich es gewollt hätte. Und jetzt war eben dieses Putzfrauentagebuch meine Droge.

Ich hatte schon von meinem ersten Besuch in Bennett Park mit Rose aufgeschrieben. Gestern Abend hatte ich leicht angeschickert über meinen Besuch bei John Lewis und die willkommene Ablenkung in Gestalt von Aiden geschrieben. Bisher hatte das immerhin meine Nerven bezüglich des Putzjobs beruhigt und mir geholfen, das Gute an dem Deal zwischen Rose und mir zu sehen. Daher wollte ich jetzt unbedingt meine Erfahrungen von Tag eins niederschreiben. Ich erhoffte mir davon nicht nur etwas Ruhe und Klarheit, sondern, wie Neil es ausdrücken würde, auch ein wenig *Aufheiterung*, obwohl der Anfang eigentlich eher eine Vollkatastrophe gewesen war. Ich begann zu tippen.

Montag, 17. Oktober: Neue Besen kehren besser

Heute war mein erster Arbeitstag. Und um mit den positiven Dingen zu beginnen:

1. Ich war pünktlich.
2. Ein dreistöckiges Haus in drei Stunden zu putzen, ist ein tolles Workout.
3. Es war schön, ein genau umrissenes Ziel zu haben, wie

schlicht es auch sein mag. Ich habe schon lange das Gefühl vermisst, nützlich zu sein.

Ich las mir die drei Punkte einige Male durch. Sie waren unbestreitbar wahr, aber um das Gleichgewicht wiederherzustellen, widmete ich mich dann den herausfordernderen Aspekten des Morgens.

Aber es ging nicht alles glatt, weil:

1. Ich einen Kater hatte.
2. Ich die Alarmanlage ausgelöst habe.
3. James Brooke unerwartet nach Hause kam und mich im Arbeitszimmer dabei erwischte, wie ich gerade dabei war, einen Ordner zu öffnen. Natürlich wollte ich ihn nicht durchblättern, den Inhalt fotografieren und die Bilder dann an den MI5 schicken. Ich wollte nur einen Blick auf die erste Seite werfen, um eine Ahnung davon zu bekommen, wer oder was er ist. Aber eigentlich hätte ich mir gar keine Mühe geben müssen, denn ich fand es auch ohne den Ordner heraus: Er ist eine kaltherzige Unternehmensmarionette. Unser Zusammentreffen im Arbeitszimmer war vollkommen einseitig. Er hatte den Vorteil, sich auf bekanntem Terrain zu befinden, und überdies noch die Autorität des Arbeitgebers, während ich nur ein irres Grinsen im Gesicht und einen Plastikschuhüberzieher auf dem Kopf hatte. Ein einfühlsamerer Mensch hätte Mitleid mit mir gezeigt, aber er machte nicht einmal den Versuch, mir den Einstieg zu erleichtern.

Stattdessen schien er es mir extra schwermachen zu wollen, indem er ständig meine Kopfbedeckung anstarrte. Er ist gut im Starren, das muss ich zugeben. Wenn er nicht den ganzen Tag jede meiner Bewegungen verfolgt hätte, hätte ich schwören können, dass er zwei Glasaugen hat. Aber stattdessen tauchte er überall auf, ganz versessen darauf, mich dazu zu treiben, einen weiteren Fehler zu begehen, genau wie Inspektor Columbo, nur in schickeren Klamotten.

Ich hielt im Tippen inne. Irgendwie hatte sich mein Bericht zu einer wirren Schimpfkanonade entwickelt, aber ich ließ sie so stehen und begann einen neuen Absatz.

James Brooke ist kein angenehmer Zeitgenosse, aber natürlich ist er ebenso wenig verantwortlich für den grauenvollen Beginn meiner neuen Arbeit. Ich täte nichts lieber, als meinem neuen Arbeitgeber die Schuld für mein Versagen, meine Wut und meinen Frust in die Schuhe zu schieben, aber das kann ich nicht. Der Verlauf dieses Morgens war ganz und gar meine Schuld: der Kater, die Alarmanlage und, am schlimmsten von allem, meine Neugier und mangelnde Selbstbeherrschung. Ich habe meine Verantwortung weder Rose noch meinem Kunden gegenüber ernst genug genommen und bin tief enttäuscht von mir selbst. Roses Ruf ist jetzt untrennbar mit meinem Auftreten verbunden. Sie hat mir die Arbeit anvertraut, die sie braucht und liebt, und ich habe sie schon am ersten Morgen im Stich gelassen.

Ich hielt erneut inne, klappte dann aber abrupt den Laptop zu, weil mir klarwurde, dass es meine Laune nur noch weiter verdarb, wenn ich jede Einzelheit des Tages erneut durchlebte. Abwesend starrte ich vor mich hin und dachte angestrengt nach, aus diesem Morgen doch noch etwas Gutes herauszuholen.

Einen Augenblick später lenkte mich glücklicherweise das Pling meines Telefons ab. Die Nachricht war von Aiden, dessen Meeting gerade abgesagt worden war. Er hätte gegen drei Uhr Zeit, für eine halbe Stunde vorbeizukommen, sollte ich «zufällig» zu Hause sein.

Ich starrte auf mein Handy, schüttelte verzweifelt den Kopf und tippte dann immer noch trübselig meine Antwort.

Das ist ja ein Zufall. Mein Meeting wurde auch gerade abgesagt. Dann bis drei Uhr.

Kapitel 9

«Oh mein Gott, Grace.» Gavin sah mich im Spiegel an und lachte. «Der denkt, dass du nicht nur eine Irre, sondern auch eine Kleptomanin bist!»

«Ich weiß, ich weiß», seufzte ich. Ich saß in einem Stuhl in seinem jetzt leeren Salon. Gavin hatte vor einer Stunde angerufen, um mir zu sagen, dass sein letzter Kunde abgesagt hatte, und um zu fragen, ob ich bereit für einen Haarschnitt wäre – oder, um es mit seinen Worten auszudrücken: für eine Schur. Ich hatte die Gelegenheit beim Schopf ergriffen, auch weil ich so mit Gavin plaudern konnte. Er schaffte es, mich schon wenige Minuten nach meiner Ankunft wieder zum Kichern zu bringen.

«Ich sage dir was», fuhr er fort. «Ich hätte einiges dafür gegeben, dabei zu sein, als er dich nach der Tüte auf deinem Kopf gefragt hat.»

«Schuhüberzieher», verbesserte ich ihn. «Und wie wär's, wenn ich den trage, wenn wir das nächste Mal zusammen ausgehen?»

Er zeigte mit dem Kamm auf mich und sagte: «Ich werde dich beim Wort nehmen. Aber mal im Ernst. Bist du heute wieder hingegangen? Du arbeitest montags und donnerstags dort, oder?»

«Stimmt. Heute war mein zweiter Morgen, und es lief ganz gut. Keine Spur von ihm oder seiner Freundin, und das mit den Ordnern hat kein Nachspiel gehabt!» Ich legte erleichtert die Hand auf die Brust.

«Also tut dir der Job alles in allem gut?», sagte Gavin und kämmte mein frisch gewaschenes Haar weiter.

«Naja, jedenfalls lenkt er mich von mir selbst ab. Und ich mag es, etwas fertig gemacht zu haben. Ein Buch zu schreiben ist immer ein so langwieriger, endloser Prozess. Er bietet kein …»

«Das ist ja alles fein, aber das ist jetzt pseudokünstlerisches Zeugs», unterbrach mich Gavin, der nun neben mir hockte und an meinem Haar herumschnippelte. «Bleib bei den Fakten. Macht der Job im Ganzen denn Spaß?»

Ich nickte. «Ja, er macht Spaß. Das Beste daran ist, dass man allein im Haus von jemand anderem ist.»

«Oh, das würde ich *lieben*!» Er stand wieder auf und rieb sich die Hände. «Ich würde alle Zettel am Kühlschrank lesen und mir anschauen, von welchen Labels die herumliegenden Kleider stammen. Weißt du, so wie wenn man bei jemandem zum Abendessen eingeladen ist, aufs Klo geht und sich dann heimlich im Schlafzimmer umschaut?»

«Tust du das auch, wenn du zu mir zum Abendessen kommst?», fragte ich mit einem Stirnrunzeln.

«Jetzt nicht mehr. Bei dir gab es immer bloß die Termine der Müllabfuhr und riesige Schlüpfer von Marks&Spencer, die mir vollkommen den Appetit verschlagen hätten, wenn dein Essen überhaupt genießbar gewesen wäre. Wann hast du dir eigentlich zuletzt neue Unterwäsche gekauft?» Er musterte geringschätzig mein graues Kapuzensweatshirt. «Oder überhaupt Kleider?»

Ich öffnete schon den Mund, um etwas zu erwidern, aber er redete schon weiter.

«Und was ist jetzt mit Aiden?», fragte er.

Ich sah zu ihm hoch. «Was soll mit ihm sein?»

«Du weißt ganz genau, was ich meine. Benimmst du dich und bist vorsichtig, wie Neil gesagt hat?»

«Ich habe seitdem noch nicht mal mit ihm gesprochen!», protestierte ich.

«Du bist eine *dermaßen* miese Lügnerin», sagte er und fuhr mit den Händen durch mein Haar. «Ich weiß, dass du ihn mindestens einmal zum Mittagessen getroffen hast.»

«Woher, zum Teufel, weißt du das?» Hatte ich ihn womöglich im *Cow Shed* übersehen?

«Ich weiß es gar nicht.» Er zwinkerte mir im Spiegel zu.

Ich sah ihn finster an. «Hinterhältig.»

Er lächelte. «Sei … einfach … vorsichtig.» Er tippte sanft mit dem Kamm auf meinen Kopf.

«Ich … bin … ja … vorsichtig», sagte ich. «Wir haben nur kurz zu Mittag gegessen und hinterher noch einen Kaffee getrunken, das ist alles. Es ist einfach nett, mit ihm zu reden, und es ist großartig, dass es ihm so schlecht geht.»

Gavin schüttelte den Kopf. «Du kannst mich nicht zum Narren halten. Ich weiß, dass du viel zu nett bist, um mit jemandem nur aus Schadenfreude Zeit zu verbringen.»

«Es gibt keine Gefühle mehr zwischen uns, Gavin. Wir haben einfach gemeinsam ein paar Stunden totgeschlagen. Mehr nicht.»

«Naja», sagte er skeptisch, «wie wäre es dann, wenn du mich über Aiden und über deine Schnüffelerfolge auf dem Laufenden hieltest?»

«Mach ich», sagte ich und tätschelte seine Hand auf meiner Schulter.

«Und wenn du mit jemandem Mittag essen oder einen Kaffee trinken willst, der mehr Integrität besitzt, dann bin ich da. Da fällt mir ein, hast du Lust auf ein Abendessen am Samstag? Bei uns. Neil hat da irgend so einen Buch-Nerd aufgestöbert und sagte, ich solle dich fragen.»

Ich lächelte. «Vielen Dank für die Einladung, aber ich möchte lieber ein ruhiges Wochenende verbringen. Ich habe letzte Woche zu viel getrunken und war Samstag *und* Sonntag aus. Deshalb hatte ich am Montag ja auch diesen Ärger.»

Er riss die Augen auf. «Am Samstag hast du also auch getrunken, was? Mit wem denn?»

Ich senkte den Blick, um ihn nicht ansehen zu müssen, und zupfte an den Ärmeln meines Frisierumhangs. «Mit Simone Beringer.» Ich räusperte mich. «Wir sind in diesem Pub in der Whiteladies Road gegangen, wo du den Barmann so toll findest, weil er genauso aussieht wie Neil. Wir sind mit dem Taxi gefahren.»

Er sah mich ausdruckslos an. «Du bist eine *dermaßen* miese Lügnerin», seufzte er. «Viel zu viele Einzelheiten, das Taxi und dann noch Simones Nachname, als ob wir mehrere Simones kennen würden. Du hast dir mit Aiden die Kante gegeben, oder?»

«Na gut, ja, mit Aiden. Na und?»

Gavin schüttelte traurig den Kopf.

«Mach jetzt nicht dieses Enttäuschter-Dad-Gesicht, Gavin», protestierte ich. «Ich treffe Simone in ein paar Wochen wirklich zum Abendessen.»

Ratlos hob er beide Hände. «Und das ist jetzt wichtig, weil …?»

«Weil es nicht alles gelogen war. Eigentlich war es eine zukünftige Wahrheit.»

Er lachte. «Manchmal redest du solchen Unsinn. Aber mach bitte keine Dummheiten.»

«Danke, dass du dir Sorgen um mich machst», sagte ich und legte meine Hand auf seine. «Um mich und um meine Haare.»

«Du bist ein toller Mensch.» Er drückte meine Hand und küsste mich auf mein feuchtes Haar. «Aber deine Haare sehen scheiße aus, was sollen wir jetzt damit anstellen?»

Ich zuckte die Achseln. «Ich könnte einfach den Schuhüberzieher aufsetzen.»

«Du wirst lachen, Bellatrix», sagte er bedrückt, «aber diese Möglichkeit werde ich ernsthaft im Kopf behalten.»

Kapitel 10

Ich drückte auf das Entriegelungssymbol, tippte den Code ein und drückte dann erneut auf das Entriegelungssymbol. In dem Moment wurde mir klar, dass ich jetzt, bei meinem fünften Besuch in Bennett Park Nummer 3, langsam das Gefühl hatte, alles im Griff zu haben: Ich hatte eine gewisse Routine und musste nicht ständig Roses Putzplan konsultieren.

In den letzten zwei Wochen hatte ich, bis auf das kurze Zusammentreffen mit meinem Arbeitgeber, das Haus ganz für mich allein gehabt. Das hatte mich ein wenig überrascht, nicht nur, weil Rose gesagt hatte, dass sie Emily mindestens einmal in der Woche traf, sondern auch, weil James Brooke mir an meinem ersten Tag mit so offensichtlichem Misstrauen begegnet war. Ich war mir daher sicher gewesen, dass er von nun an jeden Montag und Donnerstag zu Hause arbeiten würde, um ein Auge auf mich haben zu können. Da das nicht der Fall war, dachte ich kurz, er hätte vielleicht Überwachungskameras installiert. Als Neil mir auch noch einen Artikel über einen Hausbesitzer schickte, der gefilmt hatte, wie zwei Klempner seine Nachttische durchwühlten, machte ich mir ernsthafte, wenn auch ein wenig paranoide Sorgen darüber. Deshalb war ich dazu übergegangen, jedes Zimmer erst einmal nach Überwachungskameras abzusuchen. Meine Putzpflichten erfüllte ich mit äußerster Sorgfalt und legte betontes Desinteresse an allem an den Tag, was ich nicht abwischen, abstauben oder polieren musste.

Trotz Gavins und Neils Ermahnungen war ich in meinem Privatleben nicht ganz so umsichtig. Ich hatte Aiden seit meinem Salonbesuch zwei weitere Male auf einen Kaffee getroffen, und obwohl ich es nur widerwillig vor mir selbst zugab, freute ich mich inzwischen auf unsere Verabredungen. Wir schrieben uns wieder regelmäßig Textnachrichten, und zwar so regelmäßig, dass ich überrascht war, wenn ein Morgen oder ein Nachmittag vergingen, ohne dass ich von ihm hörte. Alle Bedenken verdrängte ich inzwischen bewusst und versuchte mich stattdessen auf die positiven Seiten unserer wiedergewonnenen Freundschaft zu konzentrieren. Ich redete mir ein, dass ich auf dem besten Weg war, ihm zu verzeihen, und dass er auf dem Weg war, reifer und demütiger zu sein. Außerdem tat sein Interesse meinem trennungsgeschädigten Ego gut, was ich ungern aufgeben wollte.

Während ich an jenem Montagmorgen so meinen Gedanken nachhing, hörte ich, wie sich die Haustür knarrend öffnete und leise wieder ins Schloss fiel. Ich war gerade dabei, die Gästetoilette im Erdgeschoss zu putzen. Ich zog mir die Gummihandschuhe von den Händen und ging in die weitläufige Eingangshalle, um entweder Emily oder James höflich zu begrüßen.

Aber es war weder James noch Emily.

Stattdessen erblickte ich eine winzige, leicht vornübergebeugte ältere Dame mit einer derart riesigen Lacklederhandtasche, dass ich fürchtete, sie könnte jeden Moment damit umkippen. Sie befingerte abwesend ihre doppelreihige Perlenkette und besah sich den Briefstapel, den ich auf die Konsole an der Wand gelegt hatte. Ich schaute ihr einen Augenblick dabei zu.

«Ein Brief von der Steuerbehörde. Wie langweilig», sagte sie leise. «Aber was ist das denn?» Sie hielt eine Postkarte mit einer Strandszene darauf hoch, die an «Ems» adressiert war und die ich bereits gelesen hatte, während ich mir den Anschein gab, die Konsole abzustauben. «Barbados. Meine Güte.» Sie drehte sie um und begann zu lesen.

Ich räusperte mich, aber sie schien mich gar nicht zu hören. Gerade dachte ich, sie müsse taub sein, und wollte etwas nachdrücklicher auf mich aufmerksam machen, als sie plötzlich laut und deutlich sagte: «Ich liebe es einfach, mir anderer Leute Post anzuschauen. Sie auch?» Damit wandte sie sich zu mir um.

Ich blinzelte sie erschrocken an. «Kann ich Ihnen helfen?», fragte ich dann. Wahrscheinlich war es nicht ganz die richtige Reaktion, aber unter diesen Umständen kam es der Sache immerhin am nächsten.

«Nein, danke.» Sie lächelte und schob sich die Lesebrille zurecht. «Zum Glück habe ich heute an meine Brille gedacht, da musste ich Sie wenigstens nicht bitten, mir alles vorzulesen.» Sie wandte sich wieder der Post zu.

Ich musste wohl jetzt in Kauf nehmen, diese Person womöglich zu beleidigen, und fragte direkt: «Entschuldigung, aber darf ich Sie fragen, wer Sie sind und was Sie hier tun?»

Sie schob sich die Brille ins Haar, legte die Hand auf die Brust und lachte wie eine leicht angeschickerte Miss Marple. «Oh meine Liebe, es tut mir ja so leid. Wie komisch!» Sie lachte erneut und legte den weißen, handschriftlich adressierten Umschlag wieder hin, den sie sich aus dem Stapel gezogen hatte. «Ich sehe mir den Rest später an», murmelte sie mehr zu sich selbst, trat dann auf mich zu und streckte mir die Hand hin.

«Ich wohne nebenan», sagte sie in einem Ton, als ob damit geklärt wäre, warum sie im Haus von jemand anderem die Post durchlas. Ich schüttelte ihr die Hand. «Ich dachte, Sie wüssten Bescheid», fuhr sie fort. «Aber meine Güte, wahrscheinlich dachten Sie, ich wäre einer dieser betrügerischen Männer, die sich als Handwerker ausgeben und es auf Schwachköpfe wie meinen Freund Arthur abgesehen haben. Er hat sich von einem Halunken ausrauben lassen, der ihm einen Kostenvoranschlag für das Abschleifen und Lackieren seiner Fensterrahmen machen wollte – die, nebenbei bemerkt, aus Kunststoff sind. Damit nicht genug, in dem Kostenvoranschlag waren auch Gerüstbaukosten aufgeführt, dabei wohnt Arthur in einem Bungalow.»

Sie schüttelte immer noch meine Hand, während ich mir das Hirn zermarterte, was die Sache zu bedeuten hatte. Schließlich gab ich auf. «Es tut mir wirklich leid, aber ich fürchte …»

Das Öffnen der Haustür und das Erscheinen einer jungen Frau mit glattem, seidigem Haar und hellblauen Augen unterbrach mich. Sie war schlank und trug lässige enge Jeans, hohe braune Stiefel und eine braune Wildlederjacke. Ich erkannte sie sofort, James' Freundin Emily.

«Hallo», rief sie und lächelte mich und die Postschnüfflerin breit an. «Wie schön, nicht in ein leeres Haus zu kommen.» Sie ging durch die Eingangshalle und küsste ihre Nachbarin auf die Wange. «Ich freue mich so, dass du kommen konntest. Wie geht es dir?»

«Oh, mir geht es wunderbar, mein schönes Mädchen.» Die alte Frau nahm das Gesicht der jüngeren liebevoll in beide Hände. «Danke für deine Einladung. Ich habe gerade deine Post sortiert. Du hast eine Karte von Henry bekommen. Er sagt, er sei sehr betrunken und hätte einen schrecklichen Sonnenbrand.» Sie gab ihr die Postkarte. «Ist er vielleicht rotblond? Mein Patrick war rotblond. Er hat sich mal an einem zweiten Oktober einen Sonnenbrand geholt, in Nordwestengland.» Sie seufzte bei der Erinnerung daran.

«Henry ist tatsächlich rotblond», sagte Emily lächelnd und wandte sich an mich. «Und Sie müssen Grace sein. Ich bin Emily. Wow, ihr Haar ist aber toll. Ich habe mir immer Locken gewünscht. Wie schön, Sie kennenzulernen.»

Ich blinzelte ein wenig, weil ihre Stimme so melodiös und sanft klang, die Worte aber so schnell wie aus einem Maschinengewehr aufeinanderfolgten. «Danke», sagte ich und befühlte etwas befangen mein Haar, das ich irgendwie auf meinem Kopf zusammengebunden hatte. «Ein Freund von mir ist Friseur und will sie immer abschneiden.»

«Oh nein!» Sie runzelte die Stirn. «Lassen Sie das nicht zu. Es macht Sie gefährlich attraktiv.»

Ich schüttelte den Kopf. «Das liegt garantiert an der Schürze.»

Sie lachte. «Rose hat schon gesagt, dass Sie lustig sind, stimmt doch, Percy?» Sie knuffte ihre Nachbarin in die Seite.

«Ach, Sie sind *Percy*!», rief ich aus. «Rose hat mir von Ihnen erzählt, aber ich fürchte, ich habe angenommen, Sie wären ein Mann.»

«Euphemia Percival, deshalb Percy. Euphemia kann ich nicht ausstehen. Er klingt wie ein Musikinstrument oder eine Bronchialinfektion. Aber die arme Grace ...» Damit legte sie die Hand auf Emilys Arm. «Ich habe das bemitleidenswerte Wesen beinahe zu Tode erschreckt. Sie hat mich für einen Gerüstbauer gehalten, ausgerechnet.»

Emily sah uns fragend an, aber Percy redete einfach weiter.

«Ooh, also ...» Sie öffnete ihre Handtasche und wühlte darin herum. «Ich bringe dir hier den Spiralschneider, den Schneebesen und den Schraubenzieher zurück, Emily. Ich bin gestern kurz vorbeigekommen und habe sie mir ausgeliehen.»

Emily lächelte. «Danke. Wollen wir in die Küche gehen? Grace, wollen Sie einen Kaffee?»

«Danke schön, aber ich muss weitermachen», antwortete ich, weil ich annahm, dass sie die Frage aus reiner Höflichkeit gestellt hatte.

Sie wirkte enttäuscht, und Percy schaute vom Inhalt ihrer Tasche auf. «Ach, setzen Sie sich doch bitte dazu, meine Liebe», sagte sie. «Ich wollte Sie eigentlich noch um einen Gefallen bitten, und das kann ich besser bei einer Tasse Earl Grey, und ...», sie förderte eine kleine Plastikbox zutage, «... ich habe Kekse gebacken!»

* * *

Zwanzig Minuten und einen steinharten Keks später saß ich an Emilys Küchentisch und wusste immer noch nicht, um welchen Gefallen mich Percy bitten wollte. Aber ich erwärmte mich immer mehr für die beiden. Sie waren entspannt, offen und unbefangen. Und obwohl Emily, wie ich aus dem Lächeln schloss, das sie hinter ihrem Teebecher zu verbergen suchte, Percys Erzählungen ebenso unterhaltsam und verrückt fand wie ich, ging sie ganz ernsthaft auf sie ein.

«Also mochtest du den Vertretungsarzt nicht?», fragte sie, weil Percy bei ihrem Bericht über den letzten Arztbesuch ein grimmiges Gesicht zog.

«Eigentlich war es mehr Mitleid als Antipathie, meine Liebe. Weißt du, er war so schrecklich jung, und seine Hände zitterten die ganze Zeit. So ungefähr.» Percy stellte ihren Teebecher ab und fuchtelte mit ihren Händen vor Emilys Gesicht herum. «Er tat mir wirklich leid. Ich habe ihn auf sein Zittern hingewiesen und mich nach seiner Krankheit erkundigt. Er behauptete, er sei gar nicht krank, aber naja, seine Hände haben danach noch stärker gezittert.»

«Ach du meine Güte», sagte Emily.

Percy schüttelte den Kopf. «Mach dir keine Sorgen, meine Liebe. Ich habe der Arzthelferin am Empfangstresen noch einmal gesagt, dass der arme Kerl so zittert und Hilfe braucht. Und dann rief ein sehr netter älterer Herr von der anderen Seite des Wartezimmers, dass der Junge vielleicht Alkoholiker sei. Und eine Dame sagte, dass sie just an diesem Morgen einen Artikel in der *Daily Mail* gelesen hätte, in dem stand, dass die meisten jungen Ärzte heutzutage schlimmen Drogenmissbrauch betreiben und dass er vielleicht deshalb so zitterte.»

«Hmm …» Emily verbarg ihren Mund hinter dem Becher. «Na, dann hoffen wir mal, dass er Hilfe bekommt.»

«Oh, die bekommt er sicher», sagte Percy heiter. «Als ich

ging, stand da schon eine ganze Traube von Leuten am Empfangstresen. Sie wollten alle ihre Termine absagen und lieber zu einem anderen Arzt gehen, um ihm den Druck zu nehmen. Das ist doch sehr nett, oder? Die Menschen können doch sehr rücksichtsvoll sein, wenn es nottut. Aber genug davon. Wie geht es dir und James, Emily? Oh, und natürlich will ich noch ein wenig über Grace hier erfahren», fügte sie ohne Atempause hinzu, während ihr nicht bewusst war, welches Chaos sie in der Arztpraxis hinterlassen hatte. Sie lächelte mich an. «Wohnen Sie weit entfernt, meine Liebe? Hoffentlich ist es keine Weltreise für Sie, hierherzukommen.»

Ich fürchtete mich ein wenig vor einem Verhör. «Überhaupt nicht. Ich wohne in Henleaze, das sind nur zehn Minuten mit dem Auto, es sei denn, es gibt einen Stau in den Downs.»

Percy strahlte. «Oh, ich liebe die kleinen Lädchen in Henleaze. Als ich damals überlegte umzuziehen, habe ich mir einen sehr hübschen kleinen Bungalow dort angesehen, aber dann merkte ich, dass ich doch an Bennett Park hänge, und wo dein Herz ist, da musst du bleiben. Wohnen Sie schon lange in Henleaze, meine Liebe?»

«Ich wohne seit etwas mehr als zwei Jahren in meiner Wohnung und bin dort sehr glücklich.»

«Das ist ja wunderbar! Und geht es Ihnen wie mir, meine Liebe? Wohnen Sie allein?» Sie warf einen Blick auf meine Hand, wahrscheinlich, um nachzusehen, ob ich einen Ring trug.

Ich lächelte sie an, aber obwohl ihr Interesse eindeutig freundlich war, hatte ich überhaupt keine Lust, mein Liebesleben mit ihr zu diskutieren – oder dessen Abwesenheit. Ich räusperte mich. «Ja. Nur ich und die beiden Topfpflanzen, die ich noch nicht ganz habe umbringen können.» Um das Thema zu wechseln, sagte ich: «Haben Sie den grünen Daumen, Percy? Die Häuser hier haben so wunderhübsche Gärten.» Ich wies auf das Küchenfenster, das auf den perfekt geschnittenen Rasen hinausging.

«Ja, die Gärten sind wirklich hübsch», nickte sie. «Patrick und ich haben früher die ganze Gartenarbeit selbst gemacht, als wir noch jünger waren. Jetzt schaffe ich es natürlich nicht mehr, deshalb habe ich Hilfe. Ein sehr netter junger Mann kommt, mäht den Rasen und kümmert sich um die Topfpflanzen auf der Veranda. Patrick mochte natürlich keine Topfpflanzen. Er sagte, das seien Käfige, und dass Pflanzen Auslauf bräuchten – so hat er es immer ausgedrückt. Er sagte, er wolle einen Garten ‹am Rande eines wunderschönen Chaos›.» Sie lächelte bei dem Gedanken.

«Mir gefällt die Vorstellung eines ‹wunderschönen Chaos›», sagte ich.

Percy wandte sich wieder an mich. «Wie Ihr Haar. Ein wunderschöner Lockentornado. Patrick hätte das gefallen.»

Ich spürte, wie ich rot wurde. Ich war ganz gerührt von dem plötzlichen Kompliment. «Danke», sagte ich. «Manche Tage sind allerdings stürmischer als andere.»

«Also ich finde ihr Haar einfach wundervoll», sagte sie und sah Emily an. «Ist es nicht wundervoll?»

«Das ist es. James fand das auch», sagte Emily und lächelte.

Ich sah sie mit gerunzelter Stirn an, nicht wegen der schmeichelhaften Lüge, sondern weil sie plötzlich James erwähnte und mir wieder einfiel, dass diese hübsche, freundliche und lebhafte junge Frau mit einem Mann zusammenlebte, der sie, wenn man Rose glauben wollte, vor die Tür zu setzen plante, noch bevor Weihnachten vorbei war.

Emily stellte ihren Becher ab und beugte sich zu mir. «Oh, tut mir so leid, ich habe Sie in Verlegenheit gebracht. Ich dachte nur, es wäre nett zu wissen, wenn einem jemand ein Kompliment gemacht hat.»

Ich zwang mich zu einem Lächeln. «Nein, nein, schon gut. Es ist nur so, dass ich einen Plastikschuhüberzieher auf dem Kopf hatte, als ich James kennengelernt habe.»

Jetzt runzelte sie die Stirn. «Wirklich? Das hat er gar nicht erwähnt. Warum hatten Sie denn …»

«Und wie *geht* es denn dem lieben James, Emily?», unterbrach Percy sie. «Er scheint ja wirklich unglaublich schwer zu arbeiten. Und ich fand, dass er neulich am Dienstag ein wenig müde aussah, als ich den Bohrer zurückbrachte.»

«Oh, es geht ihm gut. Er ist nur ein wenig spät dran mit einem Bericht, und das hat ihm wirklich die Petersilie verhagelt. Er hat mir gestern eine Menge Ratschläge gegeben, wie ich meine Zeit besser einteilen kann, und dann hat er mich über den neuen Mann im Büro ausgefragt. Es sollte wirken wie eine beiläufige Unterhaltung, aber ich wusste genau, was er eigentlich wollte. Manchmal spricht er mit mir, als wäre ich in der Pubertät.»

Unwillkürlich rümpfte ich die Nase. Percy dagegen schien den chauvinistischen Kontrollwahn dieses James gut zu finden. «Das tut er nur, weil du ihm so wichtig bist, weißt du? Er ist ein so netter Junge. Ich freue mich so sehr, dass ihr meine Nachbarn seid. Ich bin wirklich gesegnet.»

Sie wirkte ganz gerührt, und Emily rückte ihren Stuhl näher an sie heran, um ihr den Arm um die Schultern legen zu können. «Oh Percy, ich wohne auch so gern hier, mit einer so lieben Nachbarin. Und was James angeht … für ihn bin ich jeden Tag dankbar. Entschuldige, Grace, wir werden gerade ein bisschen rührselig.»

Ich versuchte ein Lächeln, obwohl ich James inzwischen richtig furchtbar fand. Emily war völlig hingerissen von ihm und hatte nicht den geringsten Schimmer, dass es ihm offenbar ganz anders ging. «Keine Ursache», sagte ich, schob meinen Stuhl zurück und stand auf. «Aber ich muss jetzt wirklich weitermachen, sonst bleibe ich noch bis Mitternacht.»

«Ich hätte nichts dagegen», sagte Emily. «Ich habe so gar keine Lust auf meinen Aufsatz über den Zerfall der Britischen Kolonialmacht.»

«Du musst einen Aufsatz schreiben?», rief Percy aus. «Na, in dem Fall lasse ich dich sofort in Ruhe, mein Liebling. Oh, aber Grace, meine Liebe, könnten Sie nächsten Freitag bei mir putzen? Ich veranstalte eine meiner Soireen am Samstag danach, und ich weiß genau, dass Fiona Saunt wieder heimlich mit dem Finger über meine Anrichte streicht, also muss alles blitzblank sein. Hätten Sie vielleicht auch Zeit, mir als bezahlter Gast dabei zu helfen, die Mäntel anzunehmen und Wein nachzuschenken? Normalerweise macht Rose das. Heutzutage strengt mich dieses Hin- und Hergelaufe ziemlich an, wissen Sie, so klapprig, wie ich mittlerweile bin.»

Ich zögerte, um mir eine Ausrede ausdenken zu können. Die zusätzliche Putzarbeit war kein Problem, aber die Vorstellung, bei einer Hausparty die Kellnerin zu geben, gefiel mir überhaupt nicht. «Ich kann nächsten Freitag jederzeit bei Ihnen putzen», sagte ich. «Aber am Samstag habe ich leider keine

Zeit. Ich bin bei einer Freundin zu einem Abendessen eingeladen.»

Percy wirkte kurz enttäuscht, fasste sich dann aber und sagte: «Das ist natürlich völlig in Ordnung. Es ist ja auch sehr kurzfristig. Und wie dumm von mir anzunehmen, dass Sie keine Pläne für den Samstag hätten.»

«Ich könnte doch kommen und dir helfen, Percy», schlug Emily vor.

Percy drohte ihr mit dem Finger. «So alt bin ich noch nicht, dass ich vergessen hätte, dass du am Wochenende wegfahren willst.»

«Wir haben noch nichts gebucht und könnten stattdessen zu deiner Party kommen.»

Emily war offenbar bereit, ein Wochenende mit ihrem bösen Liebhaber zu opfern, um ihrer alten Nachbarin zu helfen. Ich dagegen hatte in Wirklichkeit nur eine Verabredung mit meinen beiden besten Kumpels, Mr. Sofa und Mr. Pinot Grigio. Voller Gewissensbisse holte ich das Handy aus der Tasche meiner Schürze und tippte auf dem Display herum. «Warten Sie mal kurz. Ich glaube, ich habe die Wochenenden verwechselt. Das Abendessen mit Simone ist diesen Samstag. Also habe ich Zeit, Ihnen zu helfen.»

Emily lächelte, und Percy klatschte in die Hände. «Wunderbar!» Sie trat zu mir und streichelte mir den Arm. «Ich werde Sie allen meinen Freunden vorstellen. Außer Fiona. Die würden Sie nicht gern kennenlernen wollen. Sie ist furchtbar nervig, und ich lade sie nur ein, weil es immer gut ist, wenn man jemanden hat, den man aus vollem Herzen verabscheuen kann.»

Kapitel 11

«Komm rein!» Guy, Simones gutmütiger Mann, öffnete mir die Tür. Er war nicht nur gutmütig, sondern auch freundlich und treu – damit war er einer der wenigen Menschen, die ich über Aiden kennengelernt hatte und tatsächlich mochte, sogar liebhatte. Aidens andere Freunde wirkten immer ein wenig reserviert, als ob das Geschäftliche immer eine Rolle spielte. Aber Guy, obwohl er ein ehemaliger Kollege Aidens war, legte eindeutig mehr Wert auf Spaß als auf das Geschäft.

«Und darf ich vielleicht sagen, wie besonders schön du heute Abend aussiehst, Grace?» Guy beugte seine hochgewachsene Gestalt zu mir herunter und küsste mich auf beide Wangen.

«Das darfst du gern», sagte ich erfreut. «Zumal ich mir weit mehr Mühe mit meinem Aussehen gegeben habe als sonst.» Das stimmte. Ich hatte mir Gavins hingeworfenen Kommentar über meine Garderobe zu Herzen genommen und nicht nur ein paar neue Unterhosen, sondern auch neue Stiefel, neue Jeans, einen Pulli mit Wasserfallausschnitt und ein schwarzes Midi-Kleid gekauft. Das Kleid führte ich heute Abend zum ersten Mal aus. Die Stiefel, den Pulli und die Jeans hatte ich schon zu einem Treffen mit Aiden auf ein paar Drinks angehabt.

«Na, das hat sich aber wirklich ausgezahlt», sagte Guy mit Schalk im Blick. «Du siehst aus wie Tony der Tiger, grrrroßartig! Stimmt doch, Sim?», sagte er über die Schulter an Simone gewandt, die gerade aus dem Wohnzimmer in den Flur trat.

«Das tut sie wirklich!», rief sie aus und umarmte mich. Sie war ebenso warmherzig und überschwänglich wie ihr Mann. Jedes Mal, wenn ich die beiden traf, war ich stolz darauf, die beiden zusammengebracht zu haben. Simone war früher Landvermesserin gewesen. Wir lernten uns kennen, als ich noch mit den Gewerbeimmobilien zu tun hatte. Ich stellte ihr Guy vor, weil ich mir sicher war, dass die beiden trotz ihrer Unterschiede in Persönlichkeit und Temperament gut miteinander auskommen würden. Und das taten sie auch. Drei Monate nach dem Kennenlernen zogen sie zusammen, zwei Jahre später heirateten sie.

Wir verbrachten eine Menge Zeit zusammen zu viert, als Aiden und ich noch zusammen waren. Aidens Affäre und unsere Trennung waren fast so schwierig für Simone und Guy wie für mich. Aber sie verhielten sich gewohnt freundlich und mit viel Takt und Diplomatie, sodass wir beide mit ihnen befreundet blieben, was umso erstaunlicher war, als dass Guy selbst keinen Funken Takt oder diplomatisches Geschick besaß. Aber irgendwie, zweifellos unter Simones strikter Anleitung, hatten sie es geschafft, dass weder Aiden noch ich uns in den letzten drei Jahren befangen in ihrer Gegenwart fühlten – weshalb es ein umso größerer Schock war, nun meinen Ex-Mann mit zwei vollen Rotweingläsern aus der Küche treten zu sehen. Er war eindeutig ebenso überrascht, und seine Reaktion blieb nicht unbemerkt. Simone legte erschrocken die Hand auf den Mund und bedachte Guy dann mit einem strengen Blick.

«Bitte sag mir, dass du beide vorgewarnt hast», zischte sie.

Guy sah aus wie ein begossener Pudel und fuhr sich durch das dichte, schwarze Haar. «Weißt du, ich wollte, aber ...»

Simone stöhnte. «Um Gottes willen, Guy», murmelte sie und bedeutete Aiden mit einer Handbewegung, zu uns zur Haustür zu kommen. «Es tut mir ja so leid. Wir hatten einen Termin zum Abendessen festgemacht, aber Guy und ich haben euch beide unabhängig voneinander eingeladen. Ich war gar nicht glücklich darüber und habe ihm gesagt, dass wir das nur machen können, wenn wir euch beide fragen, und er hat behauptet, er habe das auch getan.» Sie sah Guy böse an.

Guys Gesichtsausdruck zeigte schiere Panik. Sein Haar stand jetzt zu allen Seiten ab. Er räusperte sich. «Ich habe vergessen, euch eine Nachricht zu schicken, und dann verging immer mehr Zeit, und als es mir dann wieder einfiel, hatte ich Angst, Ärger zu bekommen, weil ich es so lange vor mir hergeschoben hatte, und ...»

«Und du bekommst Ärger», versetzte Simone dumpf. «Riesigen Ärger.»

Bei der Vorstellung, den Abend mit der frischgebackenen Mutter Summer verbringen zu müssen, wurde mir ein wenig übel, aber ich wollte es auch nicht noch schlimmer machen für Simone, der die Situation sichtlich unangenehm war. «Es ist überhaupt kein Problem für mich», sagte ich. «Wirklich nicht.»

Aiden versuchte ein Lächeln, sah aber nicht besonders entspannt aus. «Es ist natürlich völlig in Ordnung», bekräftigte er halbherzig.

«Guter Mann», sagte Guy sehr erleichtert. Er nahm Aiden offensichtlich jedes Wort ab und schlug ihm gutgelaunt auf den

Rücken. «Meine Schuld. Kann mich gar nicht genug dafür entschuldigen. Also versuche ich es erst gar nicht.» Er zwinkerte Simone zu, worauf sie resigniert seufzte.

«Ungefähr so einfühlsam wie ein Zweijähriger», murmelte sie.

«Es ist ganz ehrlich *kein* Problem», beteuerte ich und sah Aiden an.

Diesmal wirkte sein Lächeln ehrlicher. «Nein, das ist es nicht. Ich war nur überrascht, Grace hier zu sehen. Aber es ist eine schöne Überraschung.» Damit beugte er sich vor und küsste mich auf die Wange. «Hallo.»

Simone musterte ihn einen Moment verwirrt und hakte sich dann bei mir ein. «Also, mir tut es auch leid. Aber komm doch einfach mit ins Wohnzimmer, und ich stelle dich allen vor, während Guy uns etwas zu trinken holt.» Sie schaute zu ihm hoch. «Und sich dann kämmen geht. Was möchtest du denn gern trinken?»

«Ein Glas Rotwein wäre schön, bitte», sagte ich.

Aiden hielt mir ein Glas hin. «Hier, bitte, nimm meins. Simone kann dieses hier Summer bringen, und ich hole mir ein neues.»

Ich zögerte kurz, nahm dann aber das Glas und lächelte dankbar. Aiden und Guy gingen in die Küche, und Simone führte mich ins Wohnzimmer.

* * *

Es stellte sich heraus, dass Summers Reaktion auf die Situation alles in den Schatten stellte, was Aiden und ich an Erstaunen an den Tag gelegt hatten. Sie saß auf dem Sofa, schaute in dem Moment hoch, als ich ins Wohnzimmer kam, und wurde derart rot, dass sich ihre Haut kaum noch von der Farbe ihres dünnen, bauschigen Kleides unterschied.

«Grace!» Sie stand auf und umarmte mich. «Was für eine Überraschung», sagte sie in einem Ton, der vermuten ließ, dass diese Überraschung in etwa ebenso willkommen war wie eine tote Maus, die einem die Katze auf die Fußmatte legt.

Simone nahm sofort alle Schuld auf sich: «Ich habe vergessen, eine Gästeliste zu erstellen, Summer.» Sie reichte Summer das Weinglas.

Summer zwang sich zu einem Lächeln und setzte sich wieder, wobei sie mich mit einem ganz ungewöhnlich müden Blick von Kopf bis Fuß maß. Nach einer kurzen, unangenehmen Pause räusperte sich Simone und sagte: «So, Grace, und das hier ist mein kleiner Bruder Matt. Ich glaube, von ihm wusstest du, dass er kommen würde.»

«Ja, das stimmt.» Ich reichte einem bärtigen Mann mit Rugbyspielerfigur die Hand, der sich in einem großen Armsessel niedergelassen hatte. «Hallo.»

«Hallo», antwortete er, lächelte und hob seine Bierflasche, statt meine Hand zu schütteln. «Und ich bin vierunddreißig, Sim, also nur ein paar Jahre jünger als du, vielleicht solltest du mich nicht mehr *kleiner* Bruder nennen. Ich möchte nicht, dass Grace womöglich glaubt, du meintest damit meine Anatomie.»

Ich lachte, Simone verdrehte die Augen. «Jedenfalls sind das hier unsere Freunde Jasmine und Callum. Mit Jasmine war ich an der Uni. Sie kommen aus Canterbury und bleiben übers Wochenende.»

«Hallo», sagte ich zu dem beinahe kahlen, bebrillten Callum, der neben Summer saß, und wandte mich dann an seine Frau, die mich anstrahlte. Sie sah Simone erstaunlich ähnlich; zwar war sie ein wenig breiter, hatte aber ähnliche dunkle Haare und einen ebensolchen rosigen Teint. «Ich meine mich zu erinnern, dass Simone von dir erzählt hat, Jasmine. Habt ihr nicht an der Uni zusammen Musik gemacht?», fragte ich sie.

Jasmine stand erfreut auf und küsste mich auf die Wange. «Stimmt! Das haben wir. Ungefähr ein Dutzend Mal im Bullring Shopping Centre. Wir haben jeweils ungefähr zwei Pfund verdient, bevor uns nahegelegt wurde, doch bitte weiterzuziehen, weil wir absolut grauenvoll waren.» Sie setzte sich wieder neben ihren Mann, nicht ohne ein Stück zu rücken, damit ich mich zwischen sie und Summer setzen konnte. «Und du bist eine berühmte Schriftstellerin, habe ich gehört?»

«Wohl kaum.» Ich setzte mich. «Aber ich habe ein paar Bücher geschrieben. Und was ist mit dir? Was tust du, um morgens aus dem Bett zu kommen?»

«Nichts, was auch nur annähernd so aufregend wäre. Ich arbeite Teilzeit in einer Galerie.»

«Also ich finde das aufregend», sagte ich und lächelte sie an.

«Jasmine arbeitet Teilzeit, weil sie Kinder hat. Sie ist Mutter. Wir haben uns gerade darüber unterhalten, als du kamst», mischte sich Summer an.

Ich schaute zu Summer und dann wieder zu Jasmine, deren Augen sich leicht weiteten. Sie rutschte ein wenig unruhig auf ihrem Platz herum. Offenbar hatte Simone sie auf meine Beziehung zu Aiden hingewiesen. Die stand neben dem Sofa und hatte bereits einen ein wenig glasigen Blick. Aiden, der mit einem frisch gefüllten Rotweinglas ins Zimmer getreten war, blinzelte mir langsam und verzweifelt zu.

«Ich *liebe* es einfach, Mutter zu sein.» Summer ließ nicht locker. «Was habe ich da früher nur alles verpasst. Und ich freue mich so sehr, dass ich mein Baby schon so jung bekommen habe. So kann ich jede Sekunde besonders genießen.»

Das war jetzt eindeutig eine neue Taktik. Sonst benahm sie sich mir gegenüber immer betont höflich und ein wenig gutmütig herablassend, sicher in dem Bewusstsein, mir den Ehemann erfolgreich ausgespannt zu haben. Vielleicht lag es daran, dass sie diesmal keine Zeit gehabt hatte, sich auf ein Zusammentreffen vorzubereiten. Die bisherige großherzige Siegerpose war völlig verschwunden, stattdessen schien sie verzweifelt bemüht, mir irgendwie ihre Überlegenheit zu demonstrieren – und meine Unzulänglichkeiten. Ich atmete tief durch und schluckte um Simones willen eine böse Erwiderung herunter, in dem ihr voluminöses rotes Kleid und das Zelt des Moskauer Staatszirkus vorkamen, der zurzeit in den Downs seine Vorstellungen abhielt.

Stattdessen sagte ich: «Das Muttersein steht dir, Summer. Du siehst toll aus.»

Ich hörte etwas aus Jasmines Richtung, was wie ein erleichtertes Ausatmen klang. Simone lächelte mich so erleichtert an, wie sich Jasmine anhörte. Aber Summer redete schon weiter: «… denn bevor Aiden und ich Warren bekamen, hatten wir überhaupt keine Ahnung davon, wie es ist, Kinder zu haben. Ich meine, man kann es sich *vorstellen*, wie es ist, aber man *weiß* es natürlich trotzdem nicht. Und dann hat man ein Baby, und es ist, als sei man einem wunderbaren geheimen Club beigetreten.» Sie beugte sich über meinen Schoß, um Jasmines Arm zu drücken. «Es ist wie ein Zauberkreis.»

Ich spürte, wie Jasmine neben mir erstarrte. Sie lächelte gequält.

«Ein endloser Zauberkreis aus Pipi, Kacka und Schlaflosigkeit», murmelte Callum müde.

«Gott, ja», schaltete sich Simone ein. «Harry hat monatelang nicht durchgeschlafen.»

«Ellie auch nicht», nickte Jasmine und sah mich jammervoll an. «Deshalb siehst du auch halb so alt aus, wie du bist, Grace. Kein Schlafentzug.»

«Ich muss sagen, dass das Kinderkriegen Frauen generell älter aussehen lässt», sagte Matt, stellte sein Bier auf der Armlehne ab und beugte sich vor.

«Warum genau musst du das jetzt sagen, Matthew?», fragte Simone und sah ihren Bruder böse an. «Weil du so gern Leute beleidigst, oder weil du generell ein bisschen gestört bist?»

Er grinste. «Das habt Jasmine und du heute Nachmittag doch selbst gesagt. ‹Alles rutscht nach unten›, habt ihr gesagt.» Er zwinkerte Summer zu. «Und Aiden hat über dich eben dasselbe gesagt.»

Seine Bemerkung hatte ein Witz sein sollen, aber statt mitzulachen, warf Summer Aiden einen Blick zu, der eine Topfpflanze hätte pulverisieren können.

Aiden stöhnte leise und ließ sich in einen Sessel fallen. «Das ist ein Witz, Summer», sagte er leise. Statt sie anzusehen, schaute er auf den Boden. «Er macht Scherze.»

«Das stimmt.» Simone beugte sich vor und legte die Hand auf Summers Arm. «Man merkt es nur nicht gleich, weil er überhaupt nicht witzig ist.»

Matt warf Summer einen schuldbewussten Blick zu und nahm einen Schluck Bier. «Natürlich war es nur ein Witz. Ich finde eigentlich, dass du ziemlich … *un*mütterlich aussiehst, Summer. Tatsächlich dachte ich sofort, als du hereinkamst, oh mein Gott, die ist aber so gar keine *Mutter.*»

«Hey, ihr alle!», rief Simone plötzlich sehr laut, um Matt zu übertönen. «Ich glaube, das Essen müsste jetzt fertig sein. Lasst uns zu Tisch gehen.» Ihre Stimme lappte nur ein winziges bisschen ins Hysterische.

«Was ist das hier denn für ein Geschrei?» Guy steckte grinsend den Kopf durch die Tür und fuchtelte mit einem hölzernen Kochlöffel. «Ich bin noch nicht ganz fertig, Liebling. Wie wär's, wenn du mir noch fünf Minuten gibst?»

«Wie wär's, wenn nicht», versetzte sie trocken. Und dann zog sie Matt vom Sessel und ging voran ins Esszimmer.

* * *

Dame und Herr immer abwechselnd. Nach dieser klassischen Regel hatten wir unsere eigene Sitzordnung zusammengestellt. Mit dem Ergebnis, dass ich zwischen Matt und Aiden landete. Ersterer war, wie sich herausstellte, Single, liebenswürdig und sehr unterhaltsam. Tatsächlich kam mir mehr als einmal der Gedanke, dass der Abend perfekt gewesen wäre, hätte nicht auch Summer auf der Gästeliste gestanden. Matt war geistreich, gutartig und sehr direkt, und obwohl die letzte

Eigenschaft hin und wieder Taktlosigkeiten produzierte, über die sich seine Schwester ärgerte, fand ich seinen Mangel an gesellschaftlichem Bewusstsein eher lustig als beleidigend.

«Weißt du was», sagte Matt, senkte die Stimme und beugte sich zu mir, als Guy die Käseplatte aus der Küche holte. «Als Sim sagte, dass du und Aiden beide zum Abendessen kommt, hatte ich doch ein wenig Angst. Alle anderen geschiedenen Paare, die ich kenne, reißen sich bei jeder Gelegenheit gegenseitig den Kopf ab.»

In diesem Moment wandte sich Aiden an uns. «Tja, ich bin auch immer ganz erleichtert, wenn wir es bis zum Dessert geschafft haben. Messer sind verboten.»

«Oh, aber ich kann auch ganz schreckliche Dinge mit einem Löffel tun, wenn er sich nicht benimmt», sagte ich mit vollem Mund.

Matt lachte. Als Aiden seine Aufmerksamkeit wieder Jasmine zu seiner Rechten zugewandt hatte, beugte er sich erneut zu mir herüber und sagte: «Darf ich ganz ehrlich sein?»

«Kommt aufs Thema an», antwortete ich, während er mein Weinglas auffüllte. «Kritik vertrage ich nicht so gut.»

«Du bist sehr attraktiv», sagte er.

«Ich vertrage auch Schmeicheleien nicht so gut. Das hätte ich wohl vorher erwähnen sollen.»

Er schüttelte den Kopf. «Das ist keine Schmeichelei.»

«Oh, und ich wollte dir noch erzählen, Grace, dass ich neulich Rachel getroffen habe», mischte sich Aiden plötzlich ins Gespräch ein.

«Rachel Kingston?», fragte ich.

«Ja», nickte er. «Ich habe mit ihr gefrühstückt. Sie arbeitet als

Brandmauerexpertin für einen Klienten. Sie bat mich, dir ganz liebe Grüße auszurichten und zu fragen, wann dein nächstes Buch rauskommt.»

«Ich habe sie seit Jahren nicht mehr gesehen. Ich muss sie unbedingt mal anrufen.»

«Weißt du noch, wie wir alle Stechkahn fahren gegangen sind, als wir zu ihrem Geburtstag in Oxford waren? Richard Webster ist ins Wasser gefallen. Weißt du noch?»

Ich lachte und lehnte mich in meinem Stuhl zurück. «Natürlich weiß ich das noch. Der arme Richard.»

Aiden grinste. «Er hatte eine Algenperücke auf dem Kopf, als er wieder auftauchte.»

«Hört sich ja irre lustig an», sagte Matt. Es klang nicht sehr überzeugend.

«Das war es auch.» Aiden nickte. «Wir konnten gar nicht mehr aufhören zu lachen.» Er sah Matt einen Moment lang ernst an und fügte dann hinzu: «Ganz, ganz lange konnten wir nicht aufhören zu lachen.»

Matt hob die Hände. «Hey, ich glaube dir ja, Ade.»

«Es war *wirklich* lustig. Aber wahrscheinlich hätte man dabei sein müssen», sagte ich.

«Wo hätte man dabei sein müssen?», unterbrach uns Summer, die am anderen Ende des Tisches saß, mit ziemlich lauter Stimme. Ihr Tonfall klang merkwürdig schrill, und die Gespräche am Tisch verstummten. Alle drehten sich zu ihr um. Sie lächelte gefährlich breit und schwankte leicht in ihrem Stuhl.

«Aiden erzählte mir gerade, wie Richard Webster in den Cherwell fiel», sagte Matt. Er warf Aiden einen Blick zu. «Ich bin vor Lachen fast vom Stuhl gekippt.»

Summer richtete ihren Blick jetzt auf Aiden, wenn auch etwas zeitverzögert. «Wer ist denn Richard Cherwell?», fragte sie grinsend.

«Richard Webster», verbesserte sie Aiden. «Er ist ein alter Freund, und das ist vor langer Zeit passiert.» Er wollte eindeutig das Thema wechseln.

«Was macht Guy denn bloß mit dem Käse. Bestimmt macht er ...», sagte Simone.

«Aber die Geschichte klingt total toll», beharrte Summer. Sie wandte sich an Simone. «Findest du nicht auch, Simone?»

Simone schwieg, griff nach ihrem Wein und nahm einen Schluck, wobei sie Aiden bedeutungsvoll über den Rand ihres Glases ansah.

Aiden verstand den Wink. «Okay, also, Richard ist ein alter Freund von der Uni. Wir sind in Oxford Stechkahn gefahren, als jemandem die Mütze vom Kopf flog. Richard versuchte, sie zu retten, lehnte sich aber zu weit aus dem Boot und ...»

«Stimmt gar nicht. Es ist eine Scheißstory», sagte Summer.

Matt brach in Lachen aus. «Gott, ihr seid ja alle so lustig!» Er griff nach der Weinflasche, um sich selbst nachzufüllen. «Gerade sagte ich noch zu Grace, wie toll es ist, dass ihr miteinander lachen könnt, statt Stress zu verbreiten und euch gegenseitig an die Gurgel zu springen.»

Summer starrte jetzt Aiden an, ganz eindeutig mit Mordabsichten, während der sich entschlossen auf sein Weinglas konzentrierte. «Oh, genau, ja», sagte Matt. «Verstehe ... das ist, äh ...» Er nahm sein Weinglas und trank. «Ooh, der ist aber gut. Schmeckt teuer.»

«Erzähl doch mal ein paar Anekdoten von unserem Sohn,

Aiden. Statt dieser echt beschissenen Geschichten von deinen alten, echt beschissenen Freunden?», lallte Summer.

Aiden stand auf. Ohne den Blick zu heben, sagte er: «Danke für den wunderbaren Abend, Simone, aber ich glaube, Summer und ich sollten jetzt lieber gehen.»

«Warum?», protestierte Summer mit vorgeschobener Unterlippe. «Warum müssen wir gehen? Ich unterhalte mich gerade so schön mit Callum hier.» Sie wandte sich Callum zu, zerrte sein Gesicht zu sich heran und drückte ihm einen dicken Schmatzer auf die Stirn, wobei ihre Lippen einen dunkelroten Abdruck darauf hinterließen. «Wir unterhalten uns ganz toll, oder, Callum? Du willst doch auch nicht, dass ich gehe, oder? Du bist eben nicht so ein Scheißkerl.»

Callum schaute sich hektisch um, als suche er verzweifelt nach einem Notausgang. «Ooh, also, ich will doch nicht, dass Aiden und du euch streitet», stammelte er nervös.

Summer lachte ein leicht irres Lachen. «Oh, du bist ja *so* ein Gentleman.» Sie tippte ihm spielerisch auf die Brust. «Darf ich dir sagen, wie ungeheuer attraktiv dein glänzender Schädel wirkt?»

Aiden war jetzt um den Tisch herumgegangen, blieb hinter Summers Stuhl stehen und legte ihr sanft die Hand auf die Schulter. «Zeit zu gehen», sagte er leise.

Summer sah zu ihm hoch. «Denk bloß nicht, dass ich nicht weiß, was du vorhast.» Sie hatte die Zähne zusammengebissen und es offenbar eigentlich flüstern wollen, aber jeder konnte es hören.

Simone stand auf. «Na komm, Summer, ich helfe dir dabei, deine Sachen zu finden.»

«Er trifft sich mit jemandem, Simone», platzte Summer heraus. Ihre Augen füllten sich mit Tränen. «Er kommt immer spät nach Hause, und ich weiß, dass er nicht bei der Arbeit ist, weil ich das nachgeprüft habe. Und er verschwindet an den Wochenenden. Geht, um irgendwas zu besorgen, um dann erst nach Stunden wiederzukommen.»

Ich nahm mein Weinglas und trank ein Drittel seines Inhalts aus. Aiden legte sich die Hand auf die Stirn, warf mir einen kurzen Blick zu und sagte dann zu Simone: «Es tut mir leid.»

Simone schüttelte den Kopf. «Hol du doch schon mal die Mäntel», sagte sie leise, und er wandte sich um und ging. «Du hast nur ein bisschen zu viel getrunken, Summer, und das bist du seit Warren nicht mehr gewohnt. Die Hormone zusammen mit dem Alkohol bewirken, dass du nicht mehr geradeaus denken kannst. Bei mir war es nach den beiden Geburten auch so. Na komm.» Sie nahm Summers Hand.

Summer nickte stumm, stand auf und ging dann, gestützt von Simone, langsam zur Tür. Kurz bevor sie im Flur verschwand, wirbelte sie jedoch plötzlich herum und zeigte auf mich. «Du …», begann sie und stieß mit ihrem Zeigefinger nach mir.

Ich atmete tief ein und hielt die Luft an.

«Du», wiederholte sie, jetzt lauter, wobei ihre aufgerissenen Augen durch den verschmierten Kajal noch riesiger wirkten, «du verstehst das.» Sie schaute sich um und zeigte der Reihe nach auf jeden einzelnen Gast. «Sie kann dir und dir und dir und *euch allen*», sie fuchtelte wild mit den Armen, um alle Anwesenden einzuschließen, «erzählen, was er für einer ist.»

Alle sahen mich an. Ich atmete aus und lächelte schwach.

Summer nickte mir ernsthaft zu, reckte völlig unangemessen beide Daumen hoch und verschwand, wobei sie beinahe mit Guy zusammenstieß, der gerade sehr konzentriert mit einem gefährlich überladenen Käsebrett ins Zimmer treten wollte.

«Bitte sehr, Leute», sagte er strahlend und setzte das Brett in dem Moment stolz in der Mitte des Tisches ab, in dem die Haustür zuschlug. «Wir haben mehr Cracker, als wir je essen könnten, außerdem einen Stinkenden Bischof, Connage Dunlop, Wigmore und ein dickes Stück guten alten Cheddar – hurra! Also wenn das nicht der perfekte Abschluss eines wunderbaren Abends mit Freunden ist, dann weiß ich ehrlich auch nicht.» Er sah Simone an, die aus dem Flur kam und sich schwer in ihren Stuhl fallen ließ. «Toilettenpause, Schatz?», fragte er.

Simone sah ihn ungläubig an und öffnete schon den Mund, um etwas zu erwidern, fasste sich dann aber und atmete stattdessen tief durch. «Weißt du», sagte sie schließlich, lächelte erschöpft und griff nach dem Käsemesser, «manchmal wäre ich auch gern so begriffsstutzig und stumpf wie du, Guy. Wirklich.»

Kapitel 12

Ich war nicht überrascht, als Simone mich am Morgen nach dem Abendessen per Textnachricht fragte, ob ich am Montag Zeit für einen Spaziergang hätte. Weder sie noch der Samstagabend hatten sich ganz von Summers dramatischem Abgang erholen können, und zu behaupten, die Stimmung danach sei ein wenig gedämpft gewesen, wäre eine Untertreibung. Selbst Guy war etwas niedergeschlagen, nachdem man ihm die Situation erklärt hatte, und Simone selbst schien auf sozialen Autopilot geschaltet zu haben – sie lächelte und nickte wie die Beatles-Wackelköpfe, die Gavin mir vor einiger Zeit anlässlich einer Haarmesse in Liverpool mitgebracht hatte.

Wir hatten uns um zwei Uhr nachmittags in Leigh Woods verabredet.

«Es tut mir ja so leid, dass das alles so furchtbar gelaufen ist am Samstag», sagte sie und kam sofort auf den Punkt, kaum dass sie die Autotür geöffnet hatte. Sie stieg aus, umarmte mich fest und ging dann zum Kofferraum, um Katy herausspringen zu lassen, ihren dunkelbraunen Cockerspaniel.

Ich lachte. «Ach, vergiss es einfach.»

«Kann ich aber nicht», erwiderte sie. «Und erstaunlicherweise schafft das nicht einmal Guy. Er gibt sich selbst die Schuld. Ich übrigens auch.» Sie knallte die Kofferraumtür unnötig heftig zu. «Keinen von euch hätten wir ohne Vorwarnung in eine solche Situation bringen dürfen. Es ist unverzeihlich.»

«Eigentlich hatte ich einen schönen Abend. Es war wahrscheinlich nur für Guy und dich so schrecklich.»

«*Du* warst ein Schatz!» Sie umarmte mich erneut. «Wir haben alle gemerkt, wie du provoziert wurdest. Abgesehen von Matt, natürlich. Gott, ich hätte ihn am liebsten erwürgt.» Wir gingen vom Parkplatz in den Wald. Sie holte einen Ball aus ihrer Tasche, warf ihn für Katy und hakte sich bei mir ein.

«Ach, sei nicht so gemein. Ich habe mich gern mit ihm unterhalten», sagte ich.

«Wirklich?» Sie sah mich direkt an. «Weil er dich nämlich toll fand. Nach Summers Ausbruch hat selbst er gemerkt, dass es nicht der richtige Zeitpunkt war, dich anzubaggern. Das fand er eigentlich an der ganzen Sache am schlimmsten.»

«Er war sehr nett. Ich weiß aber nicht, ob ich schon wieder mit jemandem auf ein Date gehen möchte, aber ich mochte ihn wirklich.»

Sie nickte. «Naja, wenn du es dir anders überlegst …»

Wir gingen eine Weile schweigend weiter, dann sagte sie: «Das einzig Schöne an Samstagabend war zu sehen, dass Aiden und du euch wieder besser versteht. Ich meine, ihr beide wart immer sehr höflich und habt euch in der Öffentlichkeit gut benommen, aber jetzt merkt man, dass da zwischen euch wieder eine gewisse Wärme ist. Oder war das nur gespielt?» Sie knuffte mich schelmisch in die Seite.

Ich lächelte. «Nein, ich glaube, zwischen uns ist es wirklich besser geworden. Wir haben ein paar Dinge geklärt.» Ich hob Katys Ball auf und warf ihn direkt in ein undurchdringliches Gewirr aus Zweigen und Ästen. «Und das hier ist übrigens der Grund, aus dem ich es nie ins Schlagball-Team geschafft habe», fügte ich lachend hinzu.

Simone schwieg. Als ich mich umdrehte, sah ich, dass sie die Stirn gerunzelt hatte. «Was ist los?»

«Hast du seit Samstag etwas von ihm gehört?», fragte sie.

«Von Aiden? Nein», sagte ich und ging, um den Ball wiederzuholen. «Du denn?»

Sie schüttelte den Kopf. «Ich habe aber überlegt, ob ich ihn anrufen soll. Was meinst du?»

«Mich überrascht eher, dass *er dich* nicht angerufen hat.» Ich hockte mich hin, um den Ball zu suchen.

«Glaubst du, dass Summer recht hat? Meinst du, er trifft sich mit jemandem?», fragte Simone.

«Ich glaube nicht, dass er gerade die Kraft für eine Affäre hat, wenn es das ist, was du meinst. Aber andererseits war ich noch nie gut darin, solche Dinge zu erkennen, oder?» Ich holte Katys Ball aus dem Gebüsch und gab ihn Simone. «Hier, wirf du ihn für sie.»

«Tut mir leid – Aiden ist vermutlich das letzte Thema, über das ich mit dir tratschen sollte.»

«Sei nicht albern», sagte ich und lächelte. «Was er mit mir gemacht hat und wie er sich gegenüber anderen verhält, sind zwei völlig unterschiedliche Paar Schuhe. Ich bin jetzt nicht so heilig, dass ich es furchtbar schlimm fände, wenn er Summer betrügen würde. Und du weißt ganz genau, dass ich Klatsch und Tratsch *liebe*!»

«Ooh, naja, wenn du das ernst meinst.» Sie senkte die Stimme, als ob die Bäume mithören würden. «Da gibt es etwas, was ich dir gern erzählen würde. Guy hat neulich zufällig Duncan Sharp getroffen, der bei Aidens derzeitigem Projekt mitarbeitet, und offenbar hat Aiden in letzter Zeit ein paar Meetings sausenlassen.» Sie sah mich bedeutungsvoll an. Ich spürte eine unergründliche Mischung aus Befriedigung und Unruhe.

«Welchen Grund hat er denn angegeben?»

«Verschiedene. Duncan hat sich schon Sorgen gemacht, ob er krank ist und vielleicht zwischendurch zum Arzt geht. Aber Guy und ich glauben das nicht. Und dann, am Samstag ...» Sie zögerte. «... sollte ich dir das wirklich erzählen?»

«Ach, um Himmels willen, Simone!», rief ich aus. «Jetzt musst du aber!»

Sie biss sich auf die Lippen. «Ich fürchte, du hast recht. Also, als Summer und er ankamen – unangenehmerweise zu früh –, bot er an, Guy in der Küche zu helfen, und da hat er ihm eine gute Viertelstunde von ... naja, er hat von ...» Sie sah mich unsicher an. «Er hat von *dir* erzählt, Grace.»

«Oh.» Meine Unruhe / Befriedigung stieg um ein paar Grad. «Was hat er denn gesagt?»

«Nichts Dramatisches. Er schwelgte in Erinnerungen: Lustige Gespräche, die er mit dir geführt hat, eure erste Wohnung, dein Schreiben. Guy sagte, dass er eindeutig zurückblickt und nicht nach vorn.»

«Ach so.»

«Und ich glaube, dass das kein gutes Zeichen für seine Beziehung zu Summer ist.»

«Hmm ...»

Sie sah mich misstrauisch an. «Du weißt doch etwas, stimmt doch, oder?»

Ich hob abwehrend die Hand. «Simone, ich schwöre, dass ich keine Ahnung habe, ob Aiden eine Affäre hat oder nicht. Aber ich glaube auch, dass die Dinge zwischen ihm und Summer nicht zum Besten stehen. Immerhin kann man sich wirklich ziemlich schlimm fühlen, wenn man ein kleines Baby hat. Weiß Gott, als Summer ihr Baby bekam, fühlte selbst ich mich ziemlich schlimm.»

«Oh, Grace.» Sie legte den Arm um mich.

«Ist schon okay. Inzwischen geht es mir natürlich viel besser. Aber ihre Schwangerschaft war für mich wirklich ein Schlag in einer Zeit, in der ich eh noch am Boden lag. Du weißt ja, dass Aiden und ich damals ein Kind wollten. Zumindest dachte ich das.» Ich zuckte die Achseln.

«Es tut mir sehr leid. Und genau deshalb wollte ich, dass du die Wahl haben solltest, ob du Samstag kommst oder nicht.»

Ich schüttelte den Kopf. «Es war gut, dass ich das nicht konnte. Sonst hätte ich mich vielleicht für immer versteckt. Ich musste mich der Sache ein für alle Mal stellen. Also war es eigentlich ein Segen, dass ich ohne Vorwarnung hineingestolpert bin. Jedenfalls für mich – für Summer vielleicht eher nicht. Für die anderen wohl auch nicht.» Ich lächelte ein wenig melancholisch. «Der arme, arme Callum. Warum um alles in der Welt hat Jasmine ihm nicht diesen Lippenstift von der Stirn gewischt?»

«Ich glaube, sie war einfach zu verwirrt.»

«Das sah ja fast wie eine Zielscheibe aus, als ich ihm zum Abschied ein Küsschen gegeben habe.»

«Allerdings!» Sie lachte. «Wirst du die Szene in einem deiner Bücher verwenden?»

«Würde ich gern, Sim. Aber die Leute können furchtbar empfindlich reagieren, wenn ihre peinlichen Momente schwarz auf weiß nachzulesen sind, weißt du.»

Sie warf einen Ball für Katy. «Das würdest du niemandem antun, das weiß ich. Aber da wir gerade bei Büchern sind, wie läuft es denn so damit?»

«Um ehrlich zu sein, mache ich gerade eine kleine Pause davon. Mein letzter Versuch ist nicht ganz so ausgefallen, nun, nicht ganz so positiv ausgefallen, wie er vielleicht hätte sein sollen.»

Simone verzog das Gesicht. «Kannst du es noch hinbiegen?»

Ich lächelte. «Ich glaube, es geht mehr darum, *mich* wieder hinzubiegen. Neil hat gesagt, ich solle eine Pause machen, und er hat recht.»

«Eine Pause vom Schreiben? Aber du liebst es doch so.»

«Stimmt. Daher schreibe ich auch weiter – aber jetzt sind es Tatsachen, die ich niederschreibe, keine ausgedachte Geschichte. Ich führe ein Tagebuch über …» Ich verstummte, um es ein wenig spannender zu machen.

«Worüber?», fragte sie und drehte sich zu mir um.

«Über meinen neuen Job.»

Ich genoss ihre Überraschung. Sie nahm meinen Arm, um mich zum Stehenbleiben zu zwingen. «Du hast einen neuen Job? Und du hast mir nichts davon gesagt?», rief sie. «Warum um alles in der Welt hast du am Samstag nichts davon gesagt?»

«Weil es ein kleines Geheimnis ist. Ich arbeite inkognito», flüsterte ich.

«Ooh!» Ihr Gesicht erhellte sich. «Das klingt ja spannend. Erzähl, erzähl, erzähl!»

«Ich putze.»

Simones begeisterter Gesichtsausdruck erstarrte ein wenig. Es strengte sie sichtlich an, ihn aufrechtzuerhalten. «Ooh … putzen …», sagte sie, immer noch mit offenem Mund.

«Und diesen Samstag …», fuhr ich fort.

«Ja?»

«Gehe ich sogar kellnern!»

Jetzt fiel ihre mühevoll aufrechterhaltene Begeisterung in sich zusammen. Sie schloss den Mund wieder. «Nee, sorry, das musst du mir doch erklären.»

«Naja. Zuerst musst du wissen, dass ich ein paar interessante Leute kennengelernt habe und die Arbeit wirklich mag. Und ich muss dafür aus dem Haus, aus meiner Komfortzone und aus mir selbst heraus. Das brauchte ich alles ganz nötig.»

Sie nickte. «Okay, jetzt beginne ich es zu verstehen. Und für mich klingt das übrigens sehr gut», sagte sie sanft. «Aber warum inkognito?»

«Naja, weißt du», ich hakte mich bei ihr ein, «ich bin da für jemanden eingesprungen.» Und dann, nachdem sie Stein und Bein geschworen hatte, niemals irgendwem etwas darüber zu verraten, brachte ich Simone auf den neuesten Stand, mit allen Einzelheiten bis hin zu meiner Hand auf dem Ordner.

Kapitel 13

Als Percy mir am folgenden Freitag die Tür öffnete, war ich überrascht, mich in einem Gemeinschaftsflur wiederzufinden. Ich hatte nicht gewusst, dass sie nur das Erdgeschoss des Nachbarhauses von James und Emily bewohnte, obwohl es ihr ganz gehörte. Die oberen Stockwerke waren in zwei Wohnungen umgewandelt worden, in denen jedoch noch niemand wohnte.

«Ich bin jetzt zweiundachtzig, Schätzchen, und drei Stockwerke sind einfach zu viel für mich.» Sie stieß die leuchtend rote Tür auf und ließ mich in ihre Wohnung ein. «Vor zwei Jahren habe ich beschlossen, dass ich eine kleinere Wohnung brauche. Ich habe mir eine Menge hübscher Bungalows angesehen, aber ich hatte doch auch Angst vor dem Umzug. Immerhin wohne ich schon seit vierzig Jahren hier. Dann hat James die Sache mit den Wohnungen vorgeschlagen. Er ist ja so schlau. Und so ist es wirklich wunderbar. Es ist so gemütlich hier.»

«James von nebenan?», fragte ich nach und stellte die Kiste mit den Putzmitteln ab.

Percy nickte. «Sie sind noch nicht ganz fertig, wobei eine schon vermietet ist. Aaron, mein wunderbarer Elektriker, muss noch ein paar Lampen installieren, dann sind wir fertig.

Bis Weihnachten ist alles geregelt. Kann ich dir ein Tässchen Tee anbieten, meine Liebe?», fragte sie. «Rose und ich trinken immer eins, bevor sie anfängt.»

«Um ehrlich zu sein, hatte ich gerade einen Kaffee. Aber wenn Sie mir alles zeigen und ich schon mal anfange, dann könnten wir ja vielleicht Tee trinken, wenn ich Pause mache. Das würde mich sehr freuen.»

«Ach du meine Güte. Sie sind ja so schlau und effizient. Genau wie James», sagte sie lächelnd.

Es dauerte länger, als ich gedacht hatte, bis sie mir alles gezeigt hatte – beinahe eine Stunde. Das war weder der Größe der Wohnung noch der besonders schwierigen Aufgabe geschuldet, sondern lag daran, dass Percy zu jedem Möbelstück, jeder Armatur, jedem Bild und jedem Foto etwas zu erzählen hatte.

«Und das hier», sagte sie und zeigte auf ein halbes Dutzend gerahmter Fotos, die auf einem Klavier standen, «ist, oder besser: *war* meine ältere Schwester Elspeth. Auf dem Bild ist sie sechzehn. Es wurde ein Jahr vor ihrem Tod aufgenommen.» Sie nahm das Bild in die Hand und sah es liebevoll an. «War sie nicht hübsch?», seufzte sie. «Ich vermisse sie immer noch. Nach all den Jahren.»

«Sie ist wirklich ausgesprochen hübsch. Wie traurig, dass sie so jung sterben musste. Tut mir wirklich sehr leid, Percy.»

Percy lächelte. «Sie war ziemlich exzentrisch, wissen Sie. Sie hat immer hübsche Hüte und Jäckchen für die Katzen gehäkelt, und sie hat es geliebt, Dinge anzuzünden.»

Ich runzelte die Stirn. «Dinge anzuzünden?»

Percy nickte.

«Sie meinen, sie machte gern Lagerfeuer?», fragte ich.

«Oh, nein, meine Liebe. Sie war eine richtige Brandstifterin», erwiderte Percy und sah mich wohlwollend an.

«Meine … äh … Güte», versetzte ich und suchte nach einer angemessenen Entgegnung. «Hat sie auch … äh … große Dinge angezündet?»

«Große Dinge, kleine Dinge. Eigentlich alles. Nachdem sie ein paar Ställe und ein Nebengebäude niedergebrannt hatte, hat Daddy sie aufs Internat geschickt. Und dann brannte natürlich das Internat, deshalb musste sie wieder nach Hause. Ein Zufall, behauptete Daddy, aber wir wussten es natürlich besser.» Sie knuffte mich mit dem Ellenbogen in die Seite, zwinkerte mir zu und tippte sich gegen die Nase.

«Verstehe», sagte ich unsicher.

«Und dann, Ironie des Schicksals, stirbt sie ausgerechnet an Unterkühlung.»

«Unter …»

«Genau. Sie hat alle guten Ratschläge in den Wind geschlagen und ist auf irgend so einen dummen Berg geklettert. Hat sich verirrt. Unterkühlung. Tot.» Sie schnipste mit grimmiger Endgültigkeit mit den Fingern.

«Oh nein. Wie grauenvoll.»

«Allerdings.» Sie nickte. «Aber immerhin konnten wir endlich die ganzen Sandeimer aus dem Haus verbannen, die überall herumstanden, für den Fall des Falles. So hat doch alles sein Gutes … Also, soll ich jetzt schon mal den Teekessel aufsetzen?» Sie warf einen Blick auf ihre Uhr. «Sie sind doch schon eine gute Stunde hier. Da wäre es doch längst Zeit für eine Pause.»

Mit dem Putzen selbst war ich dann relativ schnell fertig – obwohl Percy mir ständig mit einem Staubwedel hinterherlief, den sie wie einen Zauberstab in der Luft schwang, während sie mir mehr Familienanekdoten erzählte und mir Informationen für meine Aufgaben als Kellnerin am nächsten Abend gab. Ich würde, erklärte sie, die Haustür für ihre etwa dreißig Gäste öffnen, Getränke nachschenken und eine Menge Spaß dabei haben. Sosehr ich Percy auch ins Herz zu schließen begann, konnte ich Letzteres dann doch nicht recht glauben, aber sie plauderte unverdrossen weiter und versuchte zwischendurch, mich mit ihren betonharten Keksen zu traktieren. Jedenfalls bereute ich es keine Sekunde, ihr meine Hilfe zugesagt zu haben.

Es war beinahe ein Uhr, als ich das Netzkabel von Percys uraltem Electrolux Silverado Staubsauger aufwickelte – den sie 1983 von ihrem Ehemann Patrick zum Geburtstag geschenkt bekommen hatte –, ihre Einladung zum Mittagessen ablehnte und mich zum Gehen anschickte. «Aber Sie müssen doch etwas essen, meine Liebe, Sie sind bestimmt über eins achtzig groß, und ich glaube nicht, dass Sie mehr als fünfundvierzig Kilo wiegen», wandte Percy mit einem prüfenden Blick auf mich ein.

Ich lachte. «Ich bin einen Meter dreiundsiebzig groß und wiege mehr als siebenundfünfzig Kilo. Aber ein andermal würde ich sehr gern zum Essen bleiben. Oder wir gehen irgendwohin zum Essen.»

«Oh, das wäre wunderbar», sagte sie strahlend.

«Also gut, dann sehen wir uns morgen, Percy. Wann soll ich denn hier sein?» Ich bückte mich und hob meine Putzkiste hoch.

«Also, auf der Einladung steht sieben Uhr dreißig, könnten Sie also um halb sieben da sein, meine Liebe? Dann hätten wir genug Zeit, die Canapés zu arrangieren und schon mal ein kleines Gläschen zu trinken, um uns in Partystimmung zu bringen.»

«Klingt wunderbar», sagte ich. «Ich kann es kaum erwarten.» Sie gab mir ein unerwartetes Küsschen auf die Wange. Ich winkte ihr zum Abschied zu, öffnete die Haustür und ging die Treppen zum hohen Gartentor hinunter. Ich hatte es gerade geöffnet und wollte auf den Bürgersteig treten, als ich jemanden meinen Namen sagen hörte.

«Grace?»

Ich wandte mich um und entdeckte voller Bestürzung James Brooke, der schon die Hand auf die Klinke seines eigenen Gartentores gelegt hatte. Es war das erste Mal, dass ich ihn seit dem Ordner-Vorfall wiedersah, und ich fühlte mich entsprechend unwohl. «Oh, hallo», sagte ich. «Ich habe gerade bei Percy geputzt.»

«Das habe ich mir beinahe gedacht.» Er zeigte auf die Schürze über meinem Arm und die Putzmittelkiste, die ich trug.

Ich zwang mich zu einem Lächeln – er dagegen sah mich vollkommen ungerührt an.

«Aber ganz sicher war ich mir nicht, denn Sie haben offenbar diesmal die …» Er zögerte einen Augenblick, um dann fortzufahren: «… die Mütze vergessen.»

Ich seufzte durch die zusammengebissenen Zähne und versuchte es dann mit einem leichten Lachen. «Ach ja, bei Percy kleide ich mich ein bisschen weniger formell.»

Er hob nur fragend die Augenbrauen.

Ich nutzte sein Schweigen und sagte: «Naja, dann genießen Sie Ihr Wochenende, und vielleicht sehen wir uns dann nächste Woche.» Damit wandte ich mich zum Gehen. «Ich muss mich ein wenig beeilen, weil ich ein Päckchen erwarte und zu Hause sein muss.»

«Aber wir sehen uns doch morgen.»

Ich drehte mich zu ihm um. «Tun wir das?»

«Bei Percy. Emily sagte, Sie würden auch dort sein», erklärte er.

«Ach, verstehe.» Das waren ja tolle Aussichten! Jetzt musste ich diesem miesen Typen auch noch Drinks servieren, nachdem ich ihm schon sein Klo putzte. «Sorry, ich dachte, Sie wären verreist.»

Er schüttelte den Kopf. «Wir sehen uns dann.» Und damit öffnete er das Gartentor und ging zu seiner Haustür hinauf.

Ich starrte ihm kläglich hinterher, bis er im Haus verschwunden war. Kaltes Grauen machte meiner Vorfreude darauf Platz, Percy bei ihrer Party zu helfen. Immerhin kam Emily ja auch, sodass ich zumindest ein freundliches Gesicht in der Menge sehen würde. Aber beim Gedanken an Emily begann ich sofort mit der Idee zu spielen, an der Haustür von Bennett Park Nummer 3 zu klopfen, um sie zu fragen, ob sie nicht vielleicht doch selbst Percy helfen könnte. Ich machte sogar ein paar Schritte auf das Haus zu, als sich plötzlich mein Gewissen meldete und mir sagte, dass dieser Plan nicht nur feige, sondern auch lieblos und egoistisch war. Ich trat einen Schritt zurück und rang mit meinem Gewissen, als ich eine Bewegung hinter dem Fenster im zweiten Stock bemerkte.

Ich blinzelte und erkannte James. Er sah mich direkt an, und sein Kopf war leicht geneigt. Offenbar war er ganz gefangen vom Anblick seiner Putzfrau, die entmutigt das Haus anstarrte und dabei vor- und zurücktänzelte, obwohl sie doch gerade behauptet hatte, dringend losfahren zu müssen. Ich war unsicher, ob ich ihm zeigen sollte, dass ich ihn gesehen hatte, entschied mich dann aber dagegen. Stattdessen hob ich meinen Blick zum Himmel, als verfolgte ich den Flug eines ganz besonders interessanten und überaus langsam fliegenden Vogels. Ich wagte es nicht zu schauen, ob er wohl auf meinen Trick hereingefallen war oder nicht, schwenkte langsam ab und ging dann hastig zu meinem Auto.

Kapitel 14

«Also …», keuchte Simone, die sich vornübergebeugt auf ihren Oberschenkeln abstützte, «jetzt sag mir doch noch mal, warum das hier eine gute Idee sein soll.»

«Weil», erwiderte ich außer Atem, «du eine Ausrede dafür brauchtest, weshalb sich Guy jeden Samstagmorgen um die Kinder kümmern soll. Außerdem machst du dir Sorgen um den Umfang deiner Oberschenkel, und ich …», ich hielt inne, um einen tiefen Schluck aus meiner Wasserflasche zu nehmen, «… ich habe dummerweise bemerkt, dass ich unbedingt Sport machen muss, um weiter straff zu bleiben, wenn mein Putzjob wieder zu Ende sein wird. Das hier ist übrigens nicht die richtige Methode.»

Sie nickte. Ihr Kopf hing nur wenige Zentimeter über dem nassen Gras der Downs. «Da bin ich ganz bei dir. Ich bin völlig durch, und mein Beckenboden steht kurz vorm Kollaps.» Sie richtete sich auf und sah mich an, wobei ihre Wangen tomatenrot glühten. «Aber, um dem Ganzen mal eine positive Seite abzugewinnen, immerhin sind wir tatsächlich gejoggt. Was meinst du, wie weit wir gelaufen sind?»

Ich schaute mich zu unserem Startpunkt um, den Sea Walls.

«Gute zweihundert Meter, glaube ich. Vielleicht sogar zweihundertfünfzig.» Und dann brach ich trotz des starken Brennens in meiner Brust in keuchendes Lachen aus. Simone stimmte ein, und wir blieben ein paar Minuten aneinandergelehnt stehen, weil wir jedes bisschen Energie zum Kichern brauchten.

«Wie wär's denn, wenn wir den Rest des Weges stampfgehen?», schlug ich vor, als ich wieder zu Atem kam.

«Stampfgehen?»

«Wie ein Powerwalk, nur langsamer», erklärte ich. «Hab ich gerade erfunden.»

«Klingt gut. Aber jetzt, da du wieder Luft kriegst, erzähl mir doch mal von heute Abend. Was ziehst du an?»

«Darüber hab ich noch nicht nachgedacht.» Ich zuckte die Achseln.

«Wie wäre denn dein marineblaues, fließendes Kleid? Das mit dem welligen Saum. Oder dieses tolle schwarze Kleid vom letzten Wochenende?» Sie erwärmte sich sichtlich für das Thema. «Du kannst ja alles tragen, aber darin hast du *hinreißend* ausgesehen.»

Ich verdrehte die Augen. «Ist dir eigentlich klar, Simone, dass ich zum Bedienen auf der Party bin und es sich auch nicht um ein Dating-Event handelt? Da gibt es einen Unterschied.»

«Schadet doch nichts, hübsch auszusehen.» Sie zwinkerte mir zu. «Man weiß ja nie, wer da noch auftaucht.»

«Ich weiß tatsächlich genau, wer da auftaucht. Ich kenne absolut *jeden*, der kommt, weil Percy mit mir die gesamte Gästeliste durchgegangen ist, während ich geputzt habe – zumindest hatte ich das Gefühl, dass es die gesamte Gästeliste war. Sie hat mir Kindheits-, Universitäts- und Hochzeitsfotos von allen Anwesenden gezeigt, und die meisten davon waren schon ziemlich vergilbt.»

«Ach, hör doch auf. So alt können sie doch wohl nicht sein.»

«Naja, sie scheinen immerhin alle die deutschen Bombenangriffe im Zweiten Weltkrieg auf die eine oder andere erstaunliche Weise überlebt zu haben. Das Thema kam wiederholt auf.»

Simone lachte. «Percy klingt super.»

«Das ist sie auch. Ich genieße ihre Gesellschaft. Hoffentlich bin ich immer noch so begeisterungsfähig und interessiert am Leben, wenn ich in ihrem Alter bin.»

«Das wirst du ganz bestimmt sein. Ich kann mir nicht vorstellen, dass das bei dir je aufhören könnte.»

«Ist das eine höfliche Art, mir zu sagen, dass ich neugierig bin?»

«Ganz genau.»

«Dachte ich's mir doch.»

Sie lächelte. «Apropos, Guy fragt, ob du immer noch schnüffelst?»

«Schnüffelst?»

«Bei der Arbeit. Ich habe ihm vom Ordner erzählt. Ich hoffe, es war in Ordnung, ihm von deinem neuen Job zu erzählen? Er weiß, dass er es auf keinen Fall weitergeben darf.»

«Ist in Ordnung», sagte ich. «Und du kannst ihm sagen, dass ich mich auf der Suche nach Tagebüchern durch jedes Regal und jede Schublade arbeite. Und sobald ich irgendetwas gefunden habe, bin ich guter Hoffnung, dass sich meine beiden nächsten Bücher von ganz allein schreiben.»

«Klingt, als ob du drei Bücher allein über Percy schreiben könntest», sagte sie lachend.

«Könnte ich. Ich würde zu gern ihre Familiengeschichte aufschreiben.»

«Hast du ihr denn erzählt, dass du schreibst?»

Ich schüttelte den Kopf. «Das Thema kam nicht auf, und ich reiße mich auch nicht darum, es anzuschneiden – weil ich ja auch eine Pause von alldem machen will. Du kennst mich, ich schreibe viel lieber als über das Schreiben nur zu reden. Auf jeden Fall würde ich es ohnehin vorher mit Rose besprechen, bevor ich das ausplaudere. Vielleicht rede ich im Januar mal mit Percy, ob wir ein paar ihrer Geschichten aufschreiben wollen. Sie hat so viele tolle auf Lager, Sim.»

«Zum Beispiel?»

«Ich erzähle dir die Geschichte von ihrer Schwester, wenn wir im Café sind. Die ist phantastisch und vielleicht eine weitere Motivation für dich, jetzt noch durchzuhalten – abgesehen vom Kuchen», neckte ich.

«Es freut mich so, dass dieser Job dich dazu bringt, wieder Geschichten erzählen zu wollen», sagte Simone.

Ich lächelte sie an. «Mich auch.»

«Was ist eigentlich mit Emily? Hat sie auch eine Geschichte?»

«Sie ist genauso interessant wie Percy. Aber auf ganz andere Art», sagte ich. Beim Gedanken daran, dass ich sie auf der Party sehen würde, musste ich lächeln. Bis mir aufging, dass sie ja an James' Arm erscheinen würde.

«Alles okay mit dir?», fragte Simone besorgt. «Du wirkst bedrückt.»

«Ich habe nur gerade an Emily und James gedacht», seufzte ich. «Ich weiß überhaupt nicht, was sie mit ihm will.»

«Wirkt sie denn unglücklich?»

«Nein», gab ich zu. «Aber genau das verwirrt mich ja so. Sie wirken so inkompatibel. Sie ist warmherzig und offen, und er ist das genaue Gegenteil – die Art von Mensch, die sich überhaupt keine Mühe gibt, dem anderen die Befangenheit zu nehmen. Ich hab dir ja erzählt, wie er mich ansieht – mit so einer Mischung aus Faszination und Beleidigtsein, als ob ich komisch röche oder mir etwas Seltsames aus der Nase hinge.»

«Der klingt ja wie ein echt toller Typ», sagte Simone und lachte. «Aber was seine Beziehung mit Emily angeht, man weiß nie, wo die Liebe hinfällt. Da sind wir das beste Beispiel. Neunundneunzig Prozent der Leute begreifen nicht, warum Guy mich geheiratet hat – oder warum ich ihn noch nicht umgebracht habe.»

«Das ist etwas anderes. Ihr beide seid die nicht zusammenpassende Perfektion. Das ist, wie wenn ein wild gemustertes Kissen toll neben einem anderen wild gemusterten Kissen aussieht, obwohl man das nie gedacht hätte.»

«Wenn Guy doch nur ein Kissen wäre. Dann könnte ich ihn ganz legal immer schlagen, wenn ich Lust dazu habe», sagte sie mürrisch.

«Ach, hör doch auf. Du liebst ihn doch», sagte ich lachend.

«Ich habe ihn wohl verdient.» Sie verstummte und atmete tief durch. Dann sagte sie: «Was ich sagen wollte: Vielleicht ist es bei James und Emily auch so. Zwei wild gemusterte Kissen. Du hast sie noch nicht zusammen erlebt, oder?»

Ich schüttelte den Kopf. «Sie kommen übrigens beide zu der Party morgen.»

«Wirklich? Ich dachte, alle Gäste wären mindestens hundert Jahre alt.»

«Die beiden sind die Ausnahme. Eigentlich wollten sie auch gar nicht kommen, aber ich habe gestern zufällig James getroffen, und er sagte, dass sie auch kommen würden.»

«Naja, vielleicht ändert es auch deine Meinung über ihn, wenn du sie beide als Paar erlebst», sagte sie heiter.

«Vielleicht.» Ich versuchte gar nicht erst, überzeugt zu klingen.

«Bleib einfach offen», riet mir Simone.

«Ich verspreche dir, dass ich mich bemühen werde. Aber ich hasse die Vorstellung, dass jemand wie Emily blindlings in ihr Verderben rennt.»

«Immer auf der Seite der Frauen, Grace Waterhouse.»

Ich drückte sie an mich. «Da das quasi von der Erfinderin der Frauensolidarität kommt, nehme ich es als großes Kompliment», sagte ich.

Sie machte sich los und zeigte auf das Café in der Nähe. «Sind wir schon nah genug dran? Kannst du mir jetzt die Geschichte von Percys Schwester erzählen?»

«Dir wird die Kinnlade herunterklappen, Sim», lächelte ich. «Die Kinnlade wird dir herunterklappen.»

Kapitel 15

Die ersten fünf Minuten nach meiner Ankunft in Percys Wohnung am folgenden Abend arrangierten wir die Tabletts mit den Canapés im Empfangsraum, der sich über die gesamte Rückseite des Hauses zog. Tagsüber waren es eigentlich zwei Zimmer – ein großes Wohnzimmer und ein ebenso großes Esszimmer, beide so geschnitten wie das ihrer Nachbarn, bei denen ich zweimal die Woche putzte. Aber an diesem Abend hatte Percy die Doppeltüren geöffnet, die die Zimmer trennten.

«Das ist so ein wunderbarer Raum, Percy», sagte ich. Überall hingen gerahmte Ölgemälde und standen antike Möbelstücke, deren Geschichten ich jetzt bis ins letzte Detail kannte.

Sie lächelte und nickte. «Als der Architekt das Haus aufteilte, habe ich darauf bestanden, diesen Teil unberührt zu lassen. Hier verbringe ich die meiste Zeit, und alles sollte so bleiben, wie es war. So», sagte sie mit Blick auf die sechs Canapé-Platten, die wir im Raum verteilt hatten, «den größten Teil der Arbeit hätten wir erledigt. Dann zeige ich Ihnen mal, wo alles in der Küche steht, meine Liebe. Möchten Sie dann vielleicht ein Gläschen Champagner? Und darf ich vielleicht sagen, wie wunderschön Sie heute Abend aussehen?»

«Das dürfen Sie. Aber Sie haben es mir bereits zwei Mal gesagt, wissen Sie?», sagte ich und schaute an meinem schwarzen Kleid zu meinen hochhackigen Pumps herunter.

«Das weiß ich. Aber Sie wirken nicht so, als glaubten Sie es mir, meine Liebe.»

* * *

Percy und ich hatten schon fast das zweite Glas Champagner intus, als es zum ersten Mal klingelte. Dieses Mal begleitete sie mich zur Tür, aber danach war ich auf mich selbst gestellt. Die Besucher kamen in einem gleichmäßigen Strom, sodass ich in der nächsten Stunde damit beschäftigt war, zu öffnen, die Mäntel abzunehmen und Getränke auszuschenken. Gegen neun Uhr abends wurde das Türklingeln seltener. Ich überlegte gerade, mit einer Platte Canapés herumzugehen, als es erneut und, wie sich später herausstellte, zum letzten Mal klingelte. Ich öffnete die Tür. Es war James.

«Hallo», sagte ich mit ehrlicher Begeisterung und beugte mich zur Seite, um Emily zu begrüßen. «Ich habe gar nicht gemerkt, dass Sie beide noch gar nicht hier sind. Percy hat da ja wirklich eine ganze Menge Leute eingeladen.»

«Das tut sie immer.» James trat ein, dicht gefolgt von einer hochgewachsenen, dunkelhaarigen Frau, die einen perfekt sitzenden grauen Wollmantel trug. Sie ging an mir vorbei, als sei ich unsichtbar, und sagte dann zu James: «Sieht aus, als ob man seine Mäntel hier ablegen soll.» Sie zeigte auf den Mantelständer und die hölzerne Kleiderstange, die Percys Elektriker am Morgen nach unten gebracht hatte. Dann zog sie ihren Mantel aus und hielt ihn mir hin, ohne mich dabei anzusehen. «Vielen Dank», sagte sie.

Ich spähte aus der Haustür in die Dunkelheit und fragte James: «Keine Emily?»

«Heute Abend nicht», erwiderte er und nahm der Frau den Mantel ab. «Heather, das ist Grace Waterhouse. Grace, das ist Heather Gorman.»

Heather drehte sich zu mir um, und auf ihrem Gesicht breitete sich plötzlich ein Lächeln aus. «Oh, es tut mir ja so leid, Grace.» Sie lachte James an. «Ich dachte, sie gehört zum Personal.»

«Ich gehöre zum Personal. Aber einen Namen habe ich trotzdem», versetzte ich und lächelte. Sie schien meine Bemerkung gar nicht zu hören. Ich nahm James' Mantel, ohne ihn dabei anzusehen. «Also, ich hänge das mal für Sie auf. Ich habe gerade ein paar Gläser Champagner eingeschenkt. Sie stehen in der Küche, wenn Sie sich selbst bedienen wollen …» Ich wandte mich ab und griff nach einem Kleiderbügel.

«Danke, Grace. Hoffentlich haben wir später noch Gelegenheit, miteinander zu reden.»

«Oh, das hoffe ich auch», mischte sich jetzt Heather durchaus lauter als nötig ein. «Ist Ihr Freund auch da, Grace? James hat mir gesagt, dass er hier sicher der einzige Mann unter siebzig sein würde.»

Ich sah sie über die Schulter hinweg an und sagte: «Sind Sie sicher, dass er nicht seinen IQ meinte?» Ich zögerte kurz und lachte dann leicht, um mich dann hastig dem Aufhängen der Mäntel zu widmen.

Hinter mir entfernten sich ihre Schritte, und ich konnte

noch hören, dass Heather etwas wie «komischer Humor» flüsterte. Ich stand einen Augenblick wie erstarrt da, bereute meinen Seitenhieb auf James und rief mir erneut ins Gedächtnis, dass jedes falsche Wort meinerseits Folgen für Rose haben konnte.

«Oh meine Liebe, Sie haben so hart gearbeitet. Kommen Sie, wir tauschen jetzt.» Ich wandte mich um. Percy stand mit einem großen Glas Weißwein in der Hand hinter mir, das sie mir jetzt entschlossen in die Hand drückte, nachdem sie mir Heathers Mantel abgenommen und ihn aufgehängt hatte. Dann hakte sie sich bei mir ein und ging mit mir in die kleine Küche, in die sich wie auf jeder Party ein Dutzend Leute hineingequetscht hatten. «Sie müssen eins von diesen Röllchen mit Chorizo und Chili probieren», strahlte sie und schob mich auf eine Canapé-Platte zu, die auf dem Herd stand.

«Na, dann will ich mal», sagte ich und nahm mir eins. «James ist gerade gekommen. Er ist mit einer Frau namens Heather da. Kennen Sie sie, Percy?»

«Oh, James ist hier?» Percy reckte den Hals, um aus der offenen Küchentür zu spähen. «Ich fürchte, ich kenne Heather nicht, meine Liebe.» Sie zwinkerte mir zu und sagte: «Aber dann will ich mal Nachforschungen anstellen und später Bericht erstatten.»

Ich hatte mir das Canapé gerade in den Mund gesteckt, kaute nun und schluckte es hastig herunter. «Oh nein, nein, das ist überhaupt nicht wichtig», beeilte ich mich zu sagen. Percys Vorgehen würde vermutlich wenig subtil ausfallen. «Ich hatte mich nur gewundert. Und es ist schade, dass Emily nicht mitgekommen ist.»

Percy seufzte. «Ja. Aber sie hat sicher Spaß, egal, wo sie gerade ist.»

Kurz überlegte ich, ob ich Percy nach Emilys und James' Beziehung fragen sollte. Aber da ich schon viel zu viel Interesse an ihm gezeigt hatte, entschied ich mich dagegen. Ich trank einen Schluck Wein, stellte das Glas ab und sagte: «Gut, dann gehe ich mal mit der Platte herum.»

Percy winkte ab. «Nein, nein, Sie haben schon mehr als genug getan. Und ich will Sie doch noch so vielen Leuten vorstellen.»

Ich schüttelte den Kopf. «*Sie* mischen sich unter die Leute. Jetzt wo alle da sind, da kann ich mich den Leuten auch selbst vorstellen. Sie waren alle sehr nett, als ich sie hereingelassen habe. Außerdem ist man mit einem Canapé-Tablett in der Hand enorm beliebt.»

«Na, wenn Sie es so lieber möchten, dann soll es so sein.» Sie streichelte mir liebevoll über den Arm. «Und ich verstehe es vollkommen.» Sie küsste sich in die Handfläche, legte sie auf meine Wange, und dann schaute ich ihr hinterher, wie sie auf dem Weg aus der Küche Luftküsse verteilte.

Ich nahm meine Platte und ging in das Empfangszimmer. Dabei schaute ich mich etwas unter Percys Gästen um.

Wie zu erwarten rangierte ich ganz unten auf der Altersskala. Alle anderen Gäste, mit Ausnahme von James und Heather, schienen mindestens Ende sechzig zu sein. Deshalb war ich besonders überrascht, nach all den Gruppen freundlicher Rentner einen schlanken, tadellos gekleideten Mann mit vollem, dunkelbraunem Haar zu entdecken, der allein und mit dem Rücken zu mir stand. Nach seiner Haltung, seiner Kleiderwahl und seiner Haarfarbe zu urteilen, war er sicher nicht älter als zwanzig oder dreißig. Interessiert ging ich mit meiner Platte zu ihm herüber. «Canapé?»

Er zuckte zusammen und verschüttete sein Getränk. «Oh mein Gott, Grace», sagte er.

«Neil!», keuchte ich.

«Verdammt.» Er zog ein Taschentuch aus seiner Jacketttasche und wischte sich über die Hosen.

Ich lachte los, und einen Augenblick später stimmte er mit ein. «Ich wusste gar nicht, dass du Percy kennst», sagte er. «Sie war eine Freundin meiner Großmutter.»

«Wirklich? Sie ist wunderbar, nicht wahr? Oh, aber heute Abend bin ich kein Gast, sondern Personal. Ich kellnere.»

«Du ...?» Er riss die Augen hinter seiner Brille auf. «Weißt du, das ist völlig in Ordnung», sagte er dann seufzend. «Ich werde das einfach akzeptieren und mich für dich freuen.»

«Ich putze im Haus nebenan. So habe ich Percy kennengelernt und diesen Job bekommen.»

«Du meinst, der Kontrollfreak und Zwangsneurotiker ist ihr *Nachbar*?»

«Pst, pst, *psssst*», machte ich und schaute mich erschrocken um. «Er ist dadrüben.» Ich machte eine Kopfbewegung hin zu der Ecke des Zimmers, wo James sich mit Heather unterhielt.

Neil spähte über meine Schulter. «Dunkelblondes Haar, leuchtend blaue Augen und eine ausgeprägte Kieferpartie?», flüsterte er sichtlich beeindruckt.

«Mausbraune Haare, ein psychopathischer Blick und *ein Herz aus Stein*», erwiderte ich und runzelte die Stirn. «Kaum ist seine Freundin nicht da, geht er mit jemand anderem zur Party.»

Neil sah mich mit einer Mischung aus Mitleid und Missbilligung an. «Nicht alle Männer sind gleich, Grace», sagte er müde. «Und eine Freundin zu einer Party mitzunehmen, ist kein strafbarer Verstoß gegen das Gesetz, weißt du.»

Ich stellte mich neben ihn, und wir schauten gemeinsam zu James herüber. Genau in dem Moment legte Heather den Arm um seine Taille, ließ ihre Hand auf seinen Hintern gleiten und gab ihm einen Kuss auf die Wange. Er küsste sie auf die Stirn und legte ihr den Arm um die Schultern.

«Herz aus Stein», stellte Neil fest.

«Das ist ja unglaublich», murmelte ich.

Neil lächelte und nahm sich ein Chorizo-Röllchen von meiner Platte. «*Du* bist unglaublich. Mit deinen Canapés und deinem Nachbarschaftsnetzwerk. Gavin wird sich ja so ärgern, dass er das hier verpasst. Zumal deine Haare heute Abend sehr gut aussehen.»

Er musterte mich. «Du siehst eigentlich von oben bis unten sehr gut aus. Es bekommt dir, im Service zu arbeiten.»

Ich lächelte ein wenig schüchtern. Ich war es nicht gewohnt, persönliche Komplimente von Neil zu bekommen. Persönliche Komplimente und natürlich auch Beleidigungen waren eigentlich Gavins Kompetenzbereich. «Wo ist Gavin denn? Ist er …» Ich kam nicht weiter, weil Neil mich mit einem kaum wahrnehmbaren Kopfschütteln zum Schweigen brachte.

James' Stimme ließ mich den Kopf wenden und feststellen, dass James und Heather jetzt neben uns standen. Er schaute zwischen Neil und mir hin und her. «Ich hoffe, wir stören nicht. Kennen Sie beide sich?»

«Ja, wir kennen uns, und Sie stören nicht», erwiderte Neil

lächelnd und streckte ihm die Hand entgegen. «Neil Whitfield, Literaturagent. Grace ist eine meiner ...»

Ich rammte ihm den Ellenbogen in die Rippen.

«... Putzfrauen», führte er den Satz zu Ende und lächelte mich an. «Ich habe mehrere. Aber Grace ist meine Lieblingsputzfrau.»

Ich war mir nicht recht sicher, ob ich ihm applaudieren oder ihn schlagen sollte. Beides schien mir irgendwie angemessen.

James nickte. «James Brooke. Grace und ich lernen uns gerade kennen.»

«Ooh, ein Literaturagent», sagte Heather, beugte sich vor und schüttelte Neil die Hand. «Ich heiße Heather Gorman und arbeite im langweiligen Personalwesen. Vertreten Sie denn jemanden, von dem ich vielleicht schon gehört habe?»

«Das kommt darauf an, welche Art von Büchern Sie lesen», sagte Neil. «Ich vertrete Tom Bancroft, den Thrillerautor.» Heather nickte eifrig. «Oder, wenn Sie lieber schön geschriebene Liebesromane lesen», an dieser Stelle rammte er mir seinerseits den Ellbogen in die Seite, «so vertrete ich Elizabeth Canning.»

«Möchten Sie vielleicht ein Würstchen, Heather?» Ich hielt ihr meine Platte entgegen.

Sie lächelte Neil an. «Von der habe ich noch nie gehört. Aber irgendwie bin ich auch kein Fan von Autorinnen. Vielleicht liegt es daran, dass Männer einfach so viel direkter sind – sowohl, wenn sie schreiben, als auch als Menschen.» Sie lächelte schmollmündig und streichelte James' Arm.

Das Einzige, was mich daran hinderte, ihr so richtig direkt

das Tablett über den Kopf zu ziehen, war die Angst, Percys Teppich zu ruinieren.

«Wirklich?», erwiderte Neil hastig, als witterte er die Gefahr. «Ich dagegen glaube, dass Autoren ihr Geschlecht sehr gut verbergen können.»

Ich nickte. «Ja, es gibt eine Menge Autoren, die sehr überzeugend sowohl die männliche als auch die weibliche Stimme transportieren können. Gillian Fly ...»

Heather wandte sich an mich. «Das ist ja *so* interessant, Gail», sagte sie sanft, als wäre ich fünf Jahre alt und sie meine neue Nachhilfelehrerin. «Und ich weiß, dass ich anstrengend sein kann, aber könnten Sie mir vielleicht noch etwas zu trinken holen?» Sie lächelte süß und hielt mir ihr leeres Glas hin. «Es kommt mir ein bisschen unverschämt vor, einfach so in die Küche zu gehen und so schnell nach dem letzten wieder ein neues zu holen.»

Ich warf einen Blick auf die Chorizo-Röllchen und überlegte, dass man sie vermutlich ganz rückstandslos vom Teppich würde saugen können.

Neil nahm Heather das Glas aus der Hand. «Kommen Sie mit. Ich brauche auch noch etwas zu trinken, weil ich mein Glas leider verschüttet habe. Ich bringe Sie zum Kühlschrank, und dann können wir uns einen Wein aussuchen.»

Heather strahlte. «Perfekt. Gehen wir.»

Neil ging mit Heather davon, nicht ohne mir einen Blick zuzuwerfen, den ich nur als *Zieh bloß niemandem das Tablett über den Kopf* interpretieren konnte.

«Dann gehe ich wohl besser noch mal ein bisschen mit den Canapés herum», sagte ich zu James.

«Gefällt Ihnen die Party?», fragte er mich.

Aus irgendeinem Grund war diese unerwartete Frage eine persönliche Herausforderung für mich.

«Ja, vielen Dank. Tatsächlich amüsiere ich mich sehr gut. Sie nicht?», antwortete ich etwas steif.

«Doch, ich auch. Aber ich würde mich noch weit mehr amüsieren, wenn ich nicht das unbestimmte Gefühl hätte, Sie würden mich am liebsten damit verprügeln.» Er schaute auf die Platte mit den Chorizo-Röllchen hinab.

Ich folgte stumm seinem Blick, völlig aus der Bahn geworfen von seinem Kommentar. Ich durfte auf keinen Fall etwas Unüberlegtes sagen.

«Da bin ich wieder, Schätzchen, lassen Sie uns wieder tauschen», sagte Percy, die wie eine Senioren-Superheldin in Stützstrümpfen und Perlenkette zu meiner Rettung aus dem Nichts auftauchte. Sie gab mir ein Glas Wein und nahm mir die Platte ab. «Sie haben Ihr Weinglas in der Küche stehen lassen. Oh, aber wie wunderbar, dass ihr beide euch kennengelernt habt! Von dahinten sah es so aus, als ob ihr euch wunderbar versteht.»

Ich hatte abwesend verfolgt, wie das Tablett in Percys Hände gewechselt war, und schaute jetzt auf. «Danke», sagte ich und brachte ein Lächeln zustande. «Wir sagten beide gerade, wie wunderbar diese Party ist.»

«Findet ihr?» Sie strahlte James begeistert an. «Das freut mich ja so. Ich mache mir ständig Sorgen, dass hier vielleicht nicht genug los ist für die Jüngeren. So, hoffentlich haltet ihr mich nicht für unhöflich, meine Schätzchen, aber ich muss ein Auge auf Fiona Saunt haben. Sie hält sich verdächtig nah bei meinen italienischen Nippes-Sachen auf, und ich traue es ihr durchaus zu, dass sie etwas davon mitgehen lässt. Sie hat eine riesige Oberweite, und meine Meißener Straußenschale ist seit ihrem letzten Besuch auch nicht mehr aufgetaucht.»

«Das ist natürlich in Ordnung. Gehen Sie nur», sagte ich, wobei ich mir nichts mehr wünschte, als dass sie noch ein wenig bleiben würde.

Sie schien meine Verzweiflung zu spüren. «Na, machen Sie sich keine Sorgen», beruhigte sie mich und tätschelte dabei meinen Arm. «James hier wird schon auf Sie aufpassen, nicht wahr, James? Er ist so galant. Und ihr beide seht so wunderbar aus zusammen. Ich will das Bild nun wirklich nicht mit meiner Anwesenheit zerstören. Also, wo ist diese grässliche Frau?», fragte sie und eilte geschäftig davon.

Ich zwang mich, James anzusehen. «Ich nehme an, Sie sind überaus erleichtert, dass sie das Tablett mitgenommen hat.»

Er nickte. «Das bin ich tatsächlich.» Und dann lächelte er plötzlich. Kein Alibi-Lächeln, sondern ein echtes, vielleicht das erste, das ich von ihm gesehen hatte. Ich ertappte mich dabei, wie ich ihn mit einem merkwürdigen Gefühl des Wiedererkennens musterte.

«Hören Sie, ich weiß nicht, was ich Ihnen getan habe, Grace. Aber wenn ich Ihnen irgendwie zu nahe getreten sein sollte, dann tut es mir leid. Emily sagt mir oft, dass ich meine Gesichtszüge nicht kontrollieren kann und einen falschen Eindruck vermittele. Und wenn das so ist, dann, wie ich schon sagte, tut es mir leid», sagte James plötzlich.

Ich starrte ihn an. Und ich spürte, wie meine Meinung über ihn wankte.

«Also? Alles wieder gut zwischen uns?», fragte er mit der Direktheit, die Rose offenbar so bewunderte. «Oder gibt es da noch ein Problem?»

Ich merkte, dass ich jetzt lächelte. Ich wollte gerade den Mund öffnen und bestätigen, dass es kein Problem mehr gab, als mich das Auftauchen des *riesigen* Problems des Abends daran hinderte. Aus unerfindlichen Gründen hatte ich es kurz vergessen.

«Ich habe meinen Schampus, James!», sagte Heather, stellte sich neben James und stieß mit ihrer Champagnerflöte gegen sein Rotweinglas. Sie hob ihr Gesicht, und er beugte sich herunter, um sie kurz auf die Lippen zu küssen.

Ich verschluckte mich an dem Wein, den ich gerade getrunken hatte, und bekam einen Hustenanfall.

«Alles okay, Gail? Hast du etwas in den falschen Hals bekommen?», fragte Heather in ihrem Grundschullehrerinnentonfall. «Oh, und bevor ich es vergesse, Neil würde gern mit dir sprechen. Er ist in der Küche. Da ist jemand, den du kennenlernen solltest. Er sagte, dass dabei vielleicht ein Putzjob für dich herausspringen könnte. Toll, oder?», sagte sie extra langsam, als befürchte sie, dass ich es sonst nicht verstehen würde. Dabei lächelte sie und sah mich eindringlich an; ganz offenbar erwartete sie eine Bestätigung, dass ich alles begriffen hatte.

Ich spürte, wie ich die Fäuste ballte und die Zähne zusammenbiss. Aber trotz Neils Putzkommentars war ich doch dankbar, die Flucht ergreifen zu dürfen. Ich atmete tief durch und nickte. «Danke, *Helen*», sagte ich, und dann, an James gewandt: «Genießen Sie den Rest des Abends.» Dann ging ich in die Küche.

Kapitel 16

Ich trank einen Schluck von meinem Kaffee und lächelte zufrieden. Dann stellte ich die Tasse zusammen mit einem Tellerchen mit drei Mini-Blaubeermuffins darauf auf den Esstisch neben meinem Laptop ab und setzte mich. Ich war erst um zwei Uhr nachts von Percys Party nach Hause gekommen, und das späte Zuckerfrühstück um 11:30 Uhr war meine erste Mahlzeit seitdem.

<u>Samstag, 19. November: Partytops und Partyflops</u>

Neil war auf Percys Party! Sein Gesichtsausdruck war unbezahlbar, als er sich umdrehte und mich erblickte. Wie schade, dass ich keine Headcam trug! Er hat aber versprochen, mir eine zu schenken, wenn ich das nächste Mal irgendwo kellnere. Es war toll, ihn dort zu sehen, aber selbst wenn er nicht dort gewesen wäre, hätte ich auf jeden Fall immer jemanden zum Plaudern gehabt. Percys Freunde sind ganz reizend. Sie umgibt sich mit Menschen, die das Leben genießen. Ich konnte mich sogar für die berüchtigte Fiona Saunt erwärmen, aber das sage ich Percy lieber nicht, die den größten Teil des

Abends mit der Raffinesse eines Luis de Funès hinter ihr her spionierte. Zwei Mal erwischte ich sie dabei, wie sie die arme Frau unter dem Vorwand abtastete, «Krümel abklopfen» zu wollen. Zum Glück schien Fiona nichts von Percys Misstrauen zu merken und sogar dankbar für die Aufmerksamkeit zu sein.

Der einzige echte Wermutstropfen des Abends war die Anwesenheit von James Brooke, der nicht mit Emily, sondern mit einem ungebildeten, schamlosen Ersatz namens Heather Sowieso erschien, die ihn dann drei Stunden lang abgeschlabbert hat. Gott allein weiß, wie viel Speichel sie an dem Abend produziert hat – es war, als beobachte man eine Schmeißfliege dabei, wie sie versucht, ein Steak zu verdauen. Unterdessen fragte er mich, vermutlich in einem Moment der alkoholbedingten Hellsichtigkeit, ob ich ein Problem mit ihm hätte. Ich überlegte schon zu antworten: «Aber gar nicht, James. Arrogante, ausstrahlungsfreie, scheinheilige Arschlöcher sind mir die liebsten von allen.» Aber das konnte ich Rose natürlich nicht antun, und überdies hätte er es vermutlich auch gar nicht gehört, weil Heathers Zunge die meiste Zeit in seinem Gehörgang herumschlängelte.

Ich hörte auf zu tippen, weil ich das Vibrieren meines Handys in der Tasche meines Bademantels spürte.

«Gavin! Wie geht es dir?»

«Nicht übel», erwiderte er heiser und kaum hörbar.

«Nicht übel? Du klingst grauenvoll.» Ich stand auf und

klemmte mir das Handy zwischen Schulter und Ohr, um meine Kaffeetasse und die Muffins ins Wohnzimmer zu tragen.

«Ich weiß», krächzte er. «Aber ich musste dich unbedingt anrufen. Neil hat mir ein wenig von der Party erzählt, aber du weißt ja, wie scheiße und von oben herab er immer auf Klatsch und Tratsch reagiert.»

«Ich weiß jedenfalls, dass er noch beim Aufräumen geholfen hat, deshalb will ich mindestens die nächsten vierundzwanzig Stunden kein böses Wort über ihn hören», sagte ich und setzte mich aufs Sofa.

Ein Lachen, das in Husten überging.

«Geh lieber zurück ins Bett – oder gleich in ein Sanatorium.» Ich griff nach dem zweiten Muffin.

Er tat so, als habe er das nicht gehört. «Neil sagt, der zwangsgestörte Kerl sieht toll aus, ist aber ein Arsch», röchelte er.

Ich nickte etwas sinnlos, weil ich den Mund voll Muffin hatte. «Du hättest ihn sehen sollen, Gavin», murmelte ich und versprühte Krümel dabei. «Der war vielleicht unverschämt. *Unverschämt.*»

«Und wer war dann die Frau, mit der er gekommen ist? Offenbar war ihr hautenges, bronzefarbenes Kleid einfach hinreißend.»

Ich grinste höhnisch, soweit das mit vollen Backen möglich ist. «So, war es das? Hab ich gar nicht bemerkt. Sie sagt, sie arbeitet im Personalwesen, mehr habe ich nicht gehört.» Ich nahm einen Schluck von meinem Kaffee. «Frag lieber Neil. Er hatte weit mehr Interesse an ihr als ich.»

«Jetzt sei doch nicht gleich eingeschnappt, nur weil Neil ihr Kleid bemerkt hat. Und ihre Schuhe. Neil sagte, sie seien …»

«Ich bin nicht eingeschnappt», unterbrach ich ihn. «Neil hat mich vor ihnen gerettet, und ich bin ihnen dann den Rest des Abends aus dem Weg gegangen. Daher habe ich wirklich nicht mehr zu erzählen. Er ist ein Widerling. Sie ist eine ungebildete Frauenhasserin. Das war's.»

«Ja, ich hab schon gehört, dass sie deine Bücher ablehnt», kicherte er keuchend. «Na, jedenfalls: Wirst du mehr herausfinden, wenn du morgen dort putzt?»

«Emily wird vermutlich nicht da sein. Und um ehrlich zu sein, hoffe ich auch, dass sie nicht da ist. Sonst fragt sie womöglich nach der Party.»

«Tolle ... Gelegenheit. Ist ja nicht deine ... Schuld, dass ihr Freund so ein ... Arsch ist», sagte Gavin, von Hustenanfällen unterbrochen.

«Ich weiß, dass es nicht ihre Schuld ist. Aber ich fühle mich trotzdem verantwortlich. Unter anderen Umständen würde ich ihr ohne Umschweife erzählen, dass er die letzte Nacht umschlungen mit einer anderen Frau verbracht hat. Aber ich fühle mich geknebelt, wegen Rose. Wenn Percy ihn doch wenigstens zurechtgewiesen hätte. Ich verstehe überhaupt nicht, warum sie ihm seine Boshaftigkeit einfach so durchgehen lässt.» Ich seufzte.

«Ich weiß. Das habe ich auch schon gedacht. Neil sagte, dass sie vielleicht nicht bemerkt hat, wie sie sich begrabscht haben.»

«Vielleicht. Aber sie waren nun wirklich nicht besonders diskret.» Weil ich das doch etwas deprimierende Thema nicht weiter ausführen wollte, fragte ich dann: «Jedenfalls: Wirst du denn wieder fit sein für deine Ferien? Wann fahrt ihr?»

«Am Dienstag. Ungefähr ...», er schnäuzte sich laut die Nase, «... drei Wochen, vielleicht etwas mehr: New York, San Francisco, und dann eine Woche in L. A. mit Neils Cousin.»

Ich stöhnte. «Alle machen dieses Jahr so tolle Urlaube.»

«Naja, es hindert dich ja nichts daran, selbst in ein Flugzeug zu steigen», versetzte er ohne auch nur den Anflug von Mitleid. «Außer dass vielleicht deine Haare den Notausgang versperren.»

«Du bist ja so ein unverschämter ...», fing ich an, wurde dann aber vom Klingeln an der Tür unterbrochen. «Gavin, könntest du in zwei Minuten noch mal anrufen? Da ist jemand an der Tür.»

«Schon gut. Ich nehme einfach mein Grippemittel und gehe wieder ins Bett. Ruf mich morgen an, wenn du Emily doch alles erzählt hast.»

«Es ist eine solche Freude, dich zu kennen», bemerkte ich.

Er brach erneut in atemloses Gelächter aus. «Ach, du weißt doch, dass ich dich innig liebe. Es reicht mir nur langsam, hier eingepfercht zu sein. Ich könnte gut ein bisschen Drama vertragen.»

«Dann rufe ich dich an, wenn es noch vor eurem Urlaub irgendwelche dramatischen Entwicklungen gibt. Wenn nicht, dann erhol dich gut. Viel Spaß im Urlaub!», sagte ich, während ich eilig zur Gegensprechanlage ging. «Einen Moment bitte», sagte ich in die Sprechanlage hinein, «ich muss nur eben ein Telefongespräch beenden.»

«Also tschüs dann, Grace», sagte Gavin. «Und ich habe dir einen Termin für die Schur gemacht, wenn ich wieder zurück bin, ob du willst oder nicht: Montag, neunzehnter Dezember um sechs Uhr abends – damit du zu Weihnachten nicht aussiehst wie Chewbacca.»

Ich verdrehte die Augen. «Vielen Dank auch.»

Ich hörte ein letztes kurzatmiges Gegacker und dann das Freizeichen.

Ich drückte auf den Knopf der Gegensprechanlage. «Entschuldigen Sie bitte die Verzögerung. Wer ist denn da?»

«Ich bin's. Aiden.»

«Aiden», wiederholte ich überrascht. Und dann, nach kurzem Zögern, drückte ich auf den Türöffner.

* * *

Seit Simones Abendessen vor sieben Tagen hatte ich nichts mehr von Aiden gehört, und während ich ihm einen Kaffee kochte, brachte er mich auf den neuesten Stand. In der vergangenen Woche hatte er offenbar eine Nacht im Hotel verbracht, nachdem Summer mit einer Karaffe nach ihm geworfen hatte.

«Es läuft also nicht sehr gut», schloss er, als ich mich ihm gegenüber an den Esstisch setzte und ihm den Becher reichte. «Sie ist immer schon ein wenig manisch gewesen, aber in der letzten Woche ist sie völlig aus dem Lot geraten.»

Ich zog die Augenbrauen hoch.

Er hob die Hand. «Ich weiß. Und ich erwarte auch gar kein Mitleid von dir.»

«Gut. Aber wenn du kein Mitleid willst, warum bist du dann hier?»

«Um mich für Samstag zu entschuldigen», antwortete er und griff nach seinem Becher. «Und weil es mir ziemlich lang vorkommt, eine Woche nicht mit dir gesprochen zu haben», setzte er leise hinzu.

Ich trank meinen Kaffee. Ein Selbstschutzmechanismus riet mir, wohl besser zu schweigen.

«Tut mir leid, dass ich an einem Sonntagmorgen so hereinplatze. Ich habe am Freitag zwei Mal angerufen, und dann noch mal gestern Abend, aber du warst nicht zu Hause.» Er sah mich fragend an.

Ich ging auf die implizierte Frage nicht ein. «Du hättest eine Nachricht schicken können.»

Er schüttelte den Kopf. «Ich hätte nicht gewusst, was ich schreiben soll. Ich weiß es immer noch nicht. Ich habe es erst am Donnerstag über mich gebracht, mich bei Guy und Simone zu entschuldigen. Mich bei dir zu entschuldigen, ist natürlich noch eine ganz andere Sache.»

Ich atmete tief durch. «Darf ich dich etwas fragen?»

«Ich habe keine Affäre. Ich habe eine Freundschaft – hoffe ich.» Er hielt inne und sah mich an. «Du bist der Grund, aus dem ich spät nach Hause komme, Grace.» Er senkte den Blick und schwieg einen Augenblick. Dann fragte er: «Sind wir miteinander befreundet?»

«Ich bin mir nicht sicher», antwortete ich ehrlich.

«Naja, egal, was es ist, meinst du, es kann so bleiben?»

«Von meiner Seite aus ist es viel unkomplizierter als von deiner, Aiden.» Ich gab mir Mühe, unbeteiligt und entspannt zu wirken, obwohl es mich einiges kostete, die nagenden Zweifel zu ignorieren, die ich an der Wahrheit dieser Aussage hegte. «Was meint Summer denn dazu?»

«Ich hab es ihr nicht gesagt», erwiderte er jämmerlich.

«Das dachte ich mir. Ich wollte nur ein bisschen gemein sein.» Ich lächelte.

Er sah mich an und sagte: «Danke, denn ich bin im Moment ja auch so gar nicht empfindlich.»

«Hör mal, ich glaube, Summer fühlt sich bestimmt besser, wenn sie weiß, dass du mit deiner nicht mehr taufrischen Ex Kaffee trinkst, als wenn sie denkt, dass du eine Affäre mit einer ...» Ich verstummte, weil ich mich plötzlich an den zerstörerischen Schmerz vor drei Jahren erinnerte, als Aiden mir aus Versehen eine Textnachricht schickte, die an Summer gerichtet war. In diesem Moment war sein Betrug plötzlich ans helle, gleißende Licht gekommen. «Weißt du, Aiden, ich weiß nicht, ob ich mit dir darüber reden kann. Weder finde ich dich dabei besonders großartig, noch fühle mich dabei besonders toll, und das ist eine Schande, weil ich an diesen beiden Fronten eigentlich deutliche Fortschritte gemacht hatte.»

«Ich weiß.» Er beugte sich vor und stützte den Kopf in die Hände. «Ich will doch auch nicht darüber reden. Das Problem ist, dass ich mit dir über alles andere reden will. Ich brauche das. Ich brauche dich. Ich weiß, dass du nicht zu mir gehörst, aber ich kann dich auch nicht ganz verlieren.» Er sah mich an. «Weißt du eigentlich, dass ich mir jeden Tag wie ein Idiot vorkomme, jeden einzelnen Tag? Samstag saß ich neben dir, und ich ...» Er ließ den Satz unvollendet. «Es tut mir leid, Grace», sagte er schließlich leise. «Es tut mir einfach so, so leid.»

Ich versuchte, ungerührt zu bleiben und meine in den letzten Jahren vertraute Mischung aus Zynismus und Skepsis zur Schau zu tragen. Am liebsten hätte ich seine Reue als reines Selbstmitleid und Egoismus abgestempelt.

Aber dann spürte ich, dass ich keine Kraft mehr hatte, gegen mein Mitleid für ihn anzukämpfen. Überraschenderweise fühlte es sich eher wie ein Sieg und nicht wie eine Niederlage an, ihm zu vergeben.

«Ich glaube dir, Aiden.» Ich stellte meine Tasse ab und legte ihm kurz die Hand auf den Arm. Und dann schob ich ihm mit gespielter Sachlichkeit den Teller mit dem letzten Muffin hin und fügte hinzu: «Na komm, iss ihn schon. Danach geht es mir immer besser.»

Kapitel 17

Ich war erleichtert, dass niemand zu Hause war, als ich am nächsten Morgen in Bennett Park ankam. Die Unterhaltung mit Aiden am Sonntagvormittag lag mir immer noch auf der Seele, und ein verkrampftes Zusammentreffen mit Emily war das Letzte, was ich gebrauchen konnte.

Aiden hatte schließlich versprochen, Summer offen von unseren Treffen auf einen Kaffee oder einen Drink zu erzählen. Er argumentierte, dass es unsinnig und kontraproduktiv sei, ihr von den bereits stattgefundenen Treffen zu erzählen, begriff aber, dass seine Ehrlichkeit nicht nur für mich sehr wichtig war, sondern auch für ihn, wenn er nicht weiter mit Geschirr wegen einer nicht vorhandenen Affäre beworfen werden wollte.

Meine eigenen Gefühle und Gedanken waren unterdessen ziemlich verwirrt, um es mild auszudrücken. Ich genoss seine Gesellschaft immer mehr und musste zugeben, dass ich mich über seinen Wunsch nach einer Freundschaft mit mir freute – oder wie auch immer man unsere Beziehung nennen sollte. Aber immer wenn ich darüber nachdachte, wohin diese spezielle Freundschaft führen konnte, ging es mir nicht mehr so gut. Ich versuchte mir einzureden, dass Aiden und ich problemlos platonisch befreundet bleiben könnten, indem uns die guten Seiten unserer gemeinsamen Vergangenheit und die Absicht, uns zukünftig respektvoll einander gegenüber zu verhalten, wichtig waren. Aber natürlich sah ich auf der anderen Seite, wie unzufrieden er mit seiner gegenwärtigen Situation war, und auch seine Neigung war mir nicht entgangen, zurückzublicken statt in die Zukunft, wie Simone es ausgedrückt hatte. Noch beunruhigender war, dass ich mir nicht vollkommen sicher war, ob ich diese Neigung als Problem oder als gute Sache ansah.

Daher kam mir ein Vormittag mit Wischen, Staubsaugen und Polieren sehr gelegen, bei dem ich mich auf nichts anderes konzentrieren musste als auf den *Desert Island Discs*-Podcast. Welche Musik würde ich auf eine einsame Insel mitnehmen? Als ich den Staubsauger vom obersten Stockwerk ins Erdgeschoss schleppte, musterte ich kurz meine inzwischen viel festeren Oberarme und mein strammeres Hinterteil im Spiegel. Wenn Rose aus Spanien zurückkam und die Kontrolle über den Dyson wieder übernahm, würde ich unbedingt Sport machen und mir etwas ausdenken müssen, was meine Stimmung stabil hielt.

Zum Glück rettete mich das Geräusch des Schlüssels im Schlüsselloch und Percys lautes «Juhuuu!» aus der Eingangshalle. Ich freute mich über ihren Besuch, zumal er pünktlich zu meiner Halb-elf-Teepause kam – vermutlich hatte sie es genauso auch geplant.

«Hallo. Haben Sie Zeit für ein Tässchen Tee, oder ist das hier nur eine Stippvisite?», fragte ich sie und lächelte.

Sie stellte ihre riesige Handtasche ab und griff hinein.

«Dies hier ist ein Keksbesuch, meine Liebe.»

«Wunderbar.» Ich strich unbewusst mit der Zungenspitze über meine noch intakten Füllungen. «Ich setze schon mal Wasser auf.»

«Ist Emily schon hier?», fragte sie und folgte mir in die Küche.

Ich spürte, wie mein Lächeln in sich zusammenfiel. «Oh, kommt sie auch?»

«Ja», erwiderte Percy, setzte sich an den Küchentisch und nahm den Deckel von ihrer Tupperware-Dose. «Sie hat gestern Abend einen ihrer lieben kleinen Zettelchen durch meinen Briefschlitz geworfen und mich zu einer Tasse Tee eingeladen. Sie wollte alles über die Party erfahren.»

Ich stand mit dem Rücken zu Percy, sodass sie meine Bestürzung nicht sah. Ich zögerte, entschied dann aber, dass ich ihr gestehen musste, wie unangenehm mir das war. Also drehte ich mich entschlossen um. «Percy, ich möchte auch mit Ihnen über die Party sprechen. Speziell über James auf der Party.»

Percy sah zu mir hoch und nickte begeistert. «Das ist ja wunderbar, weil ich nämlich auch mit Ihnen über ihn sprechen wollte, meine Liebe. Also warten wir, bis Emily kommt.»

«Wirklich?», fragte ich. «Weil ich es nämlich schwierig finde, ehrlich zu sein, wenn sie dabei ist. Ich will ihre Gefühle nicht verletzen oder der Grund dafür sein, dass es Ärger zwischen ihr und James gibt. Andererseits darf ich doch nicht lügen, wenn sie mich nach Heather fragt.»

Percy schüttelte den Kopf. «Oh, da wird es keinen Ärger geben. Emily hat sicher ihre eigenen Bedenken, aber sie würde sie James gegenüber niemals erwähnen. Machen Sie sich keine Sorgen, Schätzchen. Wir sind alle erwachsen.»

Ich runzelte die Stirn, etwas enttäuscht von ihrer Reaktion, und wollte gerade erklären, dass ich die Sache doch etwas anders sah, als wir hörten, wie sich die Eingangstür öffnete und wieder schloss. Einen Moment später hüpfte Emily herein.

«Hallo, ihr beiden», sagte sie und stellte einen kleinen Lederrucksack auf einem Küchenstuhl ab, um sich auf einen anderen fallen zu lassen. Sie sah zu mir auf. «Hast du heute Teekochdienst, Grace? Ich darf dich doch duzen? Großartig. Ich sehne mich nach einer Tasse Tee, bitte. Ach, und Kekse. Phantastisch!» Sie beugte sich vor und spähte in den Plastikbehälter auf dem Tisch. Sie nahm ein Shortbread heraus und versuchte erfolglos, davon abzubeißen. «Wisst ihr», sagte sie und besah sich den vollkommen unversehrten Keks, «vielleicht sollte ich warten, bis der Tee fertig ist. Denn zuallererst will ich natürlich wissen, wie es am Samstag war?»

Ich machte mich am Kessel zu schaffen, während Percy über die Anzahl der Gäste, ihren Alkoholkonsum und Fiona Saunts Kleptomanie plapperte. Ich hegte die schwache Hoffnung, dass, bis der Tee fertig sein würde, das Gespräch von Percys Party schon längst auf Emilys Wochenende gekommen wäre. Als nach zwei oder drei Minuten klar war, dass das von alleine nicht passieren würde, beschloss ich, der Sache ein wenig nachzuhelfen.

«Und was hast *du* so am Wochenende gemacht?», fragte ich und setzte mich.

«Nein, nein, nein», lachte sie, drohte mir mit dem Finger und grinste Percy schelmisch an. «Percy weiß schon, worüber ich *wirklich* sprechen will. Ich will wissen, ob James mit Heather gekommen ist oder nicht. Ich habe ihn nicht gefragt, weil ich weiß, dass er dann immer sofort zumacht.»

Das Herz sackte mir in die Hose. Percy tätschelte Emily die Hand und zwinkerte ihr zu. «Ja, er ist mit ihr gekommen, mein Schätzchen. Tatsächlich haben Grace und ich gerade darüber gesprochen, als du kamst, nicht wahr?» Sie sah mich begeistert an und wandte sich dann wieder an Emily. «Ich war sehr enttäuscht, dass ich mich nicht länger mit ihr unterhalten konnte. Aber Grace hat bereits eine Meinung über sie, und ich habe ihr gesagt, dass sie ganz ehrlich mit dir sein muss.»

«Um ehrlich zu sein, habe ich nur zwei Mal kurz mit ihr gesprochen», warf ich ein.

«Und wie findest du sie?», fragte Emily begierig. Sie schien ehrlich interessiert zu sein.

«Hast du sie denn schon kennengelernt?», fragte ich ausweichend.

Sie nickte und nahm einen Schluck Tee. «Ja, ich habe sie zwei Mal gesehen. Letztes Mal auf einer Firmenveranstaltung, zu der mich James vor ein paar Wochen mitgenommen hat.»

«Und mochtest du sie?»

Sie zögerte. «Naja, sie hat viel gelächelt … mir fällt es schwer, sie zu beurteilen, wegen meiner Beziehung zu James. Natürlich kann ich nicht objektiv oder unparteiisch sein. Aber sie scheint ihn wirklich großartig zu finden, und mir passt es überhaupt nicht, dass sie seinem Ego so schmeichelt.» Sie lachte erneut und wirkte völlig entspannt. Langsam ärgerte mich ihre Ignoranz ein wenig. Die Vorstellung, ihr reinen Wein einschenken zu müssen, wurde immer bedrückender.

«Ach, dieser liebe Junge ist doch kein bisschen eingebildet», bemerkte Percy.

«Ich weiß, das stimmt. Und ich weiß auch, dass ich wirklich Glück habe. Er kümmert sich so gut um mich. Ich könnte mir keinen besseren …»

«Emily, es tut mir wirklich leid, dir das sagen zu müssen», unterbrach ich sie und schloss die Augen, um nicht von ihrer oder Percys Reaktion abgelenkt zu werden. «Aber Percy hat mir gesagt, dass du bereits deine Zweifel an Heathers Beziehung zu James hast, und ich fürchte, du hast absoluten Grund, besorgt zu sein, nach allem, was ich gesehen und gehört habe. Es tut mir so leid, weil ich am eigenen Leib erfahren habe, wie schmerzhaft Untreue ist, und ich wollte wirklich nicht diejenige sein, die dir von Heather erzählt. Aber deine Beziehung zu James und deine offensichtliche Zuneigung zu ihm bedeutet, dass du es wissen und mit ihm darüber sprechen musst, und, naja», schloss ich atemlos, sank in meinem Stuhl zusammen und öffnete die Augen wieder, «jetzt ist es endlich raus.»

Emily starrte mich mit offenem Mund an. «Untreue?», murmelte sie, eindeutig verblüfft. Sie schaute zwischen Percy und mir hin und her. «Heather? Bist du absolut sicher?»

Ich nickte traurig. «Vielleicht wusstest du es tief in deinem Inneren bereits», sagte ich leise.

Sie schüttelte den Kopf. «Sie war zwar nicht so offen, wie ich es gernhabe bei Menschen, aber …» Sie seufzte tief. «Das nicht.»

«Sie ist doch nicht verheiratet, oder?» Percy presste erschrocken die Hand auf die Brust.

Ich runzelte die Stirn. «Soweit ich weiß, nicht, Percy. Aber ist das im Moment von Bedeutung?» Ich beugte mich zu Emily hinüber.

«Natürlich nicht.» Percy nickte nachdenklich. «Sie haben ganz recht, meine Liebe. Man muss keinen Ring tragen, um untreu sein zu können.»

«Aber das ist ziemlich traurig», sagte Emily leise, fast, als spräche sie zu sich selbst. Dann schaute sie mich hoffnungsvoll an und fuhr fort: «Vielleicht meint es James mit ihr ja auch gar nicht so ernst. Er neigt zur Verschlossenheit, also vielleicht …» Sie verstummte, und ich griff nach ihrer Hand, voller Mitleid mit einer so netten jungen Frau, die verzweifelt nach dem letzten Strohhalm griff.

«Ja, vielleicht ist es nicht viel mehr als ein kleines Techtelmechtel», sagte sie aufmunternd. «Nichts, was das Herz wirklich berührt. Nichts, was nicht wiedergutzumachen wäre. Er kennt sie ja noch nicht so lange, oder?»

Emily schüttelte den Kopf. «Es ist trotzdem ziemlich enttäuschend und erschütternd. Ich glaube, Grace, dass es wohl am besten ist, wenn *ich* James sage, ich hätte etwas über Heather herausgefunden. Er will vermutlich nicht, dass du es weißt. Aber um mit ihm zu sprechen und überzeugend zu klingen, brauche ich ein paar mehr Details von dir.»

Bei allem Mitgefühl mit Emily war ich langsam ein wenig frustriert, dass sie ihre eigenen Gefühle offenbar so überhaupt nicht ernst nahm. «Tut mir leid, Emily, aber du musst James einen Augenblick lang vergessen und an dich selbst denken. Um ehrlich zu sein, kann er mich mal. Du solltest dich *auf dich* konzentrieren.»

Percy und Emily wechselten einen Blick. Emily wirkte vollkommen verwirrt. Und ich war gerade im Begriff, in Betracht zu ziehen, dass James und sie womöglich eine Art halboffene Beziehung führten, als ein leises Hüsteln von der Küchentür her erklang. Wir wandten uns alle danach um.

«Vielleicht hilft es, wenn ich einige Dinge aufkläre, Grace», sagte James, der im Türrahmen lehnte. Er hatte die Hände in die Taschen gesteckt und wirkte vollkommen entspannt. Sein Blick war ganz besonders durchdringend, als er mich ansah. «Erstens, ja, Heather und ich hatten tatsächlich *ein kleines Techtelmechtel* an dem Abend – und es war nicht das erste Mal, um ehrlich zu sein. Zweitens, sie befindet sich mit niemandem sonst in einer Beziehung, und da die Beziehung zu ihr die einzige ist, die ich zurzeit unterhalte, kann hier weder von Betrug noch von Untreue die Rede sein. Und zu guter Letzt, Emily», sagte er, indem er ein Lächeln zeigte, das haargenau so aussah wie ihres, «glaube ich, Grace weiß nicht, dass du meine Schwester bist.»

Kapitel 18

Sobald ich wieder zu Hause war, ließ ich mich in den Armsessel fallen. Ich hatte ein unangenehmes Déjà-vu – ich fühlte dieselbe Verzweiflung, die ich bereits vor fünf Wochen an meinem ersten Tag im Bennett Park Nummer 3 verspürt hatte.

Ohne nachzudenken holte ich meinen Laptop unter dem Sessel hervor, klappte ihn auf und schrieb aus reiner Gewohnheit in meinem Tagebuch.

Montag, 21. November: schlimme, schlimme, schlimme Demütigung

James ist Emilys Bruder, nicht ihr verdorbener, untreuer Liebhaber. Diese Tatsache wurde mir vor Publikum eröffnet, und zwar von dem Manne selbst. Die schmerzhafte Ironie der Geschichte war, dass ich es selbst begriff, ein paar Sekunden, bevor er die Worte «meine Schwester» aussprach. Ich hatte sie vorher nie zusammen gesehen, aber als er sie von der Tür aus anlächelte und sie zurücklächelte, war mir ihre Beziehung plötzlich vollkommen klar.

Ich legte mir die Hand auf die Stirn und krümmte mich innerlich wohl zum hundertsten Mal bei dem Gedanken daran, wie James unserem Küchentratsch gelauscht hatte. Nachdem er die Dinge klargestellt hatte, hatte er sich nur noch kurz ein steinhartes Shortbread genommen und war dann nach oben gegangen, vermutlich, um es in seinem Arbeitszimmer ganz entspannt so lange weich zu lutschen, wie es ihm gefiel. Emily und Percy fanden das profunde Missverständnis offenbar ungeheuer witzig. Weil man es meinem Gesicht vermutlich ansah, dass ich nicht ganz so amüsiert war, gaben sie sich die nächsten fünf Minuten die allergrößte Mühe, mir zu versichern, dass das doch alles nicht so schlimm sei, bis ich ihnen vorlog, dass ich die Komik der Situation nun auch erkennen könne und jetzt aber wirklich weiterarbeiten müsse. Das einzig Positive an diesem Morgen voller unerbittlicher negativer Punkte war, dass ich von James nichts mehr sah.

Ich starrte eine Weile auf den Bildschirm, bis mir klarwurde, dass das Tagebuch mein Stimmungsniveau nicht gerade heben würde, das bereits ohnehin unterirdisch war. Also beschloss ich, Gavin anzurufen. Nach ein paar Mal Klingeln meldete sich jemand.

«Hallo, Grace, hier ist Neil», flüsterte er. «Gavin schläft, und ich will ihn nicht wecken. Kann ich helfen?»

«Oh, tut mir leid. Ich rufe nur an, um zu hören, wie es ihm geht.»

«Warte mal.» Man hörte ein paar Grunzer und Geraschel, dann meldete er sich wieder. «Ich war gerade mit meinem Koffer auf der Treppe. Jetzt bin ich unten. Es geht ihm ein bisschen besser. Wie geht es dir? Hattest du einen schönen Tag?»

«Ja, super.» Ich biss mir auf die Unterlippe.

«Was ist los?», fragte er.

«Nichts. Warum?»

«Spuck's aus», sagte er.

Ich verfluchte sein unfehlbares Talent, meine Stimmungen zu erraten. Aber dann überwand ich mich und erzählte ihm von meinem Elend. «Okay, also, erinnerst du dich, wie ich dir auf Percys Party erzählt habe, dass ich vermute, dass James, für den ich putze, Emily betrügt, mit der er zusammenwohnt?»

«Ja, ich erinnere mich durchaus an *all* das, zumal ich noch nicht senil bin. James kam mit Heather, und sie waren einigermaßen *körperlich*», sagte er matt.

«Ganz genau. Naja, jetzt stellt sich heraus, dass er niemanden betrügt, weil er nämlich ihr Bruder ist.»

Stille am anderen Ende der Leitung. «Heather ist seine *Schwester?* Mein Gott, das ist ja grauenvoll», sagte er.

«Nein, nein. *Emily* ist seine Schwester.»

«Ah, verstehe», sagte er erleichtert. «Aber wieso soll das so schlimm sein? Oder ziehst du Männer mit einem Herzen aus Stein vor?»

«Es ist schlimm, weil …», ich atmete tief durch, «… weil er gehört hat, wie ich Emily heute Morgen sagte, dass er sie mit Heather betrügt.»

Wieder Stille. «Also das *ist* schlimm.»

«Du musst gleich lachen, oder?»

«Um ehrlich zu sein, nein. Weil du mir wirklich leidtust.»

«Ich glaube, ich hätte doch lieber, dass du lachst.»

«Wenn dich das tröstet: Ich bin sicher, dass Gavin sich vor Lachen in die Hosen macht, wenn ich es ihm erzähle.»

«Danke auch.»

«James war aber nicht wütend, oder?»

«Ich glaube nicht. Er hat mir nur gesagt, dass er Emilys Bruder sei, und dann ist er in sein Arbeitszimmer verschwunden. Aber ich fühle mich wie die letzte Idiotin. Wie konnte ich ihm nur so etwas unterstellen?»

Ich hörte, wie Neil seufzte, und stellte mir vor, wie er seine Brille abnahm und mit Daumen und Zeigefinger seine Nasenwurzel massierte, wie er es normalerweise immer während unserer Unterhaltungen tat. Dann sagte er: «Naja, mir scheint, du hast zwei Möglichkeiten. Die erste ist, du vergisst es einfach, nimmst an, dass es ihm völlig egal ist, und machst einfach deinen Job weiter.»

«Und die andere?»

«Sprich mit ihm. Oder schick ihm eine Nachricht. Das reicht sicher.»

«Was würdest du denn tun?»

«Naja, natürlich würde *ich* es einfach vergessen und meinen Job weitermachen, weil ich ein Pragmatiker bin und immer kommerziell denke. Aber ich finde, du solltest ihm schreiben. Weil ich weiß, dass du dich sonst damit quälst, und, was noch viel wichtiger ist, auch alle anderen, und zwar wochenlang.»

Er hatte recht. «Okay», sagte ich leise.

«Hör mal, so schlimm ist es doch gar nicht. Menschen haben schon Schlimmeres getan.»

«Findest du wirklich?»

«Ja. Aber zwinge mich jetzt bloß nicht, dir Beispiele zu nennen.»

Ich brachte ein Lächeln zustande. «Schöne Ferien. Ganz liebe Grüße an Gavin.»

«Ich bin sicher, er schickt dir eine Postkarte oder zwölf. Tschüs, Grace. Du bist ein liebenswerter Mensch; lass dir nicht von einem kleinen Missverständnis alles verderben, denn du warst gerade auf einem guten Weg.»

«Ist gut. Tschüs.»

Ich beschloss, es gleich hinter mich zu bringen, und schrieb James eine Textnachricht.

> Hallo, hier ist Grace. Rose hat mir Ihre Nummer gegeben, bevor sie fuhr, und ich hoffe, Sie haben nichts dagegen, dass ich Ihnen schreibe. Ich wollte mich nur dafür entschuldigen, dass ich Ihre Beziehung zu Heather missverstanden habe. Emily hat heute Morgen sehr nett reagiert, und ich hoffe, dass Sie ebenfalls nicht beleidigt sind. Rose hat eine so hohe Meinung von Ihnen, dass ich wirklich nicht weiß, wie ich auf eine so furchtbare Vermutung kommen konnte. Ich fühle mich ganz schlecht deswegen. Nochmals Entschuldigung.
> Viele Grüße, Grace

Ich drückte auf «Senden» und ging dann, einfach um etwas zu tun und ohne den geringsten Hunger zu haben, in die Küche, um mir etwas zu essen zu machen. Ich hatte gerade ein KitKat gegessen und den Wasserkessel aufgesetzt, als mein Handy «ping» machte. Ich zog es aus der Tasche meiner Schürze, die ich noch nicht abgelegt hatte, und entdeckte überrascht eine Nachricht von James. Kurz zögerte ich, weil ich nicht wusste, ob ich mich nach dem Lesen nicht womöglich noch schlechter fühlen würde. Die ersten Zeilen konnte ich allerdings auch so auf dem Display lesen. Ich beschloss, dass es unwahrscheinlich war, dass auf einen Satz, der da lautete: *Hallo Grace, danke für Ihre Nachricht* der Satz *Und trotzdem sind Sie gefeuert, Sie hinterhältige Schnüfflerin* folgen würde, also fasste ich mir ein Herz und las den Rest.

> Hallo Grace, danke für Ihre Nachricht. Ich fand das Missverständnis eher lustig und bin nicht beleidigt. Ich habe allerdings das Gefühl, dass die Sache unsere Beziehung etwas in Schieflage gebracht hat, was sehr schade ist, daher finde ich, dass eine Unterhaltung doch eine sehr gute Idee wäre. Wir könnten reinen Tisch machen und neu beginnen. Morgen Abend zwischen sieben und acht Uhr habe ich Zeit. Oder wann anders, wenn Sie beschäftigt sind. Melden Sie sich einfach. James

Ich las die Nachricht einige Male und kam dann zu dem Schluss, dass ich keine Wahl hatte, sondern einer *Unterhaltung* mit meinem Arbeitgeber zustimmen musste. Daher antwortete ich, dass ich am nächsten Abend Zeit hätte. Da ich nicht ganz sicher war, ob ich mich nach James' Mitteilung besser oder schlechter fühlte, machte ich mich auf die Suche nach etwas Substanziellerem als einem KitKat.

Kapitel 19

Ich war davon ausgegangen, dass James mit einer *Unterhaltung* einen Telefonanruf meinte. Daher war sein Vorschlag, sich im *Racked* zu treffen, einer Weinbar am Meer, doch eher eine unwillkommene Überraschung für mich. Er erklärte, dass er später am Abend noch ausgehen wolle und das *Racked* bequem zwischen seinem Büro und seiner Verabredung läge, wenn es mir recht wäre. Ich fürchtete mich vor einer persönlichen Unterhaltung mit ihm und hätte mir so sehr ein Treffen mit Gavin danach gewünscht, damit ich mich auf etwas Aufregendes freuen konnte. Kurz überlegte ich, Simone anzurufen. Ich war mir ziemlich sicher, dass sie kommen würde, aber ich wusste, dass spontane Drinks am Abend für sie mit den Kindern immer einen logistischen Aufwand bedeuteten. Daher fragte ich Aiden, ob er Zeit hätte. Ich sagte ihm nur, dass ich bis acht Uhr ein Arbeitstreffen im *Racked* hätte, und schlug vor, danach auf einen Drink in ein anderes Lokal in der Nähe meiner Wohnung zu gehen. Es war das erste Mal, dass ich die Initiative für ein Treffen ergriff, und dachte schon, dass ihn womöglich ähnliche Gründe wie bei Simone oder sogar fliegendes Geschirr zum Absagen zwingen würden. Aber er schrieb nach einer halben Stunde zurück, dass er mich um halb neun treffen könne und fügte hinzu, dass Summer nichts dagegen hätte.

Ich kam kurz vor sieben im *Racked* an. James war schon da. Er stand mit dem Rücken zu mir an der Bar. Ich atmete tief durch und ging auf ihn zu, wobei ich mir sagte, dass ich ihn ab Januar vermutlich ohnehin nie wiedersehen musste.

«Hallo, James», sagte ich.

Er drehte sich um und sah mich kurz ausdruckslos an, bis er endlich lächelte und sagte: «Grace. Was kann ich Ihnen bestellen?»

«Oh ... danke schön.» Ich zögerte einen Moment. Der Mann an der Bar schob ihm ein Pint Bier zu. «Weißwein, bitte. Einen kleinen. Egal, welchen ... irgendwas Trockenes – der Hauswein ist völlig in Ordnung», fügte ich hinzu, als mich der Mann fragend ansah.

James nickte. «Okay. Setzen Sie sich doch schon mal, und ich bringe die Getränke?»

«Super», sagte ich und lächelte. Dann setzte ich mich an einen der Tische bei den bodentiefen Fenstern, an denen der schwere Spätnovemberregen herunterrann. Um mich abzulenken, checkte ich meine Nachrichten. Weil ich keine neue hatte, las ich mir sinnloserweise die noch einmal durch, die Aiden mir vor zwanzig Minuten geschickt hatte und in der er mir vorschlug, sich doch schon um halb acht zu treffen, wenn ich früher fertig wäre. Ich hatte darauf geantwortet, dass das unwahrscheinlich sei. Aber als ich am Tisch wartete, drückte ich die Daumen, dass James es vielleicht eilig hatte oder jemand das Lokal in Brand setzen würde, nur ein kleines Feuerchen, groß genug, um das Etablissement evakuieren lassen zu müssen, ohne allzu großen Schaden anzurichten.

«Haben Sie danach noch etwas vor?»

Ich zuckte leicht zusammen und steckte eilig mein Handy ein. James stellte das Weinglas auf den Tisch und setzte sich mir gegenüber.

«Ich treffe mich mit meinem Ex-Mann», sagte ich und fragte mich sofort, warum ich es für nötig hielt, Aidens Rolle in meinem Leben so genau zu bezeichnen.

James sah aus, als wolle er etwas sagen, griff stattdessen aber nach seinem Bierglas und nahm einen Schluck.

«Wir treffen uns noch manchmal. Wir sind schon eine ganze Weile geschieden. Und er hat eine neue Frau – und auch ein Baby. Deshalb ist es …» Ich verstummte abrupt, weil ich keine Ahnung hatte, wohin in aller Welt dieses Gerede führen sollte. «Was ist denn mit Ihnen? Was haben Sie hinterher vor?»

«Ich treffe mich mit Heather.»

Ich nickte. Bei der Erwähnung von Heather fühlte ich mich noch unbehaglicher als zuvor. «Sie wirkte sehr nett … auf der Party.» Ich griff nach meinem Glas. «Sie hat auch eine Menge gelächelt», sagte ich unsicher und zermarterte mir das Hirn nach einigermaßen passenden Komplimenten.

Er sah mich einen Augenblick lang stumm an. Entweder dachte er nach, oder er stellte mich auf die Probe. Jedenfalls war dieses Verhalten ein ausgesprochen beunruhigender Charakterzug von ihm.

«Oh, und ihr Kleid war wunderbar. Neil hat es sehr gefallen», fügte ich hinzu.

Er nickte. «Sie mochte Neil auch sehr.»

«Er ist auch toll. Sein Partner Gavin ist Friseur und schneidet mir die Haare. Ich bin mit beiden befreundet. Sie helfen mir immer sehr – abgesehen davon, dass Gavin ständig über meine Haare und meine Unterwäsche lästert. Jetzt sind sie gerade im Urlaub. Ich vermisse sie immer, wenn sie weg sind. Sie sind fast einen Monat lang in den Staaten.» Ich verstummte, weil mir bewusst wurde, dass ich anfing, angesichts von James' Selbstkontrolle oder Verschlossenheit haltlos zu plappern. Besonders die Bemerkung über meine Unterwäsche war mir schon wieder peinlich. Als ich von meinem Wein aufsah, bemerkte ich, dass er irgendwann offenbar angefangen hatte zu lächeln.

Ich seufzte, lächelte ebenfalls und hatte plötzlich den unwiderstehlichen Drang, die Sache hinter mich zu bringen. «Das Missverständnis wegen Heather tut mir wirklich leid.»

Er schüttelte den Kopf. «Das ist ganz ehrlich kein Problem. Es tut mir nur sehr leid, dass wir so einen schlechten Start hatten.»

«Rose hat mir sicher erzählt, dass Emily ihre Schwester ist. Ich war vermutlich so konzentriert darauf, alles richtig zu verstehen, was mit dem Job zu tun hat, dass ich das überhört haben muss. Als ich Sie also mit Heather sah, dachte ich ...» Ich nahm einen Schluck von meinem Wein. «Ich habe es einfach in den falschen Hals bekommen.» Ich schaute aus dem Fenster, verzweifelt über meine eigene Dummheit.

«Was tun Sie denn so, wenn Sie nicht putzen?»

Ich wandte mich ihm zu und sah, dass er die Frage seinem Bier gestellt hatte. Als ich nicht sofort antwortete, schaute er auf.

«Naja … ich lese eine Menge. Und ich gehe gern spazieren, höre gern Musik, gehe ins Theater, und neulich habe ich gelernt, wie man …», ich zögerte, weil mir plötzlich auffiel, dass ich gerade eine genaue Beschreibung meiner verstorbenen Großmutter abgab, «… wie man strickt.»

James nickte.

«Und Sie?»

«Ungefähr dasselbe», antwortete er. «Abgesehen vom Stricken.»

«Ach so.»

«Ich ziehe Makramee vor», erklärte er feierlich.

Ich lachte und entspannte mich ein wenig. «Ich schreibe außerdem gern», sagte ich, selbst überrascht über mein Geständnis.

Er griff nach seinem Bier. «Wirklich? Was schreiben Sie denn?»

«Über Sachthemen.» Ich lächelte und schaute erneut auf die Straße, kurz abgelenkt von einer Frau in einem langen schwarzen Regenmantel mit Kapuze, die in beeindruckendem Tempo auf ihren Stöckelschuhen durch den Regen auf den Eingang der Bar zurannte. «Es hilft mir zu entspannen», fügte ich abwesend hinzu.

«Und was hält Neil von dem, was Sie da so schreiben?»

«Er ist sehr …» Ich hielt inne, aber er sah mich fragend an. «Ich will Sie nicht langweilen», sagte ich.

«Ich glaube, das könnten Sie gar nicht.» Er sah mich unverwandt und undurchdringlich an. «Ist denn alles in Ordnung?», fragte er. «Sie runzeln die Stirn.»

«Nein, es ist nur …»

«Was denn? Wenn wir schon reinen Tisch machen, sollten wir es auch richtig tun.»

Ich zögerte einen kurzen Moment. Er hatte recht. «Erinnern Sie sich daran, wie Sie mir erzählt haben, dass Emily denkt, Ihr unbewegtes Gesicht verunsichere die Menschen?», begann ich.

Jetzt runzelte er die Stirn. «Ich kann mich nicht erinnern, es so ausgedrückt zu haben.»

«Naja, mich verunsichert es. Sie blinzeln überhaupt nicht, und Sie schweigen immer so lange, bevor Sie etwas sagen …»

«Das nennt man Denken.»

«… und dann fühle ich mich immer so gemustert … beurteilt», fuhr ich merkwürdig unbeirrt fort.

«Tut mir leid», sagte er, schloss ostentativ die Augen und öffnete sie wieder, um dann zu lächeln. «Besser?»

«Ja», sagte ich und erwiderte sein Lächeln. «Viel besser.»

«Ich fürchte aber, ich muss weiterhin denken, bevor ich spreche, es sei denn, Sie hätten ein paar nützliche Tipps, wie man diese Angewohnheit wieder loswird. Aber ich verspreche, am Blinzeln und am Nicht-verurteilend-Aussehen zu arbeiten.»

Ich nickte. «Okay. Und ich bemühe mich, die Alarmanlage nicht auszulösen, keine Schuhüberzieher auf dem Kopf zu tragen und nicht mehr anzunehmen, dass Sie mit Blutsverwandten ausgehen.»

«Zwei dieser Punkte kann ich nur unterstützen. Aber mit dem Schuhüberzieher hatte ich überhaupt kein Problem. Sie können so etwas tragen. Das habe ich auch zu Emily gesagt.» Er schaute mich über den Rand seines Glases an und blinzelte sehr langsam zwei Mal.

Ich lachte. Tatsächlich begann ich mich langsam wohl zu

fühlen. «Auf einen Neuanfang», sagte er und hob sein Glas. «Und lass uns doch du zueinander sagen.»

Ich hob mein Weinglas ebenfalls. «Auf einen ...»

«Hallo, ihr beiden.» Heather schob ihre Kapuze herunter, beugte sich vor und küsste James auf die Lippen.

«Hallo», sagte er. Er lächelte, schien aber eindeutig überrascht. «Ich hatte dich hier gar nicht erwartet.»

Sie zog ihren langen schwarzen Regenmantel aus und schüttelte ihn aus. «Nein, aber es hat geregnet, und ich war gerade in der Nähe, also dachte ich, ich könnte auch kurz vorbeikommen, ein wenig trocken werden und hallo zu Gail sagen.»

«Du meinst Grace», sagte James.

Sie seufzte und strich ihm über den Kopf, wobei sie mich anlächelte. «Natürlich. Sorry, Grace. Es muss so unangenehm für dich sein, dass ich mir deinen Namen einfach nicht merken kann.» Sie schlug sich mit der flachen Hand gegen die Stirn. «Absolute Blockade. Kann ich bitte einen Rotwein haben, James?»

«Sicher.» Er sah mich an. «Willst du auch noch einen?»

Ich schüttelte den Kopf. «Nein danke, ich hab noch.»

Er nickte, stand auf und ging zur Bar.

Heather setzte sich auf seinen Stuhl und warf sich ihr langes, dunkles und leicht feuchtes Haar über die Schulter. «Wie geht es dir denn, *Grace*?», fragte sie mit besonderer Betonung. «Hast du heute geputzt?»

«Nein», erwiderte ich. «Ich putze nur am ...»

«Ich hatte einen absolut grauenhaften Tag», unterbrach sie mich. «Deshalb war es auch so schön, als James anrief und mich zum Abendessen einlud. Er sorgt so nett für meine Entspannung.» Sie zwinkerte mir zu, legte mir die Hand auf den Arm und raunte: «Wenn du weißt, was ich meine.»

Ich versuchte, locker zu bleiben. «Und warum war dein Tag so …»

«Hast du eigentlich einen Freund?», unterbrach sie mich erneut und wickelte sich dabei eine Locke ihres Haares um den Finger. «Ich dachte schon, ob du mit Neil vielleicht etwas am Laufen hast. Oder mit einem der Männer, für die du putzt? Vermutlich ist das einer der Vorteile deines Jobs.» Sie lachte und blinzelte mir erneut zu. «Ich mache nur Witze.»

Ich trank von meinem Wein, um nicht den Mund zu verziehen. «Neil ist ein sehr guter Freund», sagte ich.

«Wirklich?» Sie warf James einen Blick zu, der sich mit dem Wein auf den Weg zurück zu unserem Tisch machte, bevor sie sich wieder mir zuwandte, das Kinn in die Hand gestützt. «Ich habe ihn auf der Party ein bisschen über dich ausgefragt, aber er schien gar nicht viel zu wissen. Aber vielleicht hat er auch einfach nicht zugehört. Männer, nicht wahr?»

Sie warf James einen Kuss zu, als er ihr Weinglas vor ihr abstellte und sich einen Stuhl heranzog, um sich zu setzen. «Danke, Liebling. Ich habe *Grace* gerade nach all den tollen Typen ausgefragt, für die sie putzt. So viele Männer, so wenig Zeit.»

Ich schwieg. Wenn ich mich dagegen wehrte, praktisch ein Wischmopp-Flittchen genannt zu werden, würde es so aussehen, als hätte ich keinen Humor.

James sah mich jetzt direkt an. «Für wen putzt du denn noch, abgesehen von Neil?»

«Um ehrlich zu sein …»

Sie stieß ihn scherzhaft mit dem Ellenbogen in die Rippen. «Jetzt sei aber mal nicht so neugierig. Grace will nicht, dass du in ihren Beziehungen herumschnüffelst. Wir Mädchen müssen auch unsere Geheimnisse haben. Stimmt doch, Grace?»

«Ja, das stimmt», sagte ich hastig und begriff plötzlich, dass Heather im Grunde der kleine Brandherd war, den ich mir so gewünscht hatte. Ich schob meinen Stuhl zurück und stand auf. Zu meiner Überraschung tat James es mir nach.

«Vielen Dank für den Wein. Ich gehe jetzt mal los und lasse euch beide euren Abend genießen», sagte ich.

«Du musst aber noch nicht gehen», sagte er.

«Ich habe gerade die Nachricht bekommen, dass ...» Ich sah auf Heather hinunter, die zwar noch lächelte, die Augen aber zu skeptischen Schlitzen verengt hatte und fuhr fort: «... mein Freund früh dran ist und schon auf mich wartet.»

«Na, da geht es doch schon los», kicherte sie. «Was hab ich gerade gesagt, James? So viele Männer, so wenig Zeit. Unsere Grace hier ist eine vielbeschäftigte Frau.»

James sah mich unbewegt an. «Danke, dass du gekommen bist.»

Sollte ich ihm die Hand schütteln, oder wie verhalten sich neu angestellte Putzfrauen ihren Arbeitgebern gegenüber? Vielleicht war in dieser Situation ein kurzes Winken angebracht.

Die Folge von all dem Zweifeln und Überlegen war, dass ich regungslos dastand und James schweigend anstarrte.

«Ich blinzele, wenn du es tust», sagte er nach einer Weile.

Ich lachte. «Tut mir leid.»

«Tschüs, Grace!», sagte Heather, stand plötzlich auf und zog mich an sich. Ich spürte einen sanften, aber eindeutigen Schubser, als sie mich wieder losließ.

Ich war gerade aus der Bar heraus und ärgerte mich darüber, dass mein Mantel keine Kapuze hatte, als ich einen Mann bemerkte, der auf mich zuging und winkte. Er trug einen großen Schirm mit Firmenaufdruck.

«Möchtest du unter meinen Schirm?», fragte Aiden, sobald er nahe genug heran war. Ich lächelte ihn an, legte die Arme um seinen Hals und umarmte ihn. «Ich habe mich nie mehr gefreut, dich zu sehen», sagte ich.

«Das liegt am Schirm, oder?», erwiderte er und drückte seine Wange an meine.

«Es liegt zu neunzig Prozent am Schirm.»

«Und zu zehn Prozent freust du dich wirklich ehrlich, mich zu sehen? Nicht schlecht.»

Wir hielten uns noch einen Augenblick lang fest, dann löste ich mich aus der Umarmung und fragte ihn: «Aber was tust du hier?»

«Naja, es war so nass. Und ich war gerade in der Nähe. Also dachte ich, ich könnte …» Er hielt inne. «Ich war neugierig», gab er zu.

Ich lachte und nahm seinen Arm. «Dafür musst du dich doch nicht schämen. Das ist ganz normal.»

Kapitel 20

«Willst du mir *ernsthaft* weismachen, dass das hier besser ist als ein Samstagmorgen mit Guy und den Kindern?» Ich zog mir die Pudelmütze so tief ins Gesicht wie nur möglich, ohne komplett blind zu werden, und schauderte.

«Du hast ja so gar keine Ahnung», versetzte Simone bitter, schaute auf ihre schlammverkrusteten Laufschuhe herunter und lehnte sich gegen das Geländer an der Avon-Schlucht. Wir hatten uns an dem Ende der Downs getroffen, die in Henley liegen, und schon dreißig Minuten Torsojoggen hinter uns (unsere neueste Erfindung, bei der wir unsere Oberkörper entspannten und sie wie beim Rennen vor und zurück wiegen ließen, während unsere Beine in normalem Schritttempo gingen). «Das hier ist ein Spaziergang im Vergleich zu dem, was ich jetzt zu Hause tun müsste. Wenn hier noch ein paar Schaukeln und eine Rutsche ständen, dann wäre es ein echter Spaziergang.»

Ich nickte. «Ja, wir sollten wahrscheinlich zumindest mal versuchen zu laufen, oder? Aber vielleicht sollte ich mir vorher erst mal eine gute Laufmütze kaufen.» Ich betastete den Pompon an meiner Mütze. «Vielleicht hat der hier einfach zu viel Gewicht und macht mich langsamer.»

«Gut möglich. Und ich glaube, das hier hat auch zu viel Gewicht», versetzte sie und tätschelte sich den Hintern.

«Du bist immer so kritisch mit dir selbst.»

«Ich bin einfach Realistin.» Sie nahm meine Hand und zog mich hinter sich her. «Jetzt erzähl mir doch mal von deinem Abend mit deinem Boss, während wir zurück zum Café torsojoggen.»

«Da gibt es nicht viel zu erzählen. Wir waren nur etwa zwanzig Minuten in der Bar, wenn überhaupt.»

«Aber es war trotzdem nett von ihm, sich die Zeit zu nehmen, die Dinge mit dir zu besprechen. Ich glaube nicht, dass viele Leute das für eine Aushilfskraft tun würden.»

«Wahrscheinlich nicht», stimmte ich zu.

«Hast du denn hinterher wieder alles haarklein in dein Tagebuch geschrieben?», fragte sie.

Ich seufzte. «Da gab es ehrlich nicht so viele Einzelheiten, aber ja, ich habe es festgehalten.»

«Okay, dann erzähl mir doch einfach, was du geschrieben hast. Ich wette, es war mehr als nur ein einzelner Satz», drängte sie und knuffte mich in die Seite. «Er ist offenbar sehr feinfühlig und rücksichtsvoll. Hast du das geschrieben? Und du hast auch gesagt, dass er gut aussieht.»

Ich schüttelte den Kopf. «Nein, Simone. *Neil* hat gesagt, dass er gut aussieht. *Ich* habe gesagt, dass er nervtötend ist.»

«Meiner Erfahrung nach ist das dasselbe.»

Ich verdrehte die Augen.

«Ach, komm schon, Grace», versuchte sie mich herumzukriegen. «Findest du ihn denn gar kein winziges bisschen attraktiv?»

Ich dachte über die Frage nach. Jetzt, da Simone es sagte, merkte ich, dass ich überhaupt noch nicht über James' Aussehen nachgedacht und ganz sicher nichts darüber geschrieben hatte – abgesehen von der ein oder anderen Erwähnung seines unheimlichen Blicks. Ansonsten hatte ich mich auf seinen angeblich so zweifelhaften Charakter konzentriert. Zweifellos hatte eine gewisse Befangenheit meine Urteilsfähigkeit vernebelt. Aber da meine Vorurteile jetzt widerlegt und James' monogame Veranlagung enthüllt war, konnte ich nicht verhehlen, dass er sowohl persönlich als auch körperlich ein ziemlich attraktiver Mann war. Ich dachte an meinen missglückten Versuch, mich von ihm im *Racked* zu verabschieden: Er besaß ein sehr nettes Lächeln – wenn es dann endlich die lange Reise von seinem Hirn bis zu seinem Gesicht geschafft hatte.

«Was denkst du gerade?», fragte Simone.

«Meine Güte, du hast vielleicht manchmal eine schrille Stimme», sagte ich erschrocken.

«Du bist abgedriftet.»

«Ich habe nur darüber nachgedacht, ob ich gleich ein Plunderteilchen oder ein Muffin nehme», erwiderte ich und war selbst überrascht, dass ich James' Lächeln lieber nicht erwähnen wollte.

«Hmm … du hast so verträumt ausgesehen … aber egal, zurück zum Abend mit Mr. Brooke …»

«Du meinst, zu meinen zwanzig Minuten mit Mr. Brooke *und seiner Freundin Heather*?» Ich warf ihr einen gequälten Blick zu. «Bitte setz ihn nicht auf deine Kandidatenliste für mich, Sim. Er ist noch nicht einmal Single.»

Sie tat entsetzt. «Eine Kandidatenliste? Was für eine abstoßende Idee.»

«Guy hat es mir erzählt.»

Sie schüttelte den Kopf. «Er ist echt ein hoffnungsloser Fall.»

«Er ist vollkommen arglos, und dafür liebe ich ihn.»

«Ich auch. Ich wünschte nur, er würde manchmal lieber den Mund halten. Aber egal, wenn du mir schon nichts von deinem neuerdings attraktiven Chef erzählen willst, dann erzähl mir wenigstens, was danach passiert ist.»

«Ich … bin direkt nach Hause gegangen, habe mich vor die Glotze gesetzt und dann in meinem Tagebuch geschrieben.» Kurz hatte ich ein schlechtes Gewissen, dass ich sie so anlog.

Sie sah mich aus dem Augenwinkel an, schwieg aber. Wir gingen freundschaftlich schweigend weiter, oder zumindest glaubte ich das, bis mir plötzlich die leicht beschwipste Nachricht wieder einfiel, die ich ihr am Abend zuvor geschickt hatte. «Ich habe dir gesagt, dass ich mich mit Aiden treffe, oder?», fragte ich.

«Das hast du.» Es klang ein wenig kurz angebunden.

«Jetzt schau doch nicht so ernst.» Ich gab mir große Mühe, unbeschwert zu klingen. «Darüber musst du dir keine Sorgen machen.»

«Ich habe mir überhaupt keine Sorgen darüber gemacht, bis du mich eben angelogen hast.»

Ich biss mir auf die Unterlippe. «Tut mir leid.»

Sie sah mich besorgt an.

«Ich will das nur nicht überanalysieren, und ich bin mir ziemlich sicher, dass ich das täte, wenn ich darüber sprechen würde. Aber es gibt keinen Grund für dich oder irgendjemand anderen, sich deswegen Sorgen zu machen.»

«Er verdient dich nicht», sagte sie leise. «Er hat dich nie verdient.»

Ich blieb stehen. «Danke», sagte ich und umarmte sie ganz fest. «Aiden und ich kommen wieder gut miteinander aus, und es fühlt sich so gut an, die Bitterkeit loszuwerden, die ich hatte, als es noch nicht so war», erklärte ich.

«Ist okay.» Sie tätschelte mir den Rücken und ließ mich dann los. «Und ich weiß nicht, ob es diese Abwesenheit von Bitterkeit oder der Putzjob oder deine neue Frisur ist, aber irgendetwas davon steht dir ausgesprochen gut. Du wirkst viel glücklicher, und du siehst toll aus.»

«Du sagst immer, dass ich toll aussehe», wandte ich ein.

«Ja, aber diesmal lüge ich nicht, damit du dich besser fühlst. Diesmal bin ich ehrlich und ein bisschen neidisch.»

Ich lachte. «Naja, ich würde eine neidische Freundin jederzeit einer überempfindlichen vorziehen.»

«Aber du passt doch auf, oder, Grace?», fragte sie sanft.

«Hast du eigentlich mit Neil und Gavin gesprochen? Du klingst nämlich verdächtig nach ihnen.»

«Naja, sie mögen dich eben auch sehr gern.»

Ich lächelte sie an. «Ich bin wirklich sehr dankbar für sie und für dich. Aber jetzt», damit zog ich an ihrem Ärmel, «wer zuerst beim Café ist!»

Sie blieb ernst, und einen Augenblick lang fürchtete ich, der Vortrag wäre noch nicht zu Ende. Aber plötzlich grinste sie. «Dann los. Die Gewinnerin zahlt die Rechnung.» Und so torsojoggten wir gemächlich in Richtung Kuchen.

Kapitel 21

Über eine Woche verging nach meinen Enthüllungen über James' «Affäre» mit Heather, ohne dass ich auf Percy oder Emily traf. Einerseits war ich erleichtert, sie nicht sehen zu müssen – meine Scham über mein peinliches Benehmen konnte so etwas abflauen, und es senkte die Wahrscheinlichkeit, dass das Thema gleich noch einmal aufgewärmt werden würde.

Auf der anderen Seite vermisste ich es, mit ihnen über andere Dinge zu sprechen, einschließlich, wie ich vor mir selbst zugeben musste, über James. Direkt nach meinem Morgen-Nichtlauf mit Simone war ich nach Hause gegangen und hatte an meinem Putztagebuch weitergeschrieben. Den größten Teil des Samstags verbrachte ich an meinem Laptop. Aber es war frustrierend zu erkennen, dass ich zwar inzwischen viel über Percy wusste und auch ein recht klares Bild von Emily hatte, von James aber nicht dasselbe behaupten konnte, und zwar weder auf privater noch beruflicher Ebene. Und da mein erster Eindruck von ihm, damals im Oktober, als ich mir sein Foto angesehen hatte, so dramatisch falsch gewesen war und er in Wirklichkeit gar kein hinterhältiger Schurke, sondern ein freundlicher und wohlmeinender Mensch war, wollte ich jetzt unbedingt mehr über den wahren James Brooke erfahren.

Auch deshalb freute ich mich, dass mir an einem frühen Mittwochabend Emily eine Einladung zum Mittagessen bei Percy weiterleitete, bei dem sie selbst auch anwesend sein würde. Ich antwortete ohne zu zögern, dass ich sehr gerne käme, und am nächsten Tag warf ich meine Schürze und meine Putzmittel in den Kofferraum meines Wagens in Bennett Park Nummer 3 und ging nach nebenan in die Nummer 5.

«Kommen Sie rein, kommen Sie rein, meine Liebe», gurrte Percy, als sie die Tür öffnete und mich sofort fest umarmte. «Es kommt mir vor, als hätten wir uns monatelang nicht gesehen! Wie geht es Ihnen? Setzen Sie sich doch ins Wohnzimmer, während ich das Mittagessen mache. Wir essen meine spezielle winterliche Aufwärmsuppe und frisch gebackene Brötchen!»

«Ich rieche sie schon von hier aus», sagte ich voller Vorfreude.

«Naja, sie sind nicht ganz so aufgegangen, wie ich es mir gewünscht hätte, aber James hat gerade eins für mich probiert und mir versichert, dass sie richtig lecker sind.»

«James?», fragte ich unsicher nach, weil ich vielleicht doch nicht so unbedingt mehr über diesen Mann herausfinden wollte, bevor ich die Gelegenheit gehabt hatte, einen Blick in den Spiegel zu werfen und den Geruch nach WC-Ente und Meister Proper mit einem Spritzer Parfüm zu neutralisieren.

«Ja, James», bestätigte Percy und führte mich ins Wohnzimmer. «Hier ist er.»

Sie deutete zum anderen Ende des Zimmers, wo er in einem ihrer riesigen Chintz-Armsessel saß. Er schien sich wie zu

Hause zu fühlen. Mit seinen dunkelgrauen Hosen und einem am Kragen leicht geöffneten hellblauen Hemd war er tadellos, aber lässig professionell gekleidet, ohne einschüchternd zu wirken. In der einen Hand hielt er eine zarte, geblümte Teetasse, in der anderen ein kleines Brötchen.

Er stand auf, als ich eintrat, und sah mich einen Augenblick lang ausdruckslos an. Dann breitete sich ein Lächeln auf seinem Gesicht aus. Sein Blick huschte kurz zu meinem Kopf, und ich überlegte unwillkürlich, wo genau ich mich auf der nach oben offenen Mein-Haar-sieht-aus-wie-ein-geplatztes-Kissen-Skala heute wohl gerade befand.

«Hallo», sagte ich.

«Hallo.» Er sah zwischen Percy und mir hin und her. «Ich wusste gar nicht, dass du auch zum Mittagessen kommen würdest. Ich dachte, es käme nur Emily.»

«Ach, dachtest du das, Schätzchen?», sagte Percy heiter. «Das ist ja interessant. Du versetzt mich doch immer wieder in Erstaunen. So, ich mache Grace jetzt ein Tässchen Tee und lasse euch beide ein wenig plaudern. Ich hoffe, das macht euch nichts aus.» Und damit verschwand sie.

Ich setzte mich aufs Sofa und sah James an. «Du isst mit uns zu Mittag?»

Er lehnte sich in seinem Sessel zurück und schüttelte den Kopf. «Percy hat mich gebeten, ihren Küchentisch und die Stühle umzustellen. Und sie dann wieder dorthin zu stellen, wo sie waren.» Er lächelte erneut, und ich musste an meine Unterhaltung mit Simone in den Downs denken. Monogamie stand ihm zweifellos gut, und ich versuchte verzweifelt, mich nicht selbst runterzuziehen, indem ich seine körperliche und modische Perfektion mit meinem eigenen, derangierten Zustand direkt nach dem Putzen verglich.

«Percys Brötchen riechen aber lecker», sagte ich.

Er besah sich das Brötchen in seiner Hand. «Nur ihre Kekse sind besser», bemerkte er leise.

«Danke für die Warnung. Meine Zähne freuen sich darüber», flüsterte ich.

Er lachte und sagte dann: «Wie geht es dir denn? Hat dir der Dienstagabend gefallen?»

«Oh, also …» Ich zögerte, überrascht von der direkten Frage. Aber offenbar wollte er weiterhin ehrlich und offen zu mir sein, also beschloss ich, ebenso ehrlich zu antworten.

«Ja, es war wirklich schön.» Ich schaute auf meinen Oberschenkel. «Und das war eigentlich eine Überraschung, weil ich mich überhaupt nicht auf das Treffen mit dir gefreut hatte, weil ich mich ja schon in deinem Arbeitszimmer zum Volltrottel gemacht hatte, und ich wusste, dass ich so etwas unter Druck gern mal wiederhole. Ich bin echt schlecht darin, aus dem Stegreif mit Leuten zu reden, die ich noch nicht kenne. Schreiben fällt mir viel leichter. Dann kann ich alles noch einmal durchlesen und verbessern und durchdenken. Als du das Treffen vorschlugst, war mir fast ein bisschen übel.» Ich schaute nachdenklich auf den Boden. «Aber du hattest recht – das Missverständnis hat unseren Start vermasselt, und noch einmal neu zu beginnen war großartig. Also danke noch mal für den Wein, und wie gesagt, trotz allem hat es mir gefallen.» Ich lächelte ihn an. Ich wusste, dass Gavin meine Rede für affiges Gefasel gehalten hätte, aber trotzdem war ich zufrieden, dass ich es geschafft hatte, überhaupt den Mund aufzumachen. Somit hatte ich James' Direktheit respektiert und mich ebenso offen verhalten, und ich war ziemlich stolz und überrascht, wie gut ich meine Gefühle ausgedrückt hatte.

Er sah mich an und nickte langsam. Offenbar dachte er über das Gesagte nach. «Okay, aber eigentlich wollte ich wissen, ob du den Abend mit deinem Ex-Mann genossen hast – nicht mit mir.»

Ich starrte ihn an, bis der Groschen endlich fiel. «Ooh, verstehe ... Das ergibt ja auch viel mehr Sinn. Jemanden zu fragen, ob er sich mit einem selbst gut unterhalten hat, grenzt irgendwie an Autismus, oder?»

«Es tendiert sehr in die Richtung.»

Ich seufzte matt und ließ mich ins Sofa zurücksinken. «Siehst du, genau deshalb bin ich viel besser im Schreiben als in Person. Ich brauche die Gelegenheit, meine Gedanken zu sortieren und zu redigieren», sagte ich, um das einzig Positive an meinem Gefasel hervorzuheben: dass ich nämlich den letzten Punkt sehr gut rübergebracht hatte.

Er lachte und schüttelte den Kopf. «Du bist auch ganz prima als Person.»

Obwohl es nur ein leicht dahingesagter Kommentar war, munterte er mich sehr auf und machte mich gleichzeitig ein wenig befangen. Ich war dankbar dafür, dass er ihn in Richtung Teppich gemacht hatte und ganz offenbar keine Erwiderung erwartete.

«Und ich freue mich, dass du unseren Teil des Dienstagabends lohnend fandst», fuhr er fort und schaute mich jetzt direkt an, «weil es mir genauso ging. Es tat mir nur so leid, dass du das Gefühl hattest, gehen zu müssen.»

«Das stimmt ja nicht ganz. Mein Ex-Mann hat nur auf mich gewartet, und du und Heather, ihr hattet ja auch Pläne.»

Er beugte sich vor und ließ das Brötchen mit einem erschreckend schweren Klirren auf das Tellerchen fallen. «Wir sind dann doch nicht essen gegangen. Wir waren beide zu müde.»

«Wie schade.»

«Das war es. Wir mussten etwas besprechen.»

«Vielleicht seid ihr ja diese Woche weniger müde. Arbeitest du heute von zu Hause aus?», fragte ich.

«Ja. Und morgen auch, um genau zu sein.»

«Ich bin so undiszipliniert, wenn ich zu Hause arbeite. Da gibt es einfach zu viel Ablenkung», seufzte ich.

«Du putzt lieber anderer Leute Wohnungen als deine eigene?»

Ich runzelte verwirrt die Stirn, bis mir einfiel, dass er natürlich nichts über meine Schreiberei wusste. Im Licht unserer neuen Offenheit kam mir das ein bisschen seltsam vor.

Kurz überlegte ich, ihm zu sagen, dass ich es schwierig fand, zu Hause Bücher zu schreiben und deshalb oft in die Zentralbibliothek umzog. Aber damit das sinnvoll klang, hätte ich ihm die ganze Geschichte erzählen müssen, und ich bezweifelte doch sehr, dass ich die Geschichte von meiner Arbeitspause und meinem Angebot an Rose, für sie einzuspringen, fertig erzählt haben würde, bevor Percy mit dem Tee kam und James wieder an die Arbeit musste. Es bestand schließlich keinerlei Veranlassung, ihn mit meiner schwierigen Vergangenheit und meinem gesamten Lebenslauf zu belasten, und außerdem wollte ich Rose vorher warnen.

«Sind meine Gesichtsausdrücke heute nicht ganz punktgenau?», fragte er. «Du wirkst ein wenig verwirrt.»

Ich lachte und schüttelte den Kopf. «Entschuldige. Meine Gedanken sind ein wenig abgeschweift. Und ja, ich putze viel lieber anderer Leute Häuser als mein eigenes. Das ist einfach viel interessanter.»

Ich gratulierte mir zu dieser einfachen Antwort, die nun wirklich nicht affig dahingefaselt wirkte. Ich schaute ihn zufrieden an, aber er sah an mir vorbei zur Wohnzimmertür, sodass ich mich ebenfalls umwandte. Percy kam mit einem Tablett herein, auf dem eine einzige Tasse Tee und ein kleines Tellerchen mit Keksen stand. Als sie am Sofa angekommen war, nahm James ihr das Tablett ab und stellte es auf den Beistelltisch.

«Danke, Schätzchen», sagte Percy und setzte sich neben mich. «Das ist Ihr Tee, Grace, und ich habe Ihnen ein paar Vanillecremekekse mitgebracht, James hat ja das Brötchen.»

«Danke schön.» Ich beugte mich vor, um meinen Tee zu trinken. James lächelte und setzte sich wieder in den Sessel.

«Ach, ich freue mich ja so, dass ihr euch heute über den Weg lauft. Und wie wunderbar, dass ihr euren Abend zusammen letzte Woche genossen habt und reinen Tisch machen konntet. Aber es tut mir leid, dass du nicht mit Heather zu Abend gegessen hast, James. Ganz besonders, weil ihr doch miteinander reden musstet.» Sie tätschelte mitfühlend sein Knie.

Ich warf James einen verunsicherten Blick zu. Er runzelte jetzt ein wenig die Stirn. Ich fragte mich, ob er wohl ebenso wie ich hastig unser Gespräch gedanklich Revue passieren ließ.

Als es an der Tür klingelte, stand Percy auf und eilte aufgeregt dorthin. Ich warf James einen Blick zu und zog eine Grimasse. «Ich versuche mich verzweifelt daran zu erinnern, was wir eben über das Brötchen gesagt haben», flüsterte ich. Er nickte und griff nach dem fast unangetasteten Gebäckstück, brach mit großer Anstrengung ein winziges Stück ab und legte es auf den Teller zurück, um den großen Rest in seiner Jackentasche zu verstauen, die er über die Armlehne gelegt hatte. Wie rücksichtsvoll er war.

Percy erschien mit Emily im Schlepptau.

«Hallo, ihr beiden», rief Emily und küsste uns zur Begrüßung. «Oh, musst du schon los, James?», fügte sie hinzu, als er aufstand.

«Ja», antwortete er und zog sich die Jacke über.

«Das ist aber schade. Kannst du nicht noch eine halbe Stunde bleiben? Percy hat gerade gesagt, dass sie es wunderbar fände, wenn du noch bliebest.»

«Das stimmt, mein Lieber», sagte Percy und legte ihm zur Bekräftigung die Hand auf den Arm. «Dann könntet Grace und du weiter darüber sprechen, wie es ist, von zu Hause aus zu arbeiten, und über deine merkwürdigen Gesichtsausdrücke und so weiter.»

Ihr Gehör und ihr Gedächtnis funktionierten eindeutig noch ganz ausgezeichnet.

James lächelte mir kurz zu. «Ich würde wirklich gern bleiben, aber ich muss zurück an die Arbeit. Außerdem hat dein Brötchen erst einmal den größten Hunger gestillt.» Er strich sich über den Bauch.

Percy klatschte begeistert in die Hände, als sie den fast leeren Teller sah. «Oh du meine Güte, das hast du ja geradezu heruntergeschlungen. Na, bevor du gehst, musst du noch mit mir in die Küche kommen, Schätzchen.» Sie zog ihn an der Hand hinter sich her. «Dann kann ich dir ein halbes Dutzend mitgeben.»

* * *

Zehn Minuten später war James mit der doppelten Anzahl der versprochenen Brötchen plus einer ordentlichen Menge Shortbread abgezogen. Emily und ich saßen an Percys kleinem runden Küchentisch, während unsere Gastgeberin am Herd werkelte. «Es ist ja so schön, dich zu sehen, Grace», sagte Emily zu mir.

«Finde ich auch. Du scheinst in letzter Zeit seltener zu Hause zu sein», antwortete ich.

Sie nickte. «Ich arbeite ja stundenweise, und wir haben gerade ein großes Projekt, deshalb arbeite ich mehr. Das ist gut, weil ich James dann mehr Geld geben kann.»

«Er will dein Geld gar nicht, Schätzchen», sage Percy und schöpfte zwei großzügige Portionen Suppe in Schüsseln, die sie vor uns auf den Tisch stellte.

«Ich weiß, Percy, aber ich bestehe darauf. Ich habe einen Dauerauftrag eingerichtet, aber manchmal stecke ich ihm etwas Geld in die Brieftasche, wenn er sie herumliegen lässt.» Sie zeigte auf die Suppe. «Lecker.»

«Hat er viel zu tun?», fragte ich, um die Gelegenheit beim Schopf zu packen und etwas über James' Beruf zu erfahren. «Was macht er denn beruflich? Rose hat gar nichts davon erzählt.»

Emily lächelte. «Wahrscheinlich, weil er nur ungern darüber spricht. Er ist Rechtsanwalt mit Schwerpunkt Arbeitsrecht. Aber weil er im Medienbereich arbeitet, kennt er viele bekannte Leute. Diskretion ist sein zweiter Name. Nicht mal ich weiß, für wen er arbeitet oder was er gerade vorhat.»

«Er ist ja so integer. Ich vertraue ihm alle meine tiefsten, dunkelsten Geheimnisse an», sagte Percy, stellte ihre Schüssel auf den Tisch und setzte sich. Sie sah mich über den Rand ihrer Brille hinweg an. «Schweigt wie ein Grab, wenn er muss. Aber dann langt mal zu!» Percy schob mir den Teller mit den Brötchen zu. «Diese hier sind noch ofenwarm.»

«Oh, danke schön.» Ich nahm mir ein Brötchen, das verräterisch schwer für seine Größe wirkte. Sollte ich den Moment, in dem ich hineinbeißen musste, noch etwas herauszögern, indem ich weiter nach James fragte, ohne allzu interessiert zu wirken? In dem Moment begann Emily von selbst zu erzählen.

«Er ist aber nicht nur verschlossen, was seinen Beruf angeht. Sobald ich mit ihm über Persönliches sprechen will, wechselt er das Thema. Ständig dreht er alles so um, dass ich diejenige bin, die redet. Aber das ist wohl meine Schuld. Er ist so, seit ich damals zusammengebrochen bin.»

Ich runzelte die Stirn. «Zusammengebrochen?»

Sie wirkte überrascht. «Entschuldige, Grace, ich weiß auch nicht, warum, aber ich hatte angenommen, dass Rose es dir schon erzählt hat. Aber natürlich hat sie es nicht getan, dafür ist sie viel zu freundlich. Nicht, dass ich etwas dagegen habe, dass du es weißt.» Sie verstummte, atmete tief durch und sah dann Percy an. «Ich bin letztes Jahr zusammengebrochen, nicht wahr, Percy?», sagte sie mit einem traurigen Lächeln, und Percy nahm ihre Hand. «Ich war schon vorher etwas wackelig gewesen, aber das war doch etwas anderes. Ich hatte einen Mann kennengelernt, mich in ihn verliebt und fand dann heraus, dass er nicht der war, für den ich ihn gehalten hatte. Naja, und dann bin ich zusammengebrochen. Und James hat die Scherben zusammengefegt und mich wieder zusammengesetzt.» Sie sah mich unsicher an.

Ich sah sie aufmunternd an, gerührt davon, dass sie mir etwas so Persönliches anvertraute. «Mach dir keine Sorgen, die meisten Leute kommen an einen solchen Punkt. Ich für meinen Teil habe das auch erlebt.»

«Wirklich?»

«Wirklich. Und ich fühle mich geschmeichelt, dass du so erstaunt darüber bist.»

«Was war denn der Grund für Ihr Auseinanderbröseln, meine Liebe? Es sei denn, Sie möchten nicht darüber sprechen», fragte Percy.

Ich winkte ab. «Ich habe kein Problem, über mein Auseinanderbröseln zu sprechen. Meine Scheidung war schuld, oder eher das, was dazu geführt hat. Äußerlich habe ich einfach so weitergemacht wie bisher: Ich habe gearbeitet, mich mit Freunden getroffen ... aber innerlich ...», ich tippte mir auf die Brust, «... nur Staub. Meine ganze Einstellung zum Leben hat sich komplett geändert, und das nicht zum Besseren. Ich habe es zugelassen, dass meine Beziehung zu einer einzigen Person alles andere in Mitleidenschaft zieht.»

«Aber jetzt wirkt deine Einstellung zum Leben doch sehr gut», bemerkte Emily.

«Ich habe eine Menge stiller moralischer Unterstützung und Geduld von vielen Menschen gebraucht und musste ein oder zwei Mal ordentlich geschüttelt werden, um hier so bei euch zu sitzen. Oh, und dieser Job hat enorm geholfen. Ich habe zuletzt nur noch gegrübelt, statt die Dinge einfach anzupacken. Ich habe mich nur noch auf die Trümmer konzentriert statt auf den Wiederaufbau.»

«Stille moralische Unterstützung, Trümmer, Wiederaufbau!», lachte Percy. «Wissen Sie, meine Liebe, Sie haben wirklich ein Talent für den Umgang mit Wörtern. Haben Sie je darüber nachgedacht zu schreiben?»

Ich öffnete den Mund, um zu antworten, dass ich das Schreiben tatsächlich liebte und ich gleich an diesem Nachmittag nach Hause gehen und eifrig mein immer optimistischeres Tagebuch weiterschreiben würde, in dem sie und Emily eine so große und schöne Rolle spielten.

Da Percy aber schon weitersprach, hörte ich mir ihren literarischen Exkurs über ihr augenblickliches Lieblingsbuch an. Und während sie genüsslich über Morde und Leichenhallen im viktorianischen London sprach, beschloss ich, dass Rose möglichst bald wissen musste, dass ich Percy und Emily von meinem Schreibvorhaben erzählen wollte. Sie sprachen so offen mit mir, dass ich etwas so Fundamentales wie meinen Beruf nicht vor ihnen geheim halten wollte.

«Und Sie haben ja *so* recht, was die Wichtigkeit von Freunden angeht», fuhr Percy fort, die wieder zum ursprünglichen Thema der Unterhaltung zurückgekehrt war. «Ich weiß überhaupt nicht, was nach dem Tod meines Patrick aus mir geworden wäre, wenn ich meine Freunde nicht gehabt hätte. Und das schließt dich und deinen lieben Bruder mit ein.» Sie tätschelte Emilys Hand.

«James vielleicht mehr als mich», seufzte Emily. «Ich wünschte, er würde ein wenig mehr an sich selbst denken, damit ihn andere auch mal so unterstützen können wie er uns, Percy.»

«Er fühlt sich ganz bestimmt auch unterstützt. Ihr seid beide so positive Kräfte in seinem Leben. Und vielleicht teilt er seine Sorgen einfach deshalb nicht, weil er keine hat», sagte ich.

«Vielleicht. Aber es scheint, als ob er immer entweder nur arbeitet oder sich auf die Bedürfnisse anderer konzentriert – hauptsächlich meine. Und das hält ihn davon ab, eigene Interessen und Beziehungen aufzubauen. Er ist so geworden, seit wir Mum und Dad verloren haben, aber im letzten Jahr hat es sich noch verstärkt. Er muss sich auch auf sich selbst konzentrieren – weniger arbeiten und mehr entspannen», sagte Emily.

«Er scheint wirklich viel zu arbeiten, aber er hat ja Heather. Sie ist eine Ablenkung von der Arbeit, und er wirkt immer sehr entspannt, wenn er mit ihr zusammen ist», wandte ich ein.

Emilys Gesicht hellte sich auf. «Ja, ich weiß, dass du gesagt hast, wie entspannt sie auf Percys Party miteinander waren.»

Percy ließ den Suppenlöffel sinken, den sie schon zum Mund geführt hatte, und fing an zu kichern. Sie knuffte mich schelmisch in die Rippen und wollte etwas sagen, aber sie brachte zwischen ihren Kicheranfällen nur die Bruchstücke «Techtel» und «Mechtel» hervor.

Ich legte die Hand auf den Mund. «Du meine Güte, was hab ich mir nur dabei gedacht? Und dann sitze ich hier und behaupte, dass ich eine positivere Einstellung zum Leben und zu den Menschen habe!»

«Ich finde es aber gut, dass du mir von deinen Bedenken hinsichtlich seiner Beziehung zu Heather erzählt hast. Das sagt eine Menge über dich aus», beruhigte mich Emily.

Percy, die sich endlich von ihrem Lachanfall erholt hatte, nickte. «Genauso integer wie James.»

Ich blickte erst Emily, dann Percy an. «Das ist aber eine sehr freundliche Auslegung der Sache.»

Emily wollte gerade noch etwas sagen, als unser Gespräch von einem lauten Klingeln aus dem Flur unterbrochen wurde. Percy stand auf. «Oh, tut mir wirklich leid, dass ich so unhöflich sein muss, meine Lieben, aber ich erwarte einen Anruf», sagte sie und eilte davon, nur um eine paar Augenblicke später leicht erhitzt mit dem Telefon zurückzukommen. «Nein, nein, Arthur, du musst dir keine Sorgen machen. Ich fand schon am Samstag im Festsaal, dass du ganz grauenvoll aussahst. Das habe ich Geraldo auch gesagt. Du glaubst, wegen deiner Slipper gestolpert zu sein, aber ich wusste doch gleich, dass da etwas nicht stimmt.» Besorgt legte sie die Hand auf den Mund, während sie der Stimme am anderen Ende der Leitung zuhörte. «Also du musst unbedingt ins Bett, Schätzchen», sagte sie dann. «Wenn Annie heute Abend bei dir ist, dann rufe ich mir morgen früh ein Taxi und komme, und dann noch mal nach Mauds Feier. Nimm ein Grippemittel und sieh zu, dass du schläfst. Gute Besserung, mein Lieber.» Sie beendete das Gespräch und legte das Telefon auf den Tisch.

Emily warf mir einen besorgten Blick zu und wandte sich dann an Percy. «Probleme?»

«Ich fürchte, ja.» Percy setzte sich. «Arthur geht es nicht gut, also kann er nicht zur Feier unserer lieben Freundin Maud morgen in Abbots Leigh kommen. Er sollte mich morgen Mittag abholen, wir wollten zusammen dorthin fahren.»

«Oh, das ist aber schade», sagte ich. Dann bemerkte ich erst, dass Percy den Tränen nahe war. «Geht es ihm sehr schlecht, Percy?»

«Nein, nein. Nur eine schwere Erkältung, sagt er. Er läuft immer in Slippers herum, also ist es kein Wunder.»

Emily runzelte die Stirn. «Du möchtest nicht gern allein zu der Party gehen, Percy? Gibt es vielleicht noch einen anderen Freund, mit dem du gehen kannst?»

Percy schniefte und zwang sich zu einem Lächeln. «Leider nicht. Alle, die ich einladen könnte, sind vermutlich schon verabredet.»

Ich versuchte, optimistisch zu klingen. «Also kennen Sie viele Leute, die auch da sein werden?»

Sie nickte. «Fast alle.»

Ich schaute zu Emily hinüber, die leicht amüsiert die Schultern zuckte.

«Wenn Sie sich darüber Sorgen machen, wie Sie dorthin kommen, kann ich Sie abholen und wieder nach Hause bringen. Morgen Nachmittag habe ich ganz frei», bot ich an.

Percys Gesicht hellte sich auf. «Wirklich, meine Liebe? Ganz sicher?»

«Natürlich. Wann soll ich Sie abholen?»

Aber Percy schien gar nicht mehr zuzuhören. «Das ist ja eine ungeheure Erleichterung, das könnt ihr euch gar nicht vorstellen», sagte sie und faltete erfreut die Hände. «Ich wäre nur sehr ungern allein dorthin gefahren, und ich weiß, dass Maud ganz traurig gewesen wäre, wenn einer der Stühle leer geblieben wäre. ‹Bloß keine leeren Stühle!›, sagt sie immer. ‹Keine leeren Stühle!›» Percy aß einen Löffel Suppe.

Hatte ich etwas missverstanden? Percy würde doch nicht wollen, dass ich auf Mauds Party *blieb*, oder?

Emily schien traurig zu sein, dass Percy offensichtlich nicht mehr die Kraft oder den Mut besaß, die Einladung allein wahrzunehmen, fragte aber nach dem Suppenrezept, um das Thema zu wechseln.

Percy erklärte ihr heiter die genauen Mengen an Milch und Salz, die sie der Fertigsuppe hinzugefügt hatte. Ich versuchte mich unterdessen an den Teil des Gespräches zu erinnern, der dazu geführt hatte, dass ich den morgigen Nachmittag bei einer Party mit Percy und ihren achtzigjährigen Freunden verbringen würde. Aber irgendwann begriff ich mit einer gewissen sachlichen Faszination, dass es absolut keinen Weg aus diesem Schlamassel gab, ohne große emotionale Schäden anzurichten. Also zuckte ich innerlich die Schultern und akzeptierte die Lage. Immerhin würde mir dieses Erlebnis ein wenig Farbe sowohl in meinen Tag als auch in mein Tagebuch bringen.

«Was es wohl morgen zu essen geben wird», sagte ich, als Percy Emily erklärt hatte, wie lange man die Suppe aufwärmen musste. «Maud wird sich ja ordentlich ins Zeug legen müssen, um das hier zu toppen.»

Percy lächelte mich an. «Naja, egal, was es ist, ich weiß auf jeden Fall, dass ich es noch mehr genießen werde, wenn Sie neben mir sitzen.»

«Dito», erwiderte ich. Und als Emily unsere Schüsseln abräumte und Percy vom Nachtisch sprach, merkte ich, dass ich es auch ganz genauso meinte.

Kapitel 22

Ich startete den Motor und stöhnte, als das Warnlicht der Tankanzeige aufleuchtete. Ich hatte am Abend zuvor tanken wollen, es dann aber vergessen, weil Aiden anrief und mich darum bat, Marketingmaterial für ihn Korrektur zu lesen.

Ein Blick auf die Uhr entspannte mich wieder etwas. Ich hatte noch genug Zeit, Percy abzuholen und dann auf dem Weg nach Eastleigh Hall zur Tankstelle zu fahren. Eastleigh Hall lag etwas außerhalb von Bristol und war eine imposante Villa, in der Mauds Feier stattfinden sollte. Auf keinen Fall konnte ich es riskieren, den Hinweg mit den letzten Spurenelementen an Benzin erfolgreich zu bewältigen, nur um dann nach der Party mit einem Benzinkanister in der einen und meinen marineblauen Pumps in der anderen Hand zur nächsten Tankstelle zu latschen.

Zwanzig Minuten später kam ich in Bennett Park an. Der Verkehr an den Downs war weit dichter gewesen als erwartet, weil irgendwo eine Hauptwasserleitung geplatzt war. Jetzt geriet ich langsam unter Zeitdruck. Also stellte ich das Auto eilig ab und rannte, so schnell es meine Schuhe erlaubten, Percys Auffahrt und ihre Stufen hoch. Ich klingelte und lauschte ungeduldig auf ein Geräusch. Als ich keins hörte, klingelte ich erneut und hörte endlich, wie sich ihre Wohnungstür quietschend öffnete und Schritte in der Eingangshalle erklangen.

Ich hatte meine Entschuldigungsrede wegen der Tanksituation schon begonnen, bevor die Tür ganz offen war, als ich begriff, dass es gar nicht Percy war, die da vor mir stand, sondern James. Er wirkte ebenso überrascht wie ich. «Ach, hallo», sagte ich. «Du bist wieder … hier. Ist, äh … ist Percy schon fertig? Weil wir nämlich schon ziemlich spät dran sind. Ganz und gar meine Schuld.»

«Ich weiß nicht recht, wofür sie fertig sein soll.» Er musterte mich von Kopf bis Fuß und lächelte mich dann endlich an, wie immer zu spät, aber immerhin. «Offenbar eine formelle Veranstaltung, nehme ich an.»

«Ja, wir gehen zur Nachmittagsparty einer ihrer Freundinnen. Ist denn alles in Ordnung?»

«Percy geht es nicht besonders gut», sagte er und bedeutete mir einzutreten. «Komm lieber rein.»

Ich folgte ihm in Percys Wohnung und hörte sie schon, bevor ich sie sah. «Ich weiß, wer das ist. Es ist doch die liebe Grace, oder?», krächzte sie.

«Das ist sie», erwiderte James und ließ mich voran ins Wohnzimmer gehen, wo Percy auf dem Sofa ausgestreckt lag, mit Kissen im Rücken und einer grünen Samtdecke über ihren Beinen.

«Oh Grace», sagte sie und betupfte sich die Nase mit einem weißen Baumwolltaschentuch. «Ich habe mich bei Arthur angesteckt. Was soll ich denn jetzt nur tun?»

Ich setzte mich auf den Rand des Sofas. «Sie müssen einfach

nur wieder gesund werden, Percy. Wie geht es Ihnen denn? Wissen Sie, ob Sie Paracetamol dahaben?»

Sie sah zu James hoch, der hinter mir stand, und brachte ein schwaches Lächeln zustande. «Das weiß ich tatsächlich genau. Ich habe bei Emily angerufen, weil ich nur Tabletten gegen Sodbrennen und Jod in meinem Badezimmerschränkchen hatte, und ich habe mich einfach zu schlecht gefühlt, um zur Apotheke zu gehen. Emily war zwar nicht da, aber James hat zu Hause gearbeitet und ist sofort gekommen. Ist er nicht wunderbar?» Ihre Unterlippe zitterte, Tränen traten ihr in die Augen. «Er hat mir eine Tasse Tee gemacht und etwas aufgeräumt. Ich finde es furchtbar, solche Umstände zu machen.»

«Das war doch überhaupt kein Problem. Ich brauchte ohnehin eine Pause vom Bildschirm», sagte James.

«Und ich hätte Sie anrufen sollen, Grace, denn jetzt sind Sie ganz umsonst hierhergekommen.» Sie streckte die Hand aus und tätschelte mein Knie. «Und Sie haben sich für Maud so schön angezogen.» In diesem Moment brachen alle Dämme, und sie schluchzte leise. Ich warf James einen Blick zu, der sich einen Sessel heranzog und sich neben uns setzte.

«Sag uns, was wir tun können, um dir zu helfen», sagte er sanft.

«Ich weiß nicht, ob ihr noch etwas tun könnt, mein Lieber. Es tut mir nur so furchtbar leid, dass ich Maud hängenlassen muss», schniefte sie. «Sie wollte so gern, dass alle kommen.»

«Oh, das versteht sie sicher. Sie können doch nichts dafür, dass es Ihnen nicht gutgeht», sagte ich.

Percy nickte. «Ich weiß. Ich hätte mich nur so gern bei ihr selbst entschuldigt.»

«Können wir nicht jemanden anrufen?», fragte James.

«Ich fürchte nicht. Ich habe die Nummer ihrer Tochter nicht, und die organisiert alles. Und meine anderen Freunde sind entweder taub oder zu umständlich für Handys.»

Ich musste mein Grinsen unterdrücken, und auch James schien es nicht anders zu gehen.

«Wie wäre es denn, wenn ich kurz dort vorbeifahre und Sie entschuldige?», schlug ich vor.

Percy sah mich an. «Das kann ich doch nicht verlangen.»

«Das ist doch kein Problem. Würden Sie sich dann besser fühlen?»

Ihr Gesicht hellte sich deutlich auf. «Meine Güte, das würde ich. Aber sind Sie sich sicher, dass es Ihnen nichts ausmacht?»

«Das ist doch gar kein Problem», beteuerte ich.

Percy lächelte. «Sie sind wirklich ein Schatz. Aber wie viel Uhr ist es denn jetzt?»

James sah auf seine Armbanduhr. «Viertel vor zwei.»

Ich stand auf. «Gut. Die Fahrt dauert etwa fünfzehn Minuten. Ich muss zwischendurch noch tanken, aber das ist schon in Ordnung, oder, Percy? Sie werden doch wohl nicht Punkt zwei Uhr am Tisch sitzen?»

Ihre Miene verdunkelte sich erneut. «Ich fürchte, es wird ganz pünktlich losgehen. Ich weiß nicht, ob Sie es rechtzeitig dorthin schaffen werden.»

James stand auf. «Na komm, wir nehmen mein Auto, und wenn wir jetzt losfahren, schaffen wir es auch noch rechtzeitig. Und ich schreibe Emily eine Nachricht, dann kommt sie herüber, sobald sie wieder zu Hause ist. Das wird in ungefähr einer Stunde sein», rief er über die Schulter zurück.

Percy und ich waren beide ein bisschen in Schockstarre. «Ich gehe dann mal lieber», sagte ich und beugte mich zu ihr hinunter, um sie auf die Stirn zu küssen, «sonst fährt er noch ohne mich los. Und er weiß ja noch nicht mal, wohin genau wir fahren müssen.»

Kapitel 23

Wir bogen genau zwei Minuten vor der Zeit in die Kiesauffahrt von Eastleigh Hall ein. James hatte eine beeindruckende Ortskenntnis an den Tag gelegt und hin und wieder, wenn es nötig war, auch die Geschwindigkeitsbegrenzungen ignoriert. Die Türen der Villa standen weit offen. Zwar sah man nirgends andere Gäste, aber die vielen Autos davor und ein großes Transparent mit der Aufschrift *Immer schön weiterfeiern, Maud!* bewiesen uns, dass wir uns zumindest zur richtigen Zeit am richtigen Ort befanden.

«Ich gehe kurz rein. Du musst nicht mitkommen, wenn du lieber nicht möchtest», sagte ich zu James, als er den Motor abstellte.

Er löste seinen Sicherheitsgurt und öffnete die Fahrertür. «Nein, das ist schon in Ordnung, ich komme mit. Vielleicht erkenne ich ja den einen oder anderen Freund von Percy wieder.»

Ich freute mich eigentlich sehr über seine Unterstützung, und so erklommen wir gemeinsam die geschwungenen Sandsteinstufen. An der Tür wurden wir von einem Paar mittleren Alters begrüßt. Die Frau wirkte auf mich besorgniserregend niedergeschlagen. Der Mann dagegen, klein und glatzköpfig, sah so aus, als würde er jeden Augenblick in Gelächter ausbrechen. Er ergriff meine Hand und schüttelte sie heftig, um sich dann an James zu wenden. «Freut mich sehr, dass Sie es beide geschafft haben zu kommen. Penny …», damit deutete er auf die Frau neben sich, «… hat gerade gesagt, dass es noch ein paar freie Stühle gibt, nicht wahr, Pen?» Penny nickte und versuchte ein Lächeln. Er legte den Arm um sie und drückte sie an sich. «Siehst du, Liebling. Kein einziger freier Stuhl. Genau wie sie es wollte.»

Sie nickte. «Du hattest recht, Tim», sagte sie leise.

James starrte Penny an. Ich wünschte, er würde lächeln.

Ich räusperte mich. «Ich heiße Grace, und das ist James, und *wir beide* sind eigentlich nur hier, um Mauds Freunde Percy und Arthur zu entschuldigen. Ich fürchte, es geht ihnen nicht gut, deshalb können sie beide nicht kommen. Es tut ihnen sehr leid, die Party zu verpassen.»

Tim lächelte ein wenig traurig. «So etwas kann passieren», sagte er, weil Penny den Kopf hängen ließ. «Aber vielen Dank, dass Sie extra gekommen sind.»

«Ich dachte, dass wir vielleicht mit Maud selbst sprechen könnten?», sagte James, ohne den Blick von Penny zu wenden.

«Mit ihr selbst sprechen?» Penny sah unsicher zwischen mir und James hin und her.

«Oh ja», sagte ich und nickte eifrig. «Es wäre schön, uns vorzustellen und ihr hallo zu sagen. Wenn es nicht zu viele Umstände macht.»

«Hallo sagen», wiederholte Penny, und es klang ein wenig benommen. Hatte sie vielleicht ein bisschen früh mit dem Schampus angefangen?

«Wenn noch Zeit dafür ist», sagte ich heiter. «Und wenn es okay ist, natürlich.»

Tim blinzelte und wandte sich dann an Penny. «Wenn Sie gern möchten, meine Liebe. Und es ist doch im Grunde gleich, wenn wir ein paar Minuten später anfangen. Maud wird jedenfalls keine Einwände haben, nicht wahr?», sagte er leise.

Penny verdrehte die Augen, brachte mit großer Anstrengung ein Lächeln zustande und nahm mich bei der Hand. «Dann kommen Sie mit. Sie ist da drin.»

James und Tim folgten uns, als wir durch die große marmorgeflieste Eingangshalle und an ein paar offenen Türen zu unserer Linken vorbeigingen, durch die man ein festlich geschmücktes Esszimmer mit Ballons und runden gedeckten Tischen für ungefähr achtzig Gäste sah. Schließlich blieben wir vor einer Tür ganz am Ende des Flurs stehen. «Da wären wir», flüsterte Penny, öffnete die Tür und legte mir die Hand auf den Rücken, um mich sanft hineinzuschieben.

Ich machte zwei Schritte und stand einen Moment lang da. Zu meiner Linken saßen Leute auf Stühlen, vorn im Raum stand ein Rednerpult.

Den Sarg – den offenen Sarg – bemerkte ich ganz zuletzt.

Ich spürte, dass mein Mund die Worte «Oh nein» formte, ich aber keinen Laut hervorbrachte. Eine Hand berührte meinen Ellenbogen. James stand jetzt neben mir. Er sah mich mit demselben ungerührten Gesichtsausdruck an wie immer, aber ich spürte, dass er meinen Arm leicht, aber tröstend drückte. «Maud ist *tot*. Das hier ist eine *Beerdigung*», sagte ich lautlos zu ihm.

«Nein, das hier ist eine *Feier*», widersprach James mir leise. Seine Mundwinkel zuckten leicht.

«Ganz genau», sagte Tim heiter, der hinter uns stand. «Genau das ist es, James. Also, wenn Sie beide jetzt Maud begrüßen würden, dann könnten wir anfangen.»

Ich schluckte. «Ja, natürlich», sagte ich heiser.

James und ich gingen die paar Schritte zu dem Sarg aus dunklem Holz und blieben davor stehen, jeder auf einer Seite. Wir schauten gleichzeitig hinein.

Ich hatte mich für einen erschütternden Anblick gewappnet, war aber erleichtert, eine Frau zu sehen, die aussah, als sei sie just in dem Moment eingeschlafen, in dem sie einen besonders guten Witz gehört hatte. Es war sofort klar, warum heute eine Party stattfand; Maud war offenbar eine echte Party-Löwin gewesen. Sie trug eine lilafarbene, glitzernde Ballrobe, passende Abendhandschuhe und ein mit pinkfarbenen Diamanten besetztes Diadem und lag friedlich auf einem pinkfarbenen Samtkissen. Ich wusste nicht genau, ob ich lachen oder weinen sollte.

James schenkte mir ein Lächeln, das irgendwie perfekt zu der bizarren Situation passte, und ich flüsterte: «Hallo, Maud. Ich heiße Grace. Das hier ist James, und wir sind gekommen, um dir zu sagen, dass es Percy so furchtbar leidtut, heute nicht kommen zu können. Sie hätte diese Feier um nichts in der Welt verpassen wollen. Arthur wollte auch unbedingt hier sein, aber sie sind beide schrecklich erkältet. Aber sie haben dich beide sehr liebgehabt – haben dich noch immer sehr lieb.» Ich schaute zu James hoch. Er ging um den Sarg herum, trat neben mich, und dann gingen wir gemeinsam zum Ausgang – just in dem Moment, in dem der Zelebrant den Raum betrat, die Tür leise schloss und zum Rednerpult trat. «Guten Tag, Freunde und Familie von Maud Gibb», sagte er lächelnd.

«Ich fürchte, eure Sitze sind ganz hinten», sagte Tim leise und führte uns zum hinteren Teil des Raums.

James nickte und wandte sich mir zu. «Das ist doch in Ordnung, nicht wahr, Grace?»

«Natürlich», erwiderte ich. Und dann gingen wir zu unseren Stühlen.

Kapitel 24

Sobald der Zelebrant seine Rede gehalten hatte, kamen Penny und Tim zu uns und baten uns, zum Essen zu bleiben. Ich versuchte James mit hochgezogenen Augenbrauen und zu Schlitzen verengten Augen klar zu machen, dass ich absolut nichts dagegen hätte, falls er lieber nach Hause und zurück an die Arbeit wollte. Aber entweder interpretierte er meine Gesichtszuckungen falsch, oder er hatte nichts Besseres zu tun, als den ganzen Nachmittag Tee zu schlürfen und Scones in sich hineinzustopfen. Also setzten wir uns auf die Plätze, die eigentlich für Percy und Arthur vorgesehen waren, und plauderten miteinander und mit unseren Tischnachbarn. Letztere entpuppten sich als ausgesprochen nett, aber beängstigend neugierig, und schließlich war ich ausgesprochen erleichtert, als ich nach einer besonders intensiven, fünfzehn Minuten dauernden Befragung nach meinem Privatleben durch Phyllis aus Ipswich spürte, wie mich James antippte. So konnte ich sagen: «Oh, entschuldigen Sie mich, Phyllis, aber ich glaube, James möchte mir etwas sagen.»

«Noch etwas Tee?», fragte er und griff nach der Kanne, die zwischen uns auf dem Tisch stand.

«Oh Gott, ja, bitte», sagte ich. Phyllis begann sofort, Norman, ihren Tischnachbarn zur anderen Seite, detailliert nach den Ursachen seines Hinkens zu befragen.

James schenkte mir lächelnd ein. «Hältst du noch durch?»

«Phyllis ist eine Mischung aus Schwiegermutter und investigativer Journalistin», murmelte ich. «Anfangs hat sie mich mit ihren Törtchenrezepten in Sicherheit gewiegt, um dann direkt auf meine Halsschlagader zu zielen. Und bei dir?»

«Ähnlich. Bisher musste ich meine Größe, mein Gewicht, meine Marmeladenvorlieben und meine Sexualität offenlegen», flüsterte er.

Ich lachte und riss dann fragend die Augen auf. «*Und?*»

«Und was?», fragte er und fügte dann hinzu: «Oh, verstehe. Etwas über einsachtzig, neunundsiebzig Kilo, Marmelade mit Stückchen und heterosexuell, obwohl ich noch nie verheiratet war. Diese letzte Aussage wurde übrigens mit äußerster Skepsis entgegengenommen.» Er stellte die Kanne wieder ab. «Und was musstest du beichten?»

Ich zählte an den Fingern ab. «Eine sehr glückliche Kindheit, meine Unfähigkeit zu kochen und die bereits recht lange andauernde Abwesenheit eines Mannes in meinem Leben.» Ich trank einen Schluck Tee. «Ich tue aber nur so, als würde ich ihr das übelnehmen. Eigentlich finde ich es toll.»

«Das stimmt. Die Leute hier sind wirklich nett.»

Ich überlegte, ob er mich in sein Kompliment eingeschlossen hatte. Tatsächlich hoffte ich es, und das wiederum überraschte mich ein wenig. «Danke …», fing ich an und rückte meine Serviette zurecht, «… dass du mich gefahren hast, meine ich.»

«Ich habe es gern getan.» Er atmete tief durch, als wollte er noch mehr sagen, aber in diesem Augenblick forderte eine der Damen zu seiner Rechten seine Aufmerksamkeit ein, und unsere Unterhaltung war beendet.

Der Nachmittagstee mit Tee, Sandwiches und Scones dauerte noch etwa eine Stunde, unterbrochen von ausgedehnten, aber ausgesprochen unterhaltsamen Ansprachen von Mauds Freunden – den fünf Minuten dauernden Auftritt eines sehr alten, ausgesprochen untalentierten Zauberers eingeschlossen, dessen Haupttrick es offenbar war, die Karten wieder aufzuheben, die er ständig fallen ließ.

Mit einem Ohr verfolgte ich das Gespräch von James mit seinen ebenso hemmungslos neugierigen Tischnachbarn und erfuhr so, dass er seine Eltern vor fünf Jahren in kurzer Folge verloren hatte, Rugby Football vorzog und gern im Lake District Urlaub machte. Ich hörte außerdem, dass er mich wiederholt als «Freundin» bezeichnete und überhaupt nicht erwähnte, dass ich eigentlich bei ihm angestellt war. Und während ich so seinem freundschaftlichen Gespräch mit Joan und ihrem Mann Bobby aus St. Albans lauschte, kam ich zu dem Schluss, dass James Brooke ganz genauso charmant, geduldig und freundlich war, wie Rose und Percy ihn immer geschildert hatten. Tatsächlich war der einzige Wermutstropfen an jenem Nachmittag, dass mein schlechtes Gewissen, ihn falsch eingeschätzt zu haben, immer größer wurde, je mehr ich ihn kennenlernte.

* * *

Es war bereits halb sieben, und ich war damit beschäftigt, die Gefühle und Eindrücke zu verarbeiten, die ich im Laufe des Nachmittags gesammelt hatte, um sie dann in mein Putztagebuch zu schreiben, als James, der uns nach Hause fuhr, plötzlich das angenehme Schweigen zwischen uns brach.

«Alles in Ordnung?», fragte er, als wir uns der Hängebrücke über die Avon-Schlucht näherten.

«Ja, warum?», erwiderte ich.

«Du bist sehr still, seit wir Abbots Leigh verlassen haben», sagte er.

«Oh. Ich habe nur nachgedacht ... hin und wieder tue ich das nämlich auch.»

«Daran habe ich nie gezweifelt.»

Ich lächelte, schaute aus dem Fenster und über die Schlucht, die sich durch die Felsen wand. Er hielt an, ließ das Fenster herunter und zahlte die Maut für die Überquerung der Brücke.

«Um ehrlich zu sein, habe ich ebenfalls nachgedacht», sagte er, als wir wieder fuhren. «Ich überlege schon die ganze Zeit, ob es pietätlos ist zu erzählen, dass ich die Beerdigung wirklich genossen habe.»

«Ich glaube, das kannst du ruhig tun. Aber vielleicht solltest du nicht so weit gehen und sagen, dass du daraus gern ein Hobby machen oder es möglichst bald wiederholen möchtest. Allerdings wärst du wohl auf der sicheren Seite, wenn du sagst, dass du nichts dagegen hättest, bald mal wieder etwas *Ähnliches* zu machen – ohne dass der Tod involviert ist.»

Er lächelte.

«Siehst du Percy heute Abend noch?», fragte ich.

«Ja. Ich nehme an, sie wird wissen wollen, wie es lief.» Er warf mir einen kurzen Blick zu und konzentrierte sich dann wieder auf die Straße. «Hättest du Zeit mitzukommen?»

Ich schaute auf die Zeitanzeige auf meinem Handy und entdeckte zwei verpasste Anrufe von Aiden. «Eigentlich wollte ich so frech sein und dich bitten, ob du einen kleinen Umweg zu mir nach Hause machen könntest. Meine Wohnung ist in Henleaze, direkt vor den Downs. Morgen früh bin ich mit einer Freundin zum Laufen verabredet, und ich dachte, ich hole dann mein Auto und statte Percy einen kurzen Besuch ab.»

«Kein Problem», sagte er und bog nach links ab. «Emily hat eine Nachricht geschrieben. Percy hat den ganzen Nachmittag geschlafen und fühlt sich schon viel besser.»

«Gut. Es hat mich doch erschüttert, sie heute so unglücklich zu sehen. Sie ist so eine liebenswürdige Frau.»

«Sie sagt dasselbe über dich.»

Ich lächelte ihn von der Seite an. «Das ist nett zu hören.»

«Sie sagte, du hättest gar kein Geld für deine Hilfe bei der Party gewollt.»

Ich spürte, wie ich rot wurde. «Naja, es hat sich überhaupt nicht nach Arbeit angefühlt. Ich hatte Spaß.»

«Wirklich?» Er zog eine Augenbraue hoch. «Weil es nämlich überhaupt nicht so wirkte, als ich mit dir sprach.»

Ich senkte den Blick. «Hmm ... naja. Vielleicht, wenn ich gewusst hätte ...»

«Dass ich meine Schwester nicht mit einer anderen Frau betrüge?»

«Die Idee, dass ihr beiden verwandt sein könntet, ist mir einfach nicht gekommen. Aber interessanterweise gab es schon auf der Party einen kurzen Moment, in dem ich das Gefühl hatte, dich schon einmal gesehen zu haben – als du gelächelt hast. Jetzt weiß ich, dass du mich da natürlich an Emily erinnert hast. Und dann, als ich euch zusammen gesehen habe …» Ich seufzte tief. «Ich komme mir so unsäglich dumm vor.»

«Ach, mach dir keine Sorgen. Alle sagen, dass wir nur unser Lächeln gemeinsam haben, vom Aussehen und von der Persönlichkeit her. Emily ist unserer Mutter wie aus dem Gesicht geschnitten, während ich eindeutig ein Brooke bin.»

Ich betrachtete von der Seite seine sehr männliche Kinnlinie und die breiten Schultern, die Neil auch schon aufgefallen waren, und verglich beides in Gedanken mit Emilys elfenhafter Figur und ihren zarten Gesichtszügen. Genetisch war es für beide definitiv gut gelaufen.

«Ich dagegen bin eine Mischung meiner Eltern, halb und halb, sozusagen. Von meiner Mutter habe ich die Skischanzennase, und mein Vater hat mir netterweise seinen Verrückter-Professor-Haarmopp vererbt.» Ich versuchte, ein paar widerspenstige Locken zurück in meine Hochsteckfrisur zu zwingen. «Wobei er es im Gegensatz zu mir vernünftigerweise immer kurz getragen hat.»

Er grinste. «Ich finde, das Chaos auf deinem Kopf steht dir», sagte er und fügte dann hastig hinzu: «Das sollte übrigens ein Kompliment sein. Chaos war vielleicht das falsche Wort.»

«Überhaupt nicht. Percy hat es mal mit einem Tornado verglichen», sagte ich lachend.

«Ein wunderschöner Lockensturm», sagte er.

«Genau! Hat Emily dir das gesagt?», fragte ich und merkte dann plötzlich, dass wir schon beinahe am Ziel waren. «Oh, wir müssen hier rechts abbiegen, dann ist es die erste Straße links nach dem Kreisel. Meine Wohnung liegt dann ungefähr in der Mitte.»

Er blinkte, und ein paar Minuten später hielten wir vor meiner Wohnung.

«Vielen Dank, dass du mich gebracht hast. Sowohl nach Hause als auch zu der Trauerf...», ich hielt inne, «... zu der Party.»

«Es war mir ein Vergnügen. Ehrlich.»

Ich merkte, dass ich offenbar irgendwann damit begonnen hatte, seine Äußerungen auf versteckte Bedeutungen hin zu untersuchen. Jetzt freute ich mich sehr über jedes Anzeichen dafür, egal wie schwach es auch war, dass er in mir mehr sah als nur seine Putzfrau. «Dieser Zauberer war echt mal etwas anderes, oder?»

«Etwas anderes als ein Zauberer, meinst du?»

«Ich fand ihn großartig», sagte ich und sah ihn plötzlich genauer an. «Oh, jetzt hast du aber wieder nicht ...»

«Geblinzelt.» Er nickte langsam. «Das liegt daran, dass ich ziemlich angestrengt über etwas nachdenke. Als du erwähntest, dass ich so selten blinzele, habe ich einen Kollegen bei der Arbeit gefragt, und er sagte, dass er es auch schon bemerkt habe – wie übrigens auch alle anderen im Büro. Offenbar ist es immer dann so, wenn ich in Gedanken bin. Sieht so aus, als sei ich nicht in der Lage, die beiden Dinge gleichzeitig zu tun – blinzeln und denken.»

«Naja, ich würde mir darüber keine Sorgen machen. Sicherlich ist das sogar zu deinem Vorteil, wenn du eine schwierige Verhandlung führst. Neil sagt, ich könne unter Druck nicht gleichzeitig denken und sprechen. Das ist noch weit schlimmer.

Allerdings kann ich sehr gut denken und gleichzeitig Blödsinn erzählen. Immerhin etwas.»

Er blinzelte plötzlich.

«Du hast aufgehört zu denken», bemerkte ich.

«Offenbar hilft Denken nicht immer.» Sein Blick veränderte sich, und plötzlich wurde ich mir seiner Nähe ganz körperlich bewusst. Ich tippte auf etwa dreißig Zentimeter zwischen uns und überlegte, wie viel das wohl in Inches war.

«Tut es das nicht?», fragte ich ihn.

«In diesem Fall nicht», antwortete er leise.

«Stimmt», nickte ich und zermarterte mir den Kopf nach etwas, das ich sagen konnte. Ich hatte überhaupt keine Lust dazu, das Gespräch zu beenden. Tatsächlich rangierte die Vorstellung, auszusteigen und James Brooke zum Abschied zuzuwinken, auf meiner Wunschliste ganz unten, ungefähr zwischen dem Tod durch die Guillotine und dem Augenaushacken durch einen Schwarm Krähen.

Als er mich anstrahlte, musste ich mich sehr zurückhalten, ihn nicht zu fragen, wie viel dreißig Zentimeter wohl in Inches waren, aber auch, ihn nicht noch auf einen Kaffee einzuladen, damit er sich weiter mit mir unterhalten konnte – mit oder ohne Blinzeln, da wollte ich mal nicht so pingelig sein –, und zwar über absolut jedes Thema, das er anschneiden wollte.

Aber bevor mein Gehirn es schaffte, diese intellektuellen Erwägungen in Worte umzusetzen, wurden all meine Hoffnungen auf einen gemeinsamen Abend durch ein lautes Klopfen gegen das Rückfenster zunichtegemacht. Ich drehte mich erschrocken um und erkannte Aiden, der uns, oder genauer: James zuwinkte.

«Hallo!», sagte er erfreut durch das geschlossene Fenster. «Ich wusste doch, dass das dein Auto ist, James. Wie geht's denn so?» Noch immer guter Dinge fiel sein Blick auf mich. Sofort verschwand die Freude und wurde durch einen Gesichtsausdruck ersetzt, der äußerste Verwirrung zeigte.

«Gra…», fing er an, aber weiter kam er nicht. Ich stieg aus.

«Aiden», sagte James, der ebenfalls aus dem Auto gestiegen war. Aiden stand jetzt neben mir auf dem Bürgersteig und schaute zwischen uns hin und her. James streckte ihm die Hand hin. «Wie geht es dir?»

«Gut», sagte Aiden, der sich wieder fasste und die Hand ergriff. «Aber woher kennt ihr beide euch?»

James sah mich an. «Du kennst Aiden?»

Aiden lachte und legte mir den Arm um die Schultern. «Allerdings. Wir kennen uns schon *sehr* lange.»

«Aiden ist mein Exmann», sagte ich und fühlte mich plötzlich sehr müde.

«Verstehe. Die Welt ist klein», sagte James.

«Ich habe James kennengelernt, als wir das Haus seiner Nachbarn in Wohnungen aufgeteilt haben», erklärte Aiden. Ich nickte stumm. «Und woher kennt ihr euch?», fragte er erneut.

Ich atmete tief durch und beschloss, nicht darüber nachzudenken, was ich alles würde erklären müssen, wenn ich Aiden erzählte, dass ich James' Putzfrau war.

Aber James kam mir zuvor. «Wir waren heute auf derselben Beerdigung. Ich habe Grace nach Hause gebracht.»

«Ach du meine Güte. Aber niemand, den ich kenne, oder, Grace?», fragte Aiden betroffen.

«Nein, nein. Die Freundin einer Freundin. Eine ältere Dame», sagte ich.

«Ich gehe dann mal lieber», sagte James plötzlich.

«Bleib doch noch ein bisschen. Ich muss mit Grace nur ein bisschen über die Arbeit reden. Hast du meine Nachricht bekommen?» Aiden sah mich kurz an, wartete aber nicht auf meine Antwort, bevor er James vorschlug: «Wir haben doch sicher noch Zeit für einen Drink. Du hast doch nichts mehr vor, oder, Grace?»

Er streichelte zärtlich meinen Oberarm und lächelte auf mich herunter. Ich zögerte. «Also ...»

«Das wäre wirklich schön, aber ich muss noch bei einem Freund vorbeischauen», sagte James.

Aiden grinste. «Das ist nicht zufällig die wunderschöne Frau, mit der du im *Old Vic* warst, oder? Heather, so hieß sie doch?»

Heather. Ich hatte sie während des Nachmittags mit James völlig vergessen, aber jetzt trat sie mit voller Wucht zurück in mein Bewusstsein, ungefähr so willkommen wie eine Katze auf einer Hunderasseshow.

James ging zum Auto zurück. «Nein, nicht Heather, aber ja ...», er warf mir einen schnellen Blick zu und lächelte dann Aiden an, «... wir sind noch zusammen.»

«Gut zu hören. Heather ist toll, Grace. Ihr beiden würdet bestimmt sehr dicke Freundinnen werden», sagte Aiden.

Einen Moment lang genoss ich die Vorstellung einer sehr dicken Heather, senkte dann aber den Blick auf meine Schuhe, um niemanden direkt ansehen zu müssen.

«Freut mich sehr, dass bei dir alles so gut läuft, James», fuhr Aiden fort. «Der kluge Mann weiß, wann er das große Los gezogen hat. Dummerweise war ich in dieser Hinsicht ein Trottel.» Der letzte Satz schien an niemanden im Besonderen gerichtet. James hatte schon seine Autotür geschlossen und den Motor angelassen, bevor er, ohne zu winken, wegfuhr. «Ein Volltrottel», wiederholte Aiden leise. Er starrte gedankenverloren in die Ferne. Ich schwieg, bis er mich wieder ansah. «Was?», fragte er ernst.

«Ich habe gar nichts gesagt. Und wenn du darauf warten willst, dass ich deiner Bemerkung über den Volltrottel widerspreche, solltest du dir lieber einen Stuhl holen und dir einen Drink einschenken, denn dann kannst du sehr, *sehr* lange warten.»

Er legte amüsiert sein Kinn auf meinen Kopf. «Ich werde warten, wenn du mich lässt», murmelte er. Ich schloss die Augen und tat um meinet- wie um seinetwillen, als hätte ich den letzten Satz nicht gehört.

«Also, was ist das genau für eine Arbeitssache, die ich mir anschauen soll?» Ich löste mich aus seinem Griff und knuffte ihn mit dem Ellenbogen in die Rippen.

Er wirkte überrascht. «Was? Ach, das. Ja. Das Marketingmaterial.» Er lächelte und hielt den Laptop hoch, den er in seiner Tasche unter dem Arm getragen hatte. «Ist alles hier drauf.»

«Warum, zum Teufel, hast du es mir nicht einfach als E-Mail geschickt? Das wolltest du doch eigentlich tun.»

«Weil ich weiß, dass du unter Druck am besten arbeitest, und weil ich …» Er sah mich an und zuckte dann die Schultern. «Weil ich ein Volltrottel bin», sagte er dann.

«Da widerspreche ich immer noch nicht», lächelte ich. «Dann komm mal rein, ich lese mir das mal durch.»

Kapitel 25

Nach einem weiteren Samstagmorgen-Kuchenschmaus im Café in den Downs mit Simone, zu dem wir mal wieder sinnloserweise in Laufkleidung erschienen, beschloss ich, mich endlich mal körperlich zu betätigen und zumindest die eineinhalb Kilometer von den Downs zu Percys Haus stramm zu walken.

Tatsächlich erwies sich der stramme Marsch als weniger anstrengend als die Inquisition, der mich Simone unterzogen hatte, während wir uns durch eine Platte mit Plundergebäck arbeiteten. Gleich zu Beginn unseres Treffens hatte ich den Fehler begangen zu erwähnen, dass ich Aiden am Abend zuvor getroffen hatte. Und da Simone wusste, dass Summer nicht in der Stadt war, führte das zu einer Reihe von Punkten, die mir nicht alle angenehm waren – nicht zuletzt, weil sie mir all die Fragen stellte, die ich mir nach Aidens Abschied gegen elf Uhr abends schon selbst gestellt hatte und auf die ich bisher selbst keine Antworten hatte.

Die Wahrheit lautete, dass ich weder in der Lage noch willens war, meine Gefühle Aiden gegenüber auch nur annähernd genau zu benennen. Gegen Mitternacht war ich immerhin so weit, der Tatsache ins Auge zu sehen, dass ich seine Gesellschaft wieder genoss, aber mehr als das konnte ich einfach nicht zugeben, vermutlich, weil ich unterschwellig wusste, dass meine geistige und emotionale Gesundheit auf dem Spiel stand. Und immer wenn ich über *seine* Gefühle nachdachte, blieb ich jedes Mal an der Tatsache hängen, dass ich sie während unserer Ehe auch nicht hatte begreifen können. Obwohl mir immer klarer wurde, dass seine Gefühle mir gegenüber offenbar wieder stärker wurden, konnte ich das doch nicht als unverrückbare Tatsache akzeptieren.

Simone machte ihre erstaunlich ähnlichen Bemerkungen sehr indirekt und immer mit einem Lächeln, aber das ließ ihre Fragen auch nicht erträglicher werden.

Sie machte sich nur «ein klitzekleines bisschen» Sorgen über die neue Richtung, die meine Freundschaft zu Aiden genommen hatte, und obwohl sie «überhaupt kein bisschen daran zweifelte», dass ich keine Dummheiten machen würde, machte sie sich doch «hin und wieder einige Gedanken» darüber, ob die Mutter von Aidens Kind wohl seine Beschäftigung mit mir ebenfalls nur als vollkommen freundschaftlich und professionell sah. All das sagte sie mit ihrem unverkennbaren Das-wird-kein-gutes-Ende-nehmen-Blick, und obwohl ich mich bemühte, ihr so entspannt, wie ich konnte, zu versichern, dass alles in Ordnung war, wirkte sie nicht sehr überzeugt.

Daher war ich eher erleichtert, als sie erschrocken auf ihr Handy schaute und verkündete, dass sie schon zehn Minuten zu spät kam, um Harry von seinem Gitarrenunterricht abzuholen. Nachdem sie hektisch aufgebrochen war, hatte ich mich auf den Weg zu Percy gemacht, entschlossen, mir über das Thema Aiden keine Gedanken mehr zu machen, weil ohnehin zu viele unbekannte Faktoren und Gefühle hineinspielten. Stattdessen würde ich vorsichtig vorgehen und jeder neuen Situation neu begegnen. Ein leises Stimmchen irgendwo tief in mir wandte zwar ein, ob das nicht eigentlich dasselbe sei, wie den Kopf in den Sand zu stecken, aber die Anstrengung meines strammen Marsches drängte all meine Sorgen in den Hintergrund, außer der, dass ich womöglich gleich an einem Herzinfarkt sterben würde. Als ich mich schließlich Percys Stufen emporschleppte, war ich innerlich einigermaßen ruhig, wenn auch komplett erledigt.

Die Tür öffnete sich schon, bevor ich auch nur klingeln konnte. Eine freundliche, ältere Frau, die ich von meinem Kellnerabend bei Percy erkannte, begrüßte mich und stellte sich als Caroline vor. Sie erklärte, dass sie gerade hatte gehen wollen, dass es Percy viel besser ging und dass ihr die vielen Aufmunterungsbesuche ihrer besorgten Freunde sehr geholfen hätten.

Zwanzig Minuten später saßen Percy und ich einander in Sesseln gegenüber und plauderten bei einer Tasse Tee miteinander. Obwohl noch ein wenig blass und hustend, befand sich Percy doch eindeutig auf dem Weg der Besserung.

«Und James hat Mauds Party auch sehr genossen», sagte sie, wobei sie mich über den Rand ihrer Teetasse ansah. «Und wer hätte gedacht, dass ihn der Tod so fasziniert? Penny hat mich heute Morgen angerufen, um mir zu sagen, dass er richtiggehend darauf bestanden hat, die Leiche zu sehen. Und dass ihr beide euch dann nett mit Maud unterhalten habt.»

«Naja, wissen Sie, wir …», fing ich an, aber Percy redete schon weiter. «Und ich habe offenbar Ronald mit seinen Zauberkunststücken verpasst. Phyllis sagte, sie seien noch schlimmer gewesen als bei Molly Reynolds' Trauerfeier in der Kirche. Niemand bittet ihn darum, sie vorzuführen, wissen Sie», sagte sie und schürzte missbilligend die Lippen. «Er taucht einfach überall mit seinen Karten und diesen grauenvollen regenbogenbunten Tüchern auf, und dann legt er los. Andererseits, wenn das bedeutet, dass Ronald seine Hosen länger als zehn Minuten anbehält, ist es doch eine gute Sache. Oh, und meine Liebe», sagte sie, holte endlich Luft. «Wäre es zu viel verlangt, wenn Sie nächste Woche zum Putzen bei mir vorbeikommen könnten? Ich bin ja ein wenig angeschlagen und möchte nicht, dass hier alles verwahrlost.» Sie strich sich das Haar glatt. «Ich könnte wirklich auch mal wieder zum Friseur gehen, aber das ist im Moment noch unmöglich. Mein wunderbarer Friseur ist gerade nicht da, und ich würde nicht im Traum woanders hingehen.»

«Natürlich putze ich für Sie. Ich würde auch sofort anfangen, aber es sieht ja noch alles ganz tadellos aus!», sagte ich und schaute mich im Zimmer um.

«Ach, das liegt daran, dass James gestern Abend schon geputzt hat, wissen Sie.»

«Hat er das?»

«Ja. Er hat hier Staub gesaugt, obwohl ich protestiert habe. Dann hat er mir eine heiße Zitrone gemacht und ist im Badezimmer verschwunden. Er hat sich darin eine ganze Weile aufgehalten, und ich dachte schon, er hätte bei Maud ein verdorbenes Sandwich erwischt. Aber als ich zu Bett ging, habe ich gemerkt, dass er das Bad geputzt hat. Und die Küche auch.»

«Das war aber sehr nett.»

Sie nickte. «Ja, er ist ein sehr netter Mann.»

Ich nahm einen Schluck von meinem Tee. «Aber er gibt nicht viel von sich preis.»

«Ach, das ist natürlich etwas, das auf Gegenseitigkeit beruhen muss, meine Liebe.»

Ich schaute sie irritiert an und wusste nicht recht, was ich darauf sagen sollte. Aber wie so oft redete sie schon längst weiter, und die Gelegenheit für eine Erwiderung war längst verstrichen.

* * *

Percy und ich plauderten eine gute Stunde miteinander, und es war schon fast ein Uhr, als ich mich zu Hause nach einer ausgiebigen Dusche endlich in meinen Lieblingssessel setzen konnte, um meine E-Mails zu lesen. Als erste fiel mir die von Rose ins Auge. Ich hatte vor einigen Tagen eine Postkarte von ihr bekommen, in der sie schrieb, dass es ihr großartig ginge und sie sich sehr auf Tonys Besuch freute, aber abgesehen davon hatte ich nichts von ihr gehört.

Von: rosefortune1947@hotmail.com
An: gbwaterhouse@blueyonder.co.uk
10. Dezember 2016
Re: Hola!

Hola Gracie!
Ich dachte, ich schreibe Ihnen nur kurz, um zu hören, wie Sie so klarkommen und um mich noch einmal dafür zu bedanken, dass Sie meinen Urlaub in der Sonne überhaupt

möglich gemacht haben. Ich hätte mich schon früher gemeldet, aber ich komme mit Computern einfach nicht zurecht. Reg, Vis Mann, hat mir versucht zu erklären, wie es funktioniert, aber ich habe diese Woche schon zwei Mal erfolglos eine Nachricht geschrieben und mochte ihn nicht noch einmal damit belästigen. Ich ziehe eindeutig Papier und Tinte vor.

Tony ist nun schon beinahe zwei Wochen hier, und es gefällt ihm sehr gut. Übermorgen fliegt er wieder nach Hause. Gestern Abend hat er lange mit Reg über die Preise von Villen hier gesprochen. Nicht, dass wir uns neben dem Haus in Bristol noch eine leisten könnten! Ich glaube, er hat einfach ein wenig davon geträumt, hierherzuziehen, aber eigentlich geht das natürlich nicht. Es klingt vielleicht komisch, aber ich glaube, ich würde das Grau vermissen. Man braucht das Grau, um die Sonne erst so richtig schätzen zu können, nicht wahr?

Ich hoffe, es geht Ihnen gut, und Sie sind nicht schon ganz außer Atem von all dem Staubsaugen für mich! Schreiben Sie auch wieder? Nur noch einige Wochen, dann sind Ihre Staubwedeltage vorbei! Grüßen Sie Emily und Percy von mir, und auch James, wenn Sie ihm zufällig begegnen sollten. Wer weiß, ob Sie ihn überhaupt kennenlernen, oder haben Sie schon? Nochmals vielen Dank, Gracie. Jetzt muss ich Reg fragen, worauf ich klicken soll, um diese Mail abzuschicken. Bloß kein Risiko eingehen.

Rose xx

Ich musste beim Lesen die ganze Zeit lächeln. An Roses letzter Frage blieb ich einen Augenblick hängen, weil sie ein Thema berührte, das mich immer mehr beschäftigte.

Wer weiß, ob ich James je kennenlernte.

Ich verließ das Mailprogramm und öffnete mein Putztagebuch, scrollte durch den Text und suchte nach den Stellen mit seinem Namen. Mich überraschte, dass sein Name fast in jedem Eintrag auftauchte: Erst als humorloser, kontrollsüchtiger, kaltherziger Chauvi, dann verwandelte er sich in einen attraktiven, intelligenten, freundlichen Bruder und Freund. Ein Mann, der einer neuen Putzfrau die voreiligen, höchst unfreundlichen Vorurteile schnell verzieh, und auch, wie ich nun wusste, jemand, der ohne weiteres seine Arbeit unterbrach, um die Toilette seiner alten Nachbarin zu putzen.

Ich machte es mir in meinem Sessel gemütlich. Ich wollte mein Tagebuch auf den neuesten Stand bringen und den Nachmittag mit James auf der Beerdigung Revue passieren lassen – seine Weigerung, mich allein gehen zu lassen, seine stille Unterstützung und den leichten Druck seines Ellenbogens, als wir unseren Tee aus feinstem chinesischem Porzellan tranken und dabei dem Zauberer Ronald dabei zusahen, wie er ein langes Band aus leicht schmuddeliger Seide aus seinem offenen Hosenstall zog.

Absurderweise war dies einer der glücklichsten Nachmittage seit langer Zeit gewesen, getrübt nur von meiner Enttäuschung über Aidens unerwartetes Auftauchen, das unseren Abend so abrupt beendet hatte. Beim Gedanken daran sank meine Stimmung ein wenig, zumal die vage Hoffnung, nach dem Besuch bei Percy vorhin James über den Weg zu laufen, sich nicht erfüllt hatte. Ich hatte mit ihm über Aiden reden wollen. Ich wusste nicht genau, warum oder was ich überhaupt sagen wollte. Aber was ich wusste, war, dass ich das Gefühl hatte, dass das Thema zwischen uns stand.

Ja, ich hatte James kennengelernt, aber ich wollte ihn noch besser kennenlernen. Und ich wollte, dass er mich auch kennenlernte. Percy hatte recht: Offenheit beruhte auf Gegenseitigkeit.

Von: gbwaterhouse@blueyonder.co.uk
An: rosefortune1947@hotmail.com
10. Dezember 2016
Re: Hola!

Hola, Rose!
Wie schön, von Ihnen zu hören. Ich freue mich, dass Tony Spanien so gut gefällt wie Ihnen. Ich würde gern sagen, dass ich genau weiß, was Sie meinen, wenn Sie sagen, dass Sie den grauen Himmel über Bristol vermissen, aber wenn ich in den dunklen Dezembertag hinausschaue, bin ich mir da nicht so sicher.
Nach all Ihren Dankesworten möchte ich selbst auch einmal danke sagen. Danke, dass Sie mir Ihren Job anvertraut haben. Er hat mich aufgeheitert und meine Oberarme und den Hintern sehr gestrafft. Ich habe Emily und Percy tatsächlich viel gesehen. Ich werde nächste Woche für Percy putzen, und ich habe sogar einmal bei einer ihrer Partys gekellnert! James habe ich auch kennengelernt. Ich muss sagen, dass ich ihn zu Beginn schwer zu durch-

schauen gefunden habe, aber jetzt, da ich weiß, dass er einfach nicht gleichzeitig denken und blinzeln kann, fühle ich mich in seiner Gegenwart schon viel entspannter.
Und ja, ich schreibe. Und ich kann es wieder genießen! Mein Putztagebuch läuft gut. Bisher sind es nur Beobachtungen und Anekdoten (hauptsächlich habe ich Percy dafür zu danken). Natürlich würde ich nichts davon je veröffentlichen, aber es geht doch voran und, wie Neil sich freuen wird zu hören, mein Ton wird immer heiterer. Es ist ein Anfang.
Da wir vom Schreiben sprechen: Ich überlege, Percy, Emily und James ein wenig mehr von mir zu offenbaren. Insbesondere würde ich ihnen gern von meiner Schreiberei erzählen und wie es dazu kam, dass ich für Sie eingesprungen bin. Emily war so ehrlich mit mir, was ihre Probleme in der Vergangenheit angeht, dass ich wirklich gern etwas offener sein würde. Natürlich würde ich auch betonen, dass Sie mich ausschließlich wegen meiner Putzerfahrung ausgesucht haben. Ich möchte allen nur ein wenig mehr von der echten Grace zeigen.
Naja, jetzt fange ich an zu plappern. Kurz: Hier ist alles in Ordnung. Sehr in Ordnung, um genau zu sein.
Grace xx

Und dann klickte ich wieder auf mein Tagebuch und schrieb einen sehr lustigen Bericht über die Beerdigung.

Kapitel 26

Nun hatte ich endlich beschlossen, allen ein wenig mehr von der echten Grace zu zeigen – und plötzlich gab es niemanden mehr, der es sehen wollte. Sonst verbrachte ich mindestens eine, wenn nicht beide Teepausen montags und donnerstags mit Emily oder Percy, aber jetzt bekam ich die ganze Woche lang keine von beiden zu Gesicht. Nicht einmal von Aiden hörte oder sah ich etwas. Da auch Gavin und Neil immer noch außer Landes waren, verlief mein Alltag viel ruhiger als sonst. Ich unterhielt mich per Textnachricht und Telefon mit Freunden, aber außer mit den Nachbarn und dem Fensterputzer sprach ich mit niemandem persönlich, und das hielt ich auch für den Grund für meine merkwürdig gedämpfte Stimmung.

Kurz dachte ich darüber nach, mich bei Aiden zu melden, zumal seine Funkstille mir sehr ungewöhnlich vorkam, aber obwohl ich seine Gesellschaft vermisste, schaffte ich es einfach nicht, ihn von mir aus anzurufen. Eigentlich wusste ich, dass Simone recht hatte mit ihren Sorgen. Ein wenig Abstand würde uns nur guttun.

Stattdessen erledigte ich meine Putzpflichten, schrieb und renovierte mein Gästeschlafzimmer, das einzige Zimmer, das ich seit meinem Einzug nicht angerührt hatte. Meine Übernachtungsgäste machten oft anerkennende Bemerkungen über das Eichenholz-Nachtschränkchen und die schöne Bettwäsche, erwähnten die grauenvolle geblümte Tapete jedoch höflicherweise mit keinem Wort, ebenso wenig wie den schlammbraunen Teppich. Gavin war natürlich der Einzige, der sich nicht an diese Anstandsregel hielt. Er nannte es bereits «Zimmer 101», wie in Orwells Roman *1984*, und seine Wochenendbewohner «Winstons».

Percy hatte mir einen Zettel zusammen mit den Schlüsseln zu ihrer Wohnung auf den Küchentisch gelegt, als ich am Montag zum Putzen kam. Mit ihrer wunderschönen geschwungenen Handschrift hatte sie mich darüber informiert, dass sie zu Arthur nach Long Ashton gefahren sei, um sich gemeinsam mit ihm auszukurieren – indem sie «Glücksrad» schauten, Whist spielten und gezuckerte Mandeln aßen. Sie würde erst Samstag gegen Mittag wieder da sein und fragte, ob ich vorher noch putzen könnte, wenn es nicht zu viel Umstände machte.

Am Freitagnachmittag war ich beinahe fertig mit der Renovierung meines Gästezimmers, das ich in unaufdringlichen Cremetönen gestrichen hatte. Der neue Teppich würde zwischen Weihnachten und dem neuen Jahr verlegt werden. Gegen halb sieben besserte ich noch einige Stellen im Lack der Türrahmen aus, stolz auf meine Arbeit und froh, sie bis zum Wochenende fertig gestellt zu haben, als mir plötzlich einfiel, dass ich ja noch Percys Wohnung putzen musste. Ich steckte den Pinsel ins Glas mit dem Lösungsmittel, griff mir meine Schürze und die Putzkiste und ging los.

Gegen halb acht hatte ich schon den Fliesenboden des Gemeinschaftsflurs gewischt und die Küche geputzt. Aber dann musste ich unerwarteterweise meine Arbeit unterbrechen, weil ich merkte, dass Percys uralter Staubsauger den Schmutz nur hin- und herschob, statt ihn aufzusaugen. Ich kam nicht drum herum: Ich musste den Staubsaugerbeutel austauschen.

Nach einer langen und erfolglosen Suche nach einem neuen Staubsaugerbeutel beschloss ich, den alten zu leeren und wiederzuverwenden. Aber als ich es endlich geschafft hatte, den Deckel des Staubsaugers zu öffnen, entdeckte ich, dass Percy es offenbar seit geraumer Zeit ebenso machte: Der Beutel war sicher genauso alt wie der Staubsauger, besorgniserregend dünn und ebenso voll. Ich kniete mich hin, um einen Blick in den Mechanismus des Staubsaugers zu werfen. Ganz vorsichtig und konzentriert wie ein Handchirurg begann ich, den prallvollen Beutel herauszuziehen. Nach einer Minute Präzisionsfummeln hatte ich den Beutel plötzlich in der Hand – leider gerissen, sodass er eine Staubwolke direkt in mein Gesicht entlud.

Ich nieste drei Mal hintereinander, öffnete vorsichtig die Augen und sah, dass eine gleichmäßige Schicht dunkelgrauen Staubs auf dem Wohnzimmerteppich lag. Ich berührte die Schicht leicht mit der Hand. Meine Fingerspitzen wurden sofort schwarz. Hatte Percy auf der Terrasse Staub gesaugt? Wie auch immer, es gab keine andere Möglichkeit: Ich musste diesen Beutel entsorgen, nach Hause fahren und meinen eigenen Staubsauger holen.

Auf dem Weg zum Mülleimer entdeckte ich James, als er gerade sein Auto abschloss und schnell auf seine Gartentür zueilte. Voller Freude stieg ich die paar Stufen zum Hauseingang wieder empor, damit er mich sehen konnte, und winkte fröhlich: «Hallo, James!»

Er wandte den Kopf. Vermutlich erkannte er mich nicht sofort in der Dunkelheit, deshalb rief er erst nach einem Augenblick des Zögerns: «Oh, hallo Grace.» Erst nach einem unschlüssigen Blick auf sein eigenes Haus kam er auf mich zu. Ein paar Meter vor der untersten Stufe blieb er stehen, sodass ich auf ihn hinunterschaute.

«Ich habe bei Percy geputzt. Morgen ist sie wieder da. Hatte gerade ein bisschen Ärger mit ihrem Staubsauger.»

Er nickte, lächelte aber nicht und schaute mich stattdessen mit einem Blick an, als wäre ich ein besonders skurriles Ausstellungsobjekt in der Tate Modern. «Habe ich noch Staub im Haar?», fragte ich und lachte unsicher dabei. «Dieser Beutel hat eine ganz schöne Wolke von sich gegeben.»

Er nickte erneut. «Ein wenig», sagte er dann.

«Vermutlich auch Farbe. Ich habe die ganze Woche renoviert und hatte keinen einzigen ruhigen Moment», seufzte ich.

Er antwortete nicht und starrte stattdessen weiter mein Haar an. «Und wie war deine Woche so?», fragte ich, um ihn davon abzulenken. «Es ist schon sieben Tage her, dass wir bei Maud waren, aber es kommt einem kürzer vor, oder?»

Er brachte nun ein Lächeln zustande, wenn auch nur ein höfliches. Ich musste an unser erstes Treffen in seinem Arbeitszimmer denken, an meine Hand an seinem Ordner, an Grace, die Putzfrau, und James, den Arbeitgeber. «Ja, das tut es. Entschuldige, ich sollte dich weitermachen lassen. Ein schönes Wochenende noch!», sagte er dann.

«Danke, dir auch!» Damit ging ich die Stufen hoch zur Haustür, wo ich mich aus einem Impuls heraus noch einmal umwandte. «Ist es nicht komisch, dass du Aiden auch kennst?»

Er runzelte die Brauen. «Die Welt ist klein.»

«Ja, das sagtest du schon vor sieben Tagen.»

Wir starrten uns stumm an, und ich überlegte gerade, noch mehr zum Thema Aiden zu sagen, als er verkündete: «Ich gehe dann lieber. Heather ist da. Ich bin nur rausgegangen, um das hier aus dem Auto zu holen.» Er hielt ein Handy hoch.

«Oh ja, Heather», sagte ich lächelnd, obwohl es mir einige Mühe bereitete. «Dann wünsche ich euch beiden einen wunderbaren Abend. Sobald ich hier fertig bin, gehe ich mit einem Freund zum Essen.» Hatte ich wirklich eine solche Lüge nötig?

«Klingt gut. Viel Spaß», sagte er und ging.

«Danke, werde ich haben», rief ich ihm hinterher, wobei meine Stimme ein wenig brach. Ich war wütend auf mich selbst, unsere Beziehung dermaßen falsch eingeschätzt zu haben, und fühlte mich ungefähr so wie Percys Staubsaugerbeutel: zusammengefallen und hässlich.

Kapitel 27

Es war schon spät, als ich mit dem Polieren von Percys Badarmaturen fertig war und einen Schritt zurücktrat, um meine Arbeit zu bewundern. Ich war überrascht, direkt nach der Enttäuschung und dem doch recht heftigen Schlag gegen mein Ego nun plötzlich zufrieden zu sein, etwas gut fertig gestellt zu haben. Ich lernte den therapeutischen Aspekt meines Putzjobs immer mehr zu schätzen.

Als ich wieder zu Hause war, um meinen Staubsauger zu holen, hatte mich ein einziger Blick in den Spiegel überzeugt, dass ich dringend selbst eine intensive Säuberung nötig hatte. Zum Glück hatte ich rechtzeitig die Augen geschlossen, als der Staubbeutel dicht vor meiner Nase aufriss. Leider hatte ich dadurch jedoch jeweils einen fleischfarbenen Ring um die Augen, sodass ich aussah wie der Schornsteinfeger aus *Mary Poppins*. Unter anderen Umständen hätte ich vielleicht sogar ein Selfie von mir gemacht, um es Gavin zu schicken. Aber ich hatte mich stattdessen voller Selbstmitleid und verletztem Stolz unter die Dusche gestellt und war schließlich wieder zu Percy gefahren, um meine letzten Putzpflichten zu erfüllen.

Als ich gegen zehn Uhr abends die Tür zu Percys Wohnung

für heute endgültig hinter mir schloss, hielt meine Freude über die vollbrachte Aufgabe immer noch an. Ich fühlte mich ganz ohne Zweifel viel besser als vor zweieinhalb Stunden. Ich stand schon vor dem Auto und dachte immer noch über die psychologischen Vorteile des Bodenwischens nach, während ich nach meinem Schlüssel suchte, als sich mir schwere Schritte schnell näherten. Ich wirbelte erschrocken herum und hob meinen Staubsauger, um mich damit zu verteidigen.

«Ich bin's», sagte James. Er hielt die Hand in einer Mischung aus Gruß und Selbstverteidigung hoch. «Tut mir leid, ich wollte dich nicht erschrecken.»

Ich war zwar erleichtert, aber immer noch ganz aufgewühlt, öffnete den Kofferraum meines Autos und verstaute den Staubsauger darin. «Oh, ich war vollkommen woanders. Ich dachte, du wolltest mich überfallen. Mir meinen DirtDevil klauen.» Ich zeigte auf den Staubsauger. «So nennt man das Modell. Es ist ein Dyson DirtDevil», fügte ich hinzu, damit er nicht dachte, dass ich das womöglich irgendwie schlüpfrig meinte.

«Wirklich? Wusste ich gar nicht.» Er lächelte ebenfalls und zog in der Kälte die Schultern hoch. Er trug weder Jacke noch Pulli, nur ein weißes Hemd, dessen oberster Knopf offen stand. Mein Blick glitt zu seinen Füßen; die Schnürsenkel seiner braunen Schuhe waren nicht gebunden.

«Wolltest du noch etwas von draußen holen? Ist ziemlich kalt, nicht?»

«Eigentlich bin ich rausgekommen, um mit dir zu reden», beeilte er sich zu sagen.

«Ach?»

«Ja, ich wollte vorhin schon mit dir sprechen, aber da hat es nicht so gepasst.» Sein Lächeln wirkte jetzt etwas angespannt und geschäftsmäßiger.

Ich nickte. «Ich habe gar nicht gemerkt, in welchem Zustand ich war. Dieses schwarze Zeug war auf Percys Teppich, weißt du. Aber ich glaube, ich habe es alles aufgesaugt mit meinem …», ich seufzte über mein eigenes albernes Gerede, «… DirtDevil. Entschuldige, ich finde schon wieder kein Ende. Du willst sicher schnell wieder zu Heather ins Warme. Worüber wolltest du mit mir sprechen?»

Er steckte die Hände in die Taschen und räusperte sich. Zum ersten Mal, seit ich ihn kannte, wirkte er unsicher. Er starrte mich, ohne zu blinzeln, an. Die Falte zwischen seinen Brauen vertiefte sich, und ich wusste, dass er etwas Wichtiges sagen wollte. Aber was? Hatte er Schimmel im Kühlschrank entdeckt? Saugte ich nicht gründlich genug? Oder, was am Schlimmsten wäre, hatte er vielleicht gemerkt, dass ich ihn ein wenig interessanter fand, als eine Angestellte ihren Arbeitgeber finden sollte? Ich hielt ängstlich den Atem an und wartete auf die komplette Vernichtung meines Selbstwertgefühls.

Endlich blinzelte James. «Das hier ist merkwürdig schwierig», sagte er leise.

«Ist schon okay. Ich bin bereit», sagte ich resigniert.

Er atmete tief durch. «Okay, also, ich weiß, dass unsere Beziehung professioneller Natur ist …»

«Ja, unbedingt», unterbrach ich ihn und nickte heftig. «Absolut professionell. Ich bin Putzfrau, und du bist mein Arbeitgeber. Ich finde dich auch überhaupt nicht interessant.»

Er runzelte die Stirn. «Das ist … gut zu wissen. Aber ich

hoffe, dass das nicht bedeutet, dass du meine Gesellschaft nicht genießt, weil ich nämlich deine sehr genieße.»

«Oh, verstehe.» Ich nickte immer weiter, obwohl ich nicht die leiseste Ahnung hatte, wohin diese Unterhaltung führen würde.

«Ganz besonders hat mir gefallen, mit dir zur Beerdigung zu gehen. Und ich dachte, wir könnten bald mal etwas Ähnliches zusammen unternehmen. Ohne den Tod. Und vielleicht auch ohne den Zauberer», fuhr er fort und lächelte plötzlich, während ich ihn mit offenem Mund anstarrte. Bat er mich gerade um ein Date?

Er sah mich prüfend an und neigte den Kopf fragend zur Seite. So attraktiv hatte er noch nie ausgesehen. «Abendessen vielleicht? Morgen Abend?»

Ja, er bat mich um ein Date – und das, obwohl seine derzeitige Freundin nicht weiter als fünfzehn Meter entfernt im Haus saß! Wenn ich jetzt ja sagte, würde er dann gleich hineinrennen und sie abservieren? Oder würde er ein, zwei Wochen zweigleisig fahren, bis er sich sicher war? Wie ungeheuer schlau. Enttäuschung und Widerwillen machten sich in mir breit, und gleichzeitig tat es mir sehr um meinen Job leid, den ich nun wohl oder übel würde aufgeben müssen. Dann wandte ich mich an seine Schuhe mit den offenen Schnürsenkeln und sagte das Einzige, was ich in dieser Situation sagen konnte: «Ich kann kaum glauben, dass du wirklich …»

Er legte mir die Hand auf den Arm. Ich schaute zu ihm auf. Er hatte den Zeigefinger auf die Lippen gelegt. «Ich unterbreche dich nur ungern, aber wenn du jetzt meine Einladung zurückweisen willst, weil du zu deiner Lieblingstheorie zurückgekehrt bist, dass ich nämlich ein unmoralischer, hinterhältiger Dreckskerl bin, dann würde ich zu meiner frühzeitigen Verteidigung gern Folgendes festhalten: Ich habe meine Beziehung mit Heather vor zwei Wochen beendet. Sie war heute kurz hier, um ihre Sachen abzuholen. Danach ist sie wieder nach Hause gefahren.»

Ich starrte ihn schweigend an. Er schien etwas unsicherer zu sein. «Wenn du mir aber aus einem anderen Grund – oder wegen jemand anderem – absagen willst, dann verstehe ich das natürlich und entschuldige mich dafür, dich in eine unangenehme Situation gebracht zu haben. Das hier wird natürlich in keinerlei Weise Einfluss auf die Länge oder Konditionen deiner Anstellung bei mir haben.»

Ich schüttelte den Kopf und lachte.

«Was? Grace, was bedeutet das jetzt?»

«Das bedeutet nur, dass du wie ein Jurist sprichst.»

Ein Strahlen erschien auf seinem Gesicht. «Ich wollte nur sichergehen, dass du dich nicht unter Druck gesetzt fühlst.»

«Ich habe niemand anderen oder etwas anderes vor, und ich würde sehr gern mit dir zu Abend essen.»

Sein Lächeln wurde breiter. «Toll.»

Ich spürte diese angenehme Befangenheit, die ich seit Jahren nicht mehr gefühlt hatte. Was sollte ich jetzt tun? Sollte ich ihm ein Kompliment für sein Hemd machen oder ihm noch ein wenig über meinen DirtDevil erzählen? Gerade noch rechtzeitig meldete sich in mir eine leise innere Stimme, die genauso klang wie Neils, und riet mir, keinen Smalltalk zu versuchen, sondern einfach nach Hause zu gehen, bevor meine Unfähigkeit, unter Druck auch nur versuchsweise zusammenhängend zu denken oder zu sprechen, den wirklich schönen Moment verdarb.

«Ich glaube, ich gehe jetzt lieber nach Hause», sagte ich.

Er nickte nachdenklich. «Und ich sollte wohl lieber wieder reingehen und mein Blinzeln nachholen. Ich habe diese Woche viel nachgedacht, und meine Augen brennen schon. Soll ich dir eine Textnachricht schicken?»

«Ja, bitte», sagte ich und hob eine zittrige Hand zum Abschied, stieg in mein Auto und fuhr nach Hause. Ich fühlte mich ziemlich phantastisch.

Kapitel 28

«Ich wusste es doch!», rief Simone. Wir hatten uns gerade mit unseren Kuchentellern hingesetzt. Vor zehn Minuten hatten wir uns getroffen, beide wie immer in Laufkleidung, und beide, wie immer, ohne die geringste Absicht, auch nur ein paar Schritte zu laufen. «Ich wusste es verdammt noch mal! In dem Moment, als du sagtest, er sei feinfühlig und gutaussehend …»

«*Du* hast gesagt, er sei feinfühlig, und *Neil* hat gesagt, er sei gutaussehend», verbesserte ich sie.

«… da wusste ich, dass da Potenzial ist», fuhr sie fort. «Sobald ich wieder zu Hause war, habe ich ihn auf die Liste gesetzt. Warte nur, bis ich es Guy sage. Dann lästert er nicht mehr über die Liste.» Sie nahm sich ein Plunderteilchen und biss erschreckend aggressiv davon ab.

«Diese Liste …», sagte ich und rührte in meinem Cappuccino, «… wer ist da eigentlich so drauf?»

Sie zögerte kurz. «Ach, ich kann es dir wohl ruhig sagen, zumal du jetzt ja ein Date hast.» Sie langte über den Tisch und drückte meine Hand. «Du hast wirklich ein Date!»

«Und die Liste?»

Sie legte ihr Plunderteilchen zurück auf ihren Teller. «Okay, naja, mein Bruder war vor James der letzte Eintrag. Findest du das beleidigend?»

«Nein! Ich habe dir doch gesagt, dass er nett ist.»

«Puh», machte sie erleichtert. «Und über ihm steht Joe, der Elektriker.»

«Was?»

«Du hast so viel Nettes über ihn gesagt. Unter anderem, dass er ganz schön breitschultrig ist.»

«Ich habe außerdem gesagt, dass er glücklich verheiratet ist und zwei kleine Kinder hat!», protestierte ich.

Sie verdrehte entnervt die Augen. «Und genau deshalb führe ich ihn in der Rubrik ‹Unwahrscheinlich, aber man weiß ja nie› – zusammen mit Gahmummnee ...» Das Letzte murmelte sie unverständlich in ihren Teebecher.

«Entschuldige, könntest du das bitte wiederholen?»

Sie stellte ihren Becher ab. «Gavin und Neil.»

Ich senkte den Muffin, in den ich gerade hatte hineinbeißen wollen, und starrte sie mit offenem Mund an. «Und du wunderst dich, dass Guy über deine Liste lästert?»

«Ach, ist doch egal!», sagte sie triumphierend. «Die Sache ist doch die, dass ich mit James recht hatte, und das werde ich Guy so richtig reinreiben.»

«Um ehrlich zu sein», fing ich zögernd an, «ich will dir ja nicht den Spaß verderben, aber könntest du Guy das mit James vielleicht nicht sofort erzählen? Zumindest bis übermorgen, damit wir sehen, wie es so läuft.»

Sie sah mich enttäuscht an. «Warum?»

«Es ist nur so, dass James Aiden kennt. Zwar keine enge Verbindung, aber ...»

«Aber du machst dir Sorgen, dass Guy sich verplappert, und dann findet Aiden es sofort heraus.»

Ich verzog das Gesicht, und sie schüttelte den Kopf. «Mach dir keine Gedanken, du hast ja recht. Guy würde die Sache nicht absichtlich verderben, aber er ist manchmal so ein Trampel.»

«Ich mache mir Sorgen, dass Aiden etwaige Auswirkungen des Abends vielleicht nicht gefallen.»

«Ganz sicher nicht.»

«Hast du Guy überhaupt schon etwas von James erzählt?», fragte ich und versuchte, nicht allzu nervös zu klingen.

«Nein, da bist du auf der sicheren Seite. Ich habe ihm nur das erzählt, was du gesagt hast, als du mit dem Putzen angefangen hast, also nimmt er vermutlich an, dass James eigentlich ein Dreckskerl ist – wenn er überhaupt irgendetwas annimmt. Guy ist eigentlich ohnehin nur daran interessiert, dass es dir endlich bessergeht. Du kennst ihn ja. Er ist glücklich, wenn du glücklich bist.»

«Er ist wunderbar. Und du kannst ihm natürlich alles erzählen, wenn es gut läuft. Ich würde mich besser fühlen, wenn ich im Moment immer genau im Bilde darüber wäre, was Aiden über mich weiß und was nicht.»

«Natürlich. Sehr vernünftig», sagte sie sehr ernsthaft. «Apropos, wie geht es …» Sie verstummte.

«Die ganze Woche nichts von ihm gehört», erwiderte ich sachlich.

Sie zog die Augenbrauen hoch, überrascht oder ungläubig, da war ich mir nicht ganz sicher.

«Naja, deiner Reaktion nach zu schließen, hattest du nicht deine Finger darin», stellte ich fest.

«Meine Finger worin?», fragte sie mit gerunzelter Stirn. «Darin, dass Aiden sich nicht meldet?»

Ich nickte.

«Ich würde mich niemals einmischen», sagte sie leicht beleidigt.

Ich schwieg und griff stattdessen nach meinem Muffin.

«Na gut. Ich gebe ja zu, dass ich vielleicht kurz daran gedacht habe, ihn anzurufen.» Simone seufzte. «Aber ich habe es nicht getan. Daher hat sein Schweigen überhaupt nichts mit mir zu tun. Hoffen wir, dass es etwas damit zu tun hat, dass er zur Abwechslung mal anderer Leute Gefühle ernst nimmt.» Sie trank einen Schluck Tee und murmelte dann: «Und damit meine ich nicht Summers Gefühle.»

«Danke, dass du so eine gute Freundin bist, Sim», sagte ich dann.

Sie lächelte. «Hoffentlich läuft heute Abend alles ganz wunderbar. Wirst du ihm von deinen Büchern erzählen?»

«Auf jeden Fall. Ich weiß viel mehr über ihn als er über mich, und es ist nur fair, das etwas auszugleichen.»

«Stimmt. Und was willst du anziehen?»

«Verdammt.» Ich legte erschrocken die Hand auf den Mund. «Ich habe absolut keine Ahnung. Und das ist doch ziemlich wichtig, oder?»

Sie schüttelte beruhigend den Kopf. «Keine Panik. Wir können jetzt zu dir fahren und deine Garderobe durchgehen. Ich kann sehr objektiv sein.»

Sie zog mich entschlossen am Arm hoch, während ich noch erfolglos versuchte, nach meinem Muffin zu greifen.

Kapitel 29

Ich hatte mich mit James um halb acht im *No Man's Grace* verabredet, einer kleinen Weinbar mit Restaurant, die genau in der Mitte zwischen unseren Wohnungen lag und, wie sich herausstellte, von uns beiden sehr gemocht wurde. Aber obwohl ich mich dort zu Hause fühlte und auch auf das Treffen mit James freute, war mir auf dem Weg dorthin fast übel vor Nervosität.

Ich kam eine Viertelstunde zu früh dort an. Verständlicherweise war er noch nicht da, daher bestellte ich eine, wie ich hoffte, beruhigende Weinschorle an der Bar und setzte mich an den Tisch, den er für uns reserviert hatte. Irgendwie musste ich meinen Ängsten beikommen, am besten war es wohl, es mit Vernunft zu versuchen. Das hier war, so redete ich mir selbst ein, lediglich ein Treffen mit einem Mann. Immerhin traf ich täglich viele von ihnen, ohne mich befangen oder ängstlich dabei zu fühlen. Na gut, es stimmte, dass die meisten von ihnen entweder schwul, die Männer meiner Freundinnen, der Briefträger oder mein Ex-Mann waren, aber dennoch waren es Männer, also zählten sie.

Ich trank einen großen Schluck von meiner Schorle und

wünschte mir nicht zum ersten Mal in den letzten drei Wochen, dass Neil und Gavin hier in Bristol wären und nicht in Los Angeles, achttausendfünfhundert Kilometer entfernt. Die Entfernung hatte ich erst heute gegoogelt, ebenso wie die Pazifische Sommerzeit, weil ich erwogen hatte, Gavin anzurufen. Schließlich wollte ich ihren letzten Schlaf vor dem Rückflug nicht mit meinen Unsicherheiten stören. Stattdessen schickte ich Gavin eine neurotische Textnachricht und versuchte danach, die Verabredung zu verdrängen. Das funktionierte eine Weile ganz gut, endete aber abrupt in dem Moment, in dem ich meine Ich-bin-ganz-lässig-Jeans, das schwarze Top und die Stiefel anzog, die Simone für gut befunden hatte. Meinen Eyeliner trug ich bereits mit einer ziemlich zittrigen Hand auf.

Die Wahrheit war, dass ich James mochte. Sehr sogar. Er war freundlich, klug, lustig, ehrenwert, und, wie ich schon immer gewusst hatte, weit, weit davon entfernt, hässlich zu sein. Und obwohl ich auf keinen Fall blindlings in die nächste Enttäuschungsfalle tappen wollte, kam in mir doch die Hoffnung oder sogar Erwartung auf, dass dieser Abend vielleicht der Anfang von etwas sehr Gutem in meinem Leben sein könnte. Ich war überrascht und erfreut von seiner Einladung zum Abendessen gewesen und wollte auf keinen Fall alles verderben. Unglücklicherweise verwandelte mich eben diese Erwartung gemeinsam mit der totalen Abwesenheit von irgendeiner Erfahrung mit Männern in den letzten Jahren in ein absolutes Nervenbündel.

Ich schaute mich im Restaurant nach etwas um, womit ich mich ablenken könnte, während ich bewusst langsam atmete. Wenn ich schon innerlich nicht ruhig war, konnte ich immerhin meinen Herzschlag verlangsamen. Leider gab es keine interessanten Unterhaltungen an den Nebentischen, denen ich lauschen konnte. Nur ein meist stummes, extrem gelangweilt aussehendes Pärchen saß so früh am Abend mit mir allein im Restaurant, abgesehen von kleinen Grüppchen, die zu einer Party im Keller wollten. Also betrachtete ich ausgiebig die Bilder an den Wänden, las zweimal die Wein- und die Cocktailkarte durch und wollte schon die Weihnachtskugeln auf den Regalen hinter der Bar zählen, als James eintrat.

Er sah sich ruhig im Restaurant um und zog sich dabei einen grauen Schal vom Hals. Als er mich entdeckte, sah er mich nachdenklich an, als hätte er mich noch nie zuvor gesehen, hob dann die Hand und lächelte. Ich wusste schon, dass seine Mimik immer etwas hinterherhinkte, aber dieser anfänglich neutrale Gesichtsausdruck machte es mir und meiner Nervosität nicht leichter, und ich geriet geradezu in Panik. Er sagte etwas zum Kellner, zeigte in meine Richtung und gab ihm seinen schwarzen Mantel. Dann kam er an meinen Tisch und setzte sich mir gegenüber.

«Hallo. Du bist zu früh. Ich war mir eigentlich sicher, vor dir anzukommen.»

«Warst du das?», fragte ich heiser. Ich griff nach meiner Schorle und nahm einen Schluck.

«Ja», antwortete er und lächelte.

Weil mir absolut nichts einfiel, worüber wir hätten reden können, spielte ich auf Zeit. «Warst du das wirklich?»

Er sah mich kurz an. «Ja», wiederholte er und nickte nachdenklich, als ob er den Wahrheitsgehalt seiner Antwort noch einmal nachprüfen müsste. «Das war ich wirklich.»

«Vielleicht bin ich früher losgegangen als du, oder ich bin

einfach schneller gegangen», bemerkte ich hastig, damit keine unangenehme Gesprächspause eintreten konnte.

«Beides ist möglich», stimmte er zu.

«Aber ich kann mir eigentlich kaum vorstellen, dass ich schneller gegangen bin als du, weil ich doch hohe Absätze trage und auf Absätzen, gelinde gesagt, eine Katastrophe bin, und die Bürgersteige sind ja doch heute Abend ein bisschen überfroren, nicht wahr?»

«Das sind sie.»

«Vielleicht habe ich mich aber nur verlesen, als ich auf die Küchenuhr geschaut habe. Bei der Uhr kann man sich leicht mal verlesen, weil sie keine Ziffern hat, sondern nur vier kleine Striche. Und einen Strich für die Zwölf, der so aussieht …», damit wandte ich mich ein wenig zur Seite und zeichnete eine kurze, vertikale Linie in die Luft, «… einen, der so aussieht, für die Drei …», damit zeichnete ich eine horizontale Linie, «… und dann gibt es noch einen Strich für die Sechs und einen für die Neun. Leider sind die Zeiger auch noch so kurz. Der Minutenzeiger ist ungefähr so lang.» Ich zeigte die Länge mit Daumen und Zeigefinger. «Aber der Stundenzeiger ist so lächerlich kurz – so etwa –, dass man überhaupt nicht sehen kann, auf welche Ziffer er gerade zeigt. Auf welche *gedachte* Ziffer er gerade zeigt, meine ich, weil die Uhr … ja … keine … Ziffern hat …» Ich wurde immer leiser, bis ich nur noch flüsterte, und verstummte dann. «Es tut mir leid», sagte ich schließlich und fühlte mich ganz elend. «Ich weiß, dass ich Blödsinn rede.»

Es entstand eine weitere kleine Pause, bevor James das Wort ergriff. «Überhaupt nicht. Ich fand deine Küchenuhr-Anekdote sehr spannend. Und zufällig habe ich auch eine interessante Geschichte von der Uhr an meinem Herd zu bieten. Sie ist digital, und von einem bestimmten Winkel aus sehen alle Ziffern aus wie Achten.»

Er stand eindeutig kurz davor, in Lachen auszubrechen.

«Ich bin nur sehr nervös. Ich war schon sehr nervös, bevor du gekommen bist, und dann bist du gekommen, aber du hast keine Miene verzogen, und das hat meine Nervosität noch um einiges erhöht. Außerdem hatte ich seit Jahren kein Date mehr, was meine Angst noch verschlimmert hat, weil ich überhaupt nicht wusste, was ich anziehen sollte, ganz eindeutig keine Ahnung habe, was ich sagen soll und mich ehrlich überhaupt nicht erinnern kann, was ein Date zu einem Date macht. Heute Morgen hat meine Freundin zu mir gesagt: ‹Heute Abend hast du ein Date, Grace›, und ich dachte, warum kann es nicht einfach Kaffeetrinken, ein Abendessen oder ein Spaziergang sein? Warum muss man es mit einem Etikett versehen? Das weckt doch nur eine riesige Erwartung bei allen Beteiligten, oder? Aber eine Erwartung worauf? Und jetzt …», damit stützte ich den Kopf in die Hände, «… habe ich das Gefühl, dass ich mich gleich übergeben muss.»

«Sollen wir vielleicht lieber so tun, als befänden wir uns auf einer Beerdigung?»

«Sag jetzt nicht, dass du bunte Tücher in deiner Hose versteckst.»

Er lachte und beugte sich vor. «Hör mal Grace, es tut mir leid wegen …», er zögerte und zeigte auf sein Gesicht, «… deswegen. Aber was auch immer mein Gesicht sagt, du musst wissen, dass hier oben», er tippte sich an die Schläfe, «nichts Böses gedacht wird. Ganz im Gegenteil. Und es ist vielleicht ein schwacher Trost, aber ich bin auch nicht vollkommen entspannt. Dich zum Abendessen einzuladen, das war das Herausforderndste, was ich seit langem getan habe.»

Ein Kellner brachte uns eine Flasche Mineralwasser und schenkte uns ein.

Als der Kellner wieder fort war, sagte James: «Eigentlich wollte ich dich schon am Tag unseres Kennenlernens zum Mittagessen einladen, weil der Morgen so aus dem Ruder gelaufen war.» Er griff nach seinem Glas. «Wenigstens habe ich mir eingeredet, dass das der Grund dafür war, dass ich dich einladen wollte. Ich habe es einige Male versucht, aber deine Art staubzusaugen war ein bisschen furchteinflößend.»

«Furchteinflößend? Mit einer Plastiktüte an jedem Fuß und einer weiteren auf dem Kopf?»

Er nickte. «Ich glaube, die Tüten haben den Angstfaktor nur erhöht. Das, und wie du meinen Namen gesagt hast, als du das Arbeitszimmer verlassen hast. Als ob ich etwas wäre, in das du hineingetreten bist und das du unbedingt abkratzen willst.»

«Ich kann mir überhaupt nicht vorstellen, jemals auf irgendwen furchteinflößend wirken zu können.» Ich schüttelte verständnislos den Kopf.

Er zog die Brauen hoch. «Nicht? Naja, vielleicht solltest du einen Blick in den Spiegel werfen, wenn du das nächste Mal ein Tablett mit Häppchen mit dir herumträgst. Oder einen Dyson DirtDevil», murmelte er, gab mir eine Speisekarte und begann in seiner zu lesen.

Ich starrte blicklos in die Speisekarte und versuchte mich an einen von Neils Vorträgen zu erinnern, in dem er mir erklärte, dass ich kein Monopol auf Selbstzweifel hätte. Es sei nur so, hatte er gesagt, dass die meisten Leute es schafften, ihre negativen Gefühle zur Seite zu schieben, statt sich auf sie zu konzentrieren wie ein Kleinkind, das versucht, trockenes Gras in Brand zu setzen, indem es die Lupe in die Sonne hält.

Ich ließ die Karte sinken. «Vielen Dank für die Einladung zum Abendessen – auch wenn du jetzt völlig verschreckt von mir bist.»

Er sah auf. «Und danke dir, dass du gekommen bist, obwohl du dich lieber übergeben hättest.»

Ich spürte, wie meine Nervosität derselben angenehmen Befangenheit wich, die ich schon am Abend zuvor gefühlt hatte. «Ist schon in Ordnung. Die gute Nachricht ist, ich fühle mich langsam ein bisschen wie auf einer Beerdigung.»

«Ich mich auch», sagte er und lächelte ein Lächeln, das mich überlegen ließ, wie viele Zentimeter genau wir wohl gerade voneinander entfernt saßen. «Und sollte einer von uns das Bedürfnis verspüren, mit einer Leiche zu plaudern, dann gibt es ja immer noch das Pärchen dahinten am Fenstertisch.»

Kapitel 30

Drei Gänge und eine Flasche Wein später war meine Nervosität nur noch eine entfernte Erinnerung. Das Restaurant war jetzt proppenvoll. Alle Tische waren besetzt, und eine ganze Traube von Menschen, die meisten mit Partyhütchen auf dem Kopf, standen mit ihren Getränken vor der Bar. Der Abend war sehr angenehm verlaufen. James war lustig, charmant, interessant und aufmerksam gewesen, und seine beschränkten Blinzelfähigkeiten kamen mir jetzt eher wie eine heiße Zugabe als ein nerviges Minus vor. Daher amüsierte ich mich sehr. Als ich zufällig auf die Uhr schaute und sah, dass es kurz vor zehn Uhr war, begann ich zu hoffen, dass die fünfzig Zentimeter zwischen uns irgendwann an diesem Abend zusammenschmelzen würden.

Wir hatten während des Essens eine beeindruckende Anzahl an Themen besprochen, unter anderem Familie, Freunde, Lieblingsreiseziele und reibungsbetriebene Teppichkehrmaschinen. Über unsere Berufe hatten wir jedoch bisher noch kein Wort verloren, und das überraschte mich eigentlich nicht, zumal James bekannt dafür war, nicht gern über seine Arbeit zu reden. Ich war jedoch entschlossen, ihm an diesem Abend noch von meinem Hauptberuf zu erzählen. Aber als uns der Kellner Kaffee brachte, waren wir gerade wieder beim Thema Familie, und da James gerade so liebevoll von Emily zu erzählen begann, wollte ich ihn nicht unterbrechen.

«Das letzte Jahr war so schwierig für sie», sagte er voller Sorge. «Ich weiß, dass sie dir davon erzählt hat.»

«Sie hat erwähnt, dass sie deine Unterstützung brauchte.»

Er schüttelte traurig den Kopf. «Zu Beginn habe ich es ganz falsch angepackt. Ich habe die Dinge aus dem beruflichen und juristischen Blickwinkel betrachtet. Er war ihr Chef, und sein Verhalten hat ihre Karriere beendet, darauf habe ich mich konzentriert. Ich habe die Auswirkungen der Trennung auf ihre Psyche und geistige Gesundheit völlig unterschätzt. Ich glaube, wenn ich mich eher auf die Dinge konzentriert hätte, die wirklich wichtig waren, wäre alles nicht so schlimm geworden.»

«Oh nein! Emily gibt dir überhaupt keine Schuld. Sie ist dir so dankbar», sagte ich hastig.

«Sie gibt mir keine Schuld», stimmte er zu. «Aber ich habe sie in diesem Moment im Stich gelassen. Das Gute daran war, dass es mich aufgeweckt hat. Ich werde die wichtigen Dinge nie mehr aus den Augen verlieren. *Und* es geht ihr schon viel besser. Die Wohnung wird nach Weihnachten fertig sein, sodass sie einziehen kann.»

«Die Wohnung?»

«Hat Percy dir das nicht erzählt?», fragte er überrascht. «Eine ihrer Wohnungen ist für Emily. Oh, aber das weiß sie natürlich noch nicht. Emily, meine ich.»

«Das ist ja eine großartige Idee! Sie wird begeistert sein.»

«Hoffentlich. Aber wenn sie irgendwelche Bedenken hat, dann kann sie ja bleiben, wo sie jetzt wohnt.» Er sah mich an und erwiderte dann mein Lächeln. «Hast du morgen Zeit?», fragte er leise.

Ich blinzelte ausreichend für uns beide und nickte. «Ja.»

«Wir könnten spazieren gehen oder Kaffee trinken. Oder du könntest mir Stricken beibringen.»

«Darin bin ich ziemlich mies, fürchte ich. Ich habe Neil einen Schal zu Weihnachten stricken wollen, aber ich kann nicht abketten, also muss ich die Nadel wohl an die letzte Maschenreihe kleben. Kann ja auch sehr schick aussehen.»

«Klingt super. Aber nur, weil der Schal nicht für mich ist.»

Ich dachte jetzt an den Heimweg. Zu mir oder zu ihm? Und dann ein Taxi für einen von uns. Aber erst wollte ich einen Gutenachtkuss. Ich atmete tief durch und spürte eine merkwürdige Mischung aus Selbstbewusstsein und Nervosität. Es war lange her, dass ein Gutenachtkuss von einem Mann ganz oben auf meiner To-do-Liste gestanden hatte.

Ich riss mich zusammen und begriff, dass ich an der Reihe war, etwas zum Gespräch beizutragen, also sagte ich: «Im Stricken bin ich wirklich ganz besonders mies. Es gibt Dinge, in denen ich viel, viel besser bin.» Ich merkte, dass ich gerade wie eine Mae West für Arme klang. Er schwieg und lächelte. «Sex meinte ich aber natürlich nicht damit», fügte ich hastig hinzu. «Ich wollte mehr auf meine nicht-sexuellen Fähigkeiten hinaus.»

Er nickte langsam. «Danke, dass du das klargestellt hast. Aber eigentlich weiß ich schon, dass du bemerkenswerte nichtsexuelle Fähigkeiten besitzt. Man hat mir eines deiner Bücher geschenkt. Es wurde mir sehr empfohlen, aber ich bin vielleicht nicht ganz deine Zielgruppe.»

Ich spürte, wie ich rot wurde, weil mich der plötzliche Themenwechsel ebenso wie das Thema selbst kalt erwischt hatten. Ich war mir nicht ganz sicher, warum genau ich mich plötzlich so unwohl fühlte, aber ich tat es.

James lachte. «Percy hat es mir heute Morgen erzählt. Sie ist ziemlich geschickt im Googeln und offenbar ein Fan von dir.» Dann verstummte er und fragte leicht besorgt: «Was ist los? Es ist doch nicht so, als hättest du eine Leiche im Keller.»

Ich lächelte unsicher und schüttelte den Kopf. «Ich weiß. Ist schon okay.»

Er stellte seine Kaffeetasse ab und lehnte sich zurück. «Was ich nur gern wüsste, ist, warum du es nie erwähnt hast. Du hattest schließlich mehr als eine Gelegenheit. Ich nehme an, Neil ist dein Agent?» Er zog fragend eine Augenbraue hoch und lächelte.

Und jetzt merkte ich, worin das Problem bestand, der Grund für mein Unbehagen. Statt dass ich James selbst von meiner Schreiberei erzählen konnte, war mein Beruf jetzt zu einem Geheimnis geworden, das ich absichtlich verschwiegen hatte. Statt ihm heiter davon zu beichten, hatte er mich in die Ecke gedrängt und es mir auf den Kopf zugesagt. Und statt sich für mein Schreiben zu interessieren, ging es James jetzt nur noch darum, warum ich den Mantel des Schweigens darübergebreitet hatte. Und es war ja auch vollkommen verständlich, dass ihm das merkwürdig vorkam – besonders im Vergleich mit all den persönlichen Informationen, die Percy, Emily und er mit mir geteilt hatten. Immerhin lächelte er noch, also schien er sich prächtig zu amüsieren, das erleichterte mich. Also begann ich zu erklären.

«Als ich Rose vorschlug, für sie einzuspringen, schien es uns am besten, lieber meine Putzerfahrung hervorzuheben als meine Schreiberei. Außerdem brauchte ich dringend eine Pause von ...»

«Graaaaaaaace!» Der Schrei erklang zu meiner Rechten, und ebenso wie James und alle anderen Gäste drehte ich mich zur Gruppe an der Bar um, in der ich Guy entdeckte. Er hob ein Rotweinglas hoch, um mir zuzuprosten, während er mit der anderen Hand versuchte, das kegelförmige Partyhütchen aus Goldpapier geradezurücken, das er auf dem Kopf balancierte.

Ich war überrascht, aber wie immer sehr erfreut, ihn zu sehen, also lächelte ich und hob die Hand. «Hallo, Guy», formte ich mit den Lippen, um nicht durch das ganze Restaurant brüllen zu müssen. Er löste sich aus seiner Gruppe und ging auf uns zu, allerdings nicht auf direktem Wege, sondern mit einigen Schlenkern. Es war absolut wahrscheinlich, dass ihn Simone zu Hause sofort ins Gästezimmer verbannen würde.

«Grace!», wiederholte er, als er an unserem Tisch stand. «Grace, Grace, Grace. Du siehst hinreißend aus.» Er beugte sich zu mir herunter, um mich auf die Wange zu küssen. «Und das ist?» Er wandte sich an James und streckte ihm die Hand hin.

«Guy, das ist James. James, das ist Guy. Er ist der Mann meiner sehr guten Freundin Simone.»

«Und ich bin ja wohl auch selbst dein guter Freund, hoffentlich!», rief Guy gutmütig aus und schüttelte James die Hand.

«Ach, hör doch auf», lachte ich.

Er strahlte mich an, während sein Hütchen sehr langsam zur Seite glitt. Seine Wangen waren ganz rosig geworden in der Wärme des Restaurants und, wie ich annahm, von einer weit größeren Menge an Alkohol, als er sonst zu sich zu nehmen pflegte. «Also, habt ihr beide denn einen schönen Abend? Das hier ist übrigens mein Absacker», sagte er und zeigte auf sein Weinglas. «Heute ist Firmenweihnachtsfeier. Wir waren *stundenlang* da unten im Keller!» Er starrte konzentriert zu Boden, als ob er versuchte, hindurchzuschauen, und schwankte leicht.

«Ja, wir haben einen sehr schönen Abend. Das Essen war großartig», sagte ich.

Guy lächelte in sich hinein und nickte abwesend. Als klarwurde, dass er ohne Stichwort nicht in der Lage sein würde, das Gespräch fortzusetzen, wiederholte ich lauter: «Das Essen war großartig, Guy.»

«Was?» Er sah erschrocken auf. «Oh ja, ja, das ist ja toll.» Er sah zwischen James und mir hin und her, als ob er sich erst einmal sammeln müsse, und räusperte sich dann. «Naja, ich lasse euch beide dann mal wieder in Ruhe. Schön, dich kennengelernt zu haben, Jeremy.» Damit streckte er James erneut die Hand hin. «Tut mir sehr leid, wenn ich heute ein bisschen unkommunativ ... unkommutativ ... unkommuka...» Er hielt inne und atmete tief durch. «Tut mir leid, dass ich heute nicht so gesprächig bin, aber um ehrlich zu sein, bin ich ein bisschen mitgenommen. Ich bin einfach kein großer Trinker, und heute Abend habe ich schon so einiges intus.» Er biss sich rührend schuldbewusst auf die Lippe.

James schüttelte lächelnd den Kopf. «Gar kein Problem, Guy. Es ist nun mal Weihnachtszeit.»

«Du kannst nicht vielleicht mit mir nach Hause kommen und das meiner Frau sagen, oder?», sagte Guy, lachte laut und drohte mir mit dem Finger. «Wehe, du verpetzt mich, Grace.»

Ich verdrehte die Augen. «Ich fürchte, sie merkt es von ganz allein.»

Er hob die Hand und schwankte davon, um sich dann plötzlich auf dem Absatz umzudrehen und zu unserem Tisch zurückzukehren.

«Tut mir sehr leid. Ich bin's. Guy. Wieder da. Sehr unhöflich von mir, nicht zu fragen. Wie geht es dir? Wie läuft der Putzjob?»

Ich warf James einen Blick zu, der mich breit anlächelte.

«Verdammt», sagte Guy erschrocken. «Weiß Jeremy überhaupt von deinem Putzjob?» Er zeigte mit dem Daumen auf James.

«Ja, alles in Ordnung. *James*», sagte ich mit Extra-Betonung, «weiß alles darüber.»

Guy legte die Hand auf die Brust und sagte zu James: «Gott sei Dank. Ich trete nämlich ständig ins Fettnäpfchen, James. Und der neue Job war so etwas wie ein Geheimnis, nicht wahr, Grace? Ich erinnere mich jetzt wieder daran», murmelte er und tat pantomimisch so, als ob er seine Lippen mit dem Reißverschluss schlösse.

«Gut gemacht. Aber es ist wirklich alles in Ordnung. Wie ich schon sagte, James ist so gut im Bilde, wie es nur geht.»

«Und läuft es gut? Nach dem schwierigen Start?» Guy schloss konzentriert die Augen. «Wenn ich mich recht erinnere, hat dich an deinem ersten Tag dieser Typ erwischt, als du dich gerade durch seine Akten wühlen wolltest.»

Mein Lächeln war nun etwas angestrengt. «Äh, ich habe nicht …»

«Und dann, das hat Simone mir erzählt, hast du die nächsten zwei Wochen überall nach Kameras gesucht.» Er kicherte vor sich hin und antwortete dann auf den Ruf eines Freundes, indem er durch das Restaurant brüllte: «Bin gleich wieder bei euch, Kumpels und Kumpelinen!» Dann fuhr er fort: «Tjaaaa … ich glaube, Grace hat bisher noch keine Tagebücher gefunden, Jeremy. Aber sie glaubt trotzdem, schon genügend Material für ein, zwei Bücher zu haben.» Er zwinkerte James zu, der ihn gutmütig ansah, offenbar wesentlich weniger verstört von Guys Zusammenfassung meiner Arbeit als ich. «Stimmt doch, Grace?» Guy zog listig mit dem Zeigefinger das Unterlid herunter. Die Übelkeit, die ich zu Beginn des Abends verspürt hatte, meldete sich ausgerechnet jetzt zurück.

«Oh, Guy», sagte ich nervös, entschlossen, nicht so zu erscheinen, als nähme ich diese Enthüllungen auch nur im Mindesten ernst. «Wie viel genau hast du getrunken?» Ich verzog meinen Mund zu einem Lächeln und riss gleichzeitig die Augen auf, um ihm zu bedeuten, endlich den Mund zu halten. Leider war mein Vorgehen offenbar viel zu diskret. Schon ein paar Sekunden später sah ich ein, dass ich ihm besser einen Stuhl über den Kopf gezogen hätte.

«Tja, du hast da ja wirklich ein paar tolle Typen ausgegraben, was?», fuhr er fröhlich fort. Der Fußboden langweilte ihn offenbar inzwischen, sodass er stattdessen an die Decke starrte. «Dieser unangenehme, autistische Kerl mit dem komischen Blick, dieses arme, unglückliche Mädchen, das uns allen leidtut, und dieser männermordende Vamp, der hinter Neil her war – vollkommen ohne jede Aussicht auf Erfolg, natürlich … und hat Simone mir da nicht auch von einer komischen alten Dame erzählt, die eine Brandstifterin in der Familie hat?» Er runzelte die Stirn und schaute mich nachdenklich an, dann hellte sich seine Miene wieder auf. «Hey, aber toll, dass du so glücklich aussiehst.» Er beugte sich zu mir herunter und gab mir ein Küsschen, ohne auch nur im Geringsten mitzubekommen, dass ich inzwischen so unglücklich war, wie ein Mensch nur sein konnte. «Tschüsi dann, ihr beiden. Ich geh dann mal lieber!», sagte er dann, die Gutmütigkeit in Person. Und damit wankte er zurück zu seinen Kollegen, die ihm schon hektisch zugewinkt hatten, weil sie endlich gehen wollten.

Ich starrte ihm hinterher, weil ich mich nicht traute, James ins Auge zu sehen, weder im übertragenen noch im konkreten Sinn. Aber James zwang mich dazu.

«Ich bestelle die Rechnung», sagte er.

Er hatte bereits die Hand gehoben, um unseren Kellner herbeizuwinken. Dann sah er mich ausdruckslos an. Ich zählte bis drei und wartete darauf, dass endlich ein Lächeln auf seinem Gesicht erschien.

Die drei Sekunden vergingen.

Weitere fünf verstrichen.

James sagte nichts, und sein Gesichtsausdruck blieb unverändert.

«Also, was hast du denn zu Weihnachten vor?», fragte ich in dem bemitleidenswerten Versuch, ihm und mir selbst weiszumachen, dass Guys Auftritt nur ein Hirngespinst gewesen war. «Normalerweise reise ich herum, um meine Tanten und Cousinen zu besuchen, aber dieses Jahr bin ich an Heiligabend bei

Gavin und Neil, weil sie … waren …» Meine Stimme gab nach, und ich verstummte, weil James mich immer noch regungslos ansah. Erst als der Kellner die Rechnung vor uns auf den Tisch legte, kam wieder Leben in ihn.

«Danke», sagte er zu ihm. «Und könnten Sie vielleicht ein Taxi nach Henleaze rufen, bitte?»

«Natürlich», sagte der Kellner und ging.

James nahm die Rechnung und suchte dann nach dem Portemonnaie in seiner Hosentasche.

«Es war nicht so, wie es sich jetzt angehört hat», sagte ich leise, überrascht davon, wie ruhig meine Stimme klang, obwohl ich innerlich bereits vollkommen in Auflösung begriffen war.

«Wirklich?», sagte James leichthin, während er Zehn- und Zwanzigpfundnoten aus seiner Brieftasche zog. «Weil das alles nämlich wie eine gute Erklärung für die ganze Geheimnistuerei klang.» Er sah mir ins Gesicht. «Oder hat er etwa gelogen?»

«Gelogen?» Ich war empört. «Guy ist ein Mann von höchster Integrität, der eine enorme menschliche Wärme besitzt. Auf keinen Fall ist er ein Lügner. Er ist nur …»

Ich hielt inne, weil die Mühe, den Satz zu beenden, im Grunde völlig sinnlos war. Was konnte ich schon sagen? Guy einen verwirrten Betrunkenen nennen, der rein zufällig fünf Menschen beschrieben hatte, die James, Emily, Heather, Percy und deren verrückter Feuerteufel-Schwester erstaunlich ähnlich waren? Mal ganz abgesehen von dem Aktenordner-Vorfall. Das Problem war, dass Guy praktisch Wort für Wort alles wiederholt hatte, was ich Simone erzählt hatte, eingeschlossen meine ersten, etwas bitteren Beschreibungen von James und meine Angst vor versteckten Kameras. Das konnte ich nicht wegerklären oder gar behaupten, ich hätte es nicht gesagt. Guy war überraschend genau gewesen, was die Fakten angeht, bedauerlicherweise jedoch um einiges zu spät, weil sich meine Gefühle längst weiterentwickelt hatten.

«Er ist nur …?», hakte James nach. Er sah mich jetzt ohne jede Spur von Gefühl an, abgesehen von den leicht zusammengezogenen Brauen. Verwirrung? Ungeduld? Wut? Vermutlich Letzteres, nahm ich an, und ich konnte es ihm nicht verdenken. Tatsächlich fand ein Teil von mir seinen rechtschaffenen Ärger mir gegenüber richtig und gerechtfertigt. Immerhin war ich als Putzfrau verkleidet in sein Heim eingedrungen und hatte seine verletzliche Schwester und seine alte Nachbarin nach persönlichen Informationen ausgefragt, und das nur zu dem Zweck, verkäufliche halb-ausgedachte Romane daraus zu fabrizieren.

«Guy ist ein wunderbarer Mann», sagte ich leise.

An dieser Stelle wurden wir durch den Kellner unterbrochen, der plötzlich mit einem Kartenlesegerät neben James stand. «Ich zahle bar.» James gab ihm das Geld.

«Warte», sagte ich und langte nach meiner Tasche. «Ich zahle die Hälfte.»

Der Kellner sah unsicher von mir zu ihm. «Schon in Ordnung», sagte James. «Nehmen Sie das nur, wir teilen dann später. Wir warten jetzt nur noch auf das Taxi.»

Der Kellner nickte. Offenbar spürte er, dass die Stimmung an unserem Tisch jetzt um einiges eisiger war als die Temperatur draußen auf der Straße. Er lächelte uns kurz zu und eilte dann davon.

James schaute auf die Uhr.

«Du musst nicht mit mir warten.» Ich stellte meine Tasche ab und schaute aus dem Fenster.

«Ich will dich hier nicht allein sitzen lassen», sagte er.

«Ich würde aber ganz gern alleine sein.»

Ich wandte meinen Blick nicht vom Fenster. Einen Augenblick später hörte ich, wie ein Stuhl zurückgeschoben wurde und er aufstand. Aus dem Augenwinkel sah ich, wie er ging.

Ich starrte weiter aus dem Fenster und wandte den Blick erst ab, als er draußen vorbeiging. Dann nahm ich meine Tasche, holte meinen Mantel, sagte dem Mann an der Bar, dass ich doch lieber zu Fuß gehen würde, verließ das Restaurant und brach in Tränen aus.

Kapitel 31

Vor ein paar Stunden war ich zu dem Date mit James praktisch gerannt, jetzt hatte ich kaum noch die Energie, einen Fuß vor den anderen zu setzen. Daher dauerte der Heimweg ungefähr doppelt so lang wie der Hinweg. Immerhin hatte ich es schon nach den ersten Schritten geschafft, mich einigermaßen schnell wieder zusammenzureißen und keine äußerlichen Anzeichen der Verzweiflung mehr zu zeigen, stummes Weinen eingeschlossen.

In meinem Inneren herrschte jedoch das reine Elend, und während der ersten Viertelstunde meines Heimwegs liefen vor meinem inneren Auge alle lächerlichen und herzzerreißenden Momente meines Abends mit James ab, immer wieder, ohne Unterbrechung.

Gerade dachte ich wieder daran, wie ein ausgesprochen fröhlicher Guy mit gefährlich seitlich vom Kopf ragenden Partyhütchen das Restaurant verlassen hatte, bog um die Ecke zu meiner Straße und bemerkte unter der alten Straßenlaterne eine hochgewachsene männliche Gestalt, die regungslos vor meiner Haustür stand. Sie trug einen langen dunklen Mantel und hatte mir den etwas gebeugten Rücken zugewandt. An diesem nebligen Abend war das ein ziemlich unheimlicher Anblick. Ich räusperte mich leise, um mich darauf vorzubereiten, bei Bedarf sofort loszuschreien, und griff in meiner Manteltasche nach den Schlüsseln, die ich einzeln zwischen meine Finger klemmte, um so einen Schlagring zu improvisieren. Hinter mir bog ein Auto in die Straße. Ich schaute über die Schulter und sah ein blaues Bristoler Taxi langsam die Straße entlangfahren. Offenbar suchte der Fahrer nach der richtigen Hausnummer. Mit pochendem Herzen überlegte ich, ihn heranzuwinken und zu bitten, auf mich zu warten, bis ich in meiner Wohnung wäre. Aber weil ich nicht überreagieren wollte, ging ich einfach weiter.

Ich war noch etwa fünf Meter von der Gestalt entfernt und ebenso weit von meiner Haustür, als jene sich umdrehte.

Erschrocken blieb ich stehen. Aiden riss überrascht die Augen auf. «Ich dachte, du wärst gar nicht zu Hause», sagte er leise. «Aber ich bin trotzdem hier stehen geblieben.» Seine Stimme klang ganz heiser und war kaum hörbar. «Wie man sieht.»

Ich starrte ihn einen Augenblick lang an, trat dann auf ihn zu, schlang die Arme um seinen Hals und zog ihn an mich. Er umarmte mich und legte sein Kinn auf meinen Scheitel.

«Ich vermisse dich so sehr, Grace», hauchte er. «Jeden einzelnen Tag vermisse ich dich. Ich vermisse *uns*.»

Ich schloss fest die Augen und versuchte, nicht an ein Leben mit Aiden zu denken. An ein Leben, in dem er mich nie verlassen hatte; oder, noch gefährlicher, ein Leben, in dem er zu mir zurückkehrte.

Ich spürte die tröstliche Wärme und Kraft seines Körpers und stellte mir vor, wie ich mein Gesicht hob und ihn küsste.

Nur eine Bewegung um fünfundvierzig Grad nach oben, und der elende Winterabend, an dem ich so schmählich zurückgewiesen wurde, würde sich in einen triumphierenden Sieg über Summer verwandeln.

«Was denkst du gerade?», fragte er gefühlvoll.

«Ich denke …» Ich überlegte, atmete seinen Duft ein, hielt ihn fest, wollte ihn nicht loslassen und fühlte mich ihm so verbunden wie seit Jahren nicht mehr, vielleicht sogar, wie ich mich ihm noch nie verbunden gefühlt hatte. «Ich *weiß*, dass du nach Hause gehen und ihr treu sein solltest, Aiden», flüsterte ich schließlich.

Sein Körper spannte sich einen Moment lang an und entspannte sich dann wieder. Seine Hände strichen langsam meinen Rücken hoch bis zu meinem Kopf und streichelten mein Haar. «Ich liebe dich so, so sehr. Ich habe dich immer geliebt, dich aber nie verdient. Du warst schon immer zu gut für mich, Grace», murmelte er.

Ich antwortete nicht. Er wischte sanft meine Tränen fort, bevor ich überhaupt merkte, dass ich weinte. «Ich wünsche mir, dass du um uns weinst. Aber ich fürchte, das stimmt nicht.»

Ich sah ihn an. Er lächelte traurig.

«Ein paar von den Tränen sind auch für uns», sagte ich.

Er streichelte meine Wange und sah zur Wohnung hinüber. «Obwohl ich es gern täte, glaube ich nicht, dass ich mit hereinkommen sollte. Aber möchtest du mir von deinem Kummer erzählen?»

Ich löste mich von ihm und tupfte mir die Augen mit dem Mantelärmel ab. «Es ist alles ein bisschen deprimierend», schniefte ich. «Bist du sicher, dass es dir nichts ausmacht?»

Er seufzte. «Wenn du mir gleich sagst, dass du Gefühle für jemand anderen hast, dann ist dir zuzuhören das Schwierigste und Selbstloseste, was ich je getan habe. Aber du hast es dir mehr als verdient, und es ist das Mindeste, was ich tun kann.»

Ich stellte mich auf die Zehenspitzen und küsste ihn auf die Wange. «Danke», flüsterte ich.

Wir gingen Hand in Hand zu meiner Haustür, setzten uns auf die eiskalten Stufen, schmiegten uns in der Kälte aneinander, und ich erzählte ihm alles.

Kapitel 32

Am nächsten Morgen fuhr ich erschrocken aus dem Schlaf hoch, weil ich glaubte, mein Telefon klingeln zu hören. Aber nachdem ich ein paar Sekunden lang halb bewusstlos unter dem Nachttisch herumgefummelt und besagtes Handy endlich gefunden hatte, begriff ich, dass es in Wirklichkeit die Türklingel war, die läutete. Ich hing kopfüber über der Bettkante, blinzelte aufs Display und überlegte, wer zum Teufel es für in Ordnung hielt, um Punkt 8:34 Uhr an einem Sonntagmorgen an meiner Tür – oder der Tür von irgendwem anderen – zu klingeln, ohne vorher eine schriftliche Erlaubnis dafür einzuholen.

Ich wälzte mich zurück ins Bett. Zu sagen, dass ich schlecht geschlafen hatte, war die Untertreibung des Jahrhunderts. Ich war nach Aidens Weggang kurz nach Mitternacht recht schnell eingeschlafen, beruhigt durch seine Gesellschaft und ungeheuer dankbar, dass er mir zugehört hatte. Natürlich hatte er mir verständlicherweise nicht viel Hoffnung gemacht, was die Wiederbelebung meiner Beziehung zu James anging, aber ganz hatte er es auch nicht ausgeschlossen. Er hatte nur zugehört, genickt und dann ein paar traurige Dinge aus seiner eigenen Beziehung erzählt. Unter anderem hatte er Summer trotz seiner gegenteiligen Beteuerungen immer noch nichts von unserer erneuerten Freundschaft erzählt. Das überraschte mich nicht wirklich, aber was mich doch erstaunte, war die Tatsache, dass mir Summer zum ersten Mal ein wenig leidtat.

Aber das Wichtigste an unserem Gespräch auf den Stufen war, dass Aiden und ich vollkommen ehrlich und ohne egoistische Interessen unsere jeweiligen Beziehungsprobleme besprochen hatten. Und natürlich kann es ausgesprochen tröstlich sein, wenn man mit jemandem spricht, dessen Probleme mindestens so schlimm sind wie die eigenen, wenn nicht sogar schlimmer.

Leider hatte ich die Ruhe und den Trost nicht mit in den Schlaf nehmen können. In der Nacht hatte ich von mehreren Guys geträumt, die allesamt Partyhütchen auf dem Kopf trugen und mich mit Taschenbüchern zu verhauen versuchten, während eine ebenso große Zahl von Emilys in den Ecken saß und leise weinte.

Daher war ich weder körperlich noch psychisch in der Stimmung für einen frühmorgendlichen Besuch. Ich hatte schon beschlossen, die Tür einfach zu ignorieren, als ich merkte, dass das Klingeln von der eher hartnäckigen und dringlichen Art war, ungefähr so, wie wenn ein Haus brennt. Und so schlug ich die Bettdecke zurück, schnupperte vorsichtshalber in der Luft nach Rauch und tappte widerstrebend zur Haustür.

«Was ist?», fragte ich missmutig in die Gegensprechanlage.

Für einen winzigen Moment keimte die zarte Hoffnung auf, dass dieser Besuch womöglich ein sehr willkommener sein könnte. «Hallo», sagte ich daher etwas heiterer. «Entschuldige. Ich bin gerade erst aufgewacht. Wer ist da?»

Eine etwas zögerliche Stimme erklang. «Hallo, Grace. Ich bin's.»

Ich runzelte die Stirn. «Simone?»

Sie lachte nervös. «Ich war gerade in deiner Nähe und habe mich gefragt, ob ich mir etwas von dir leihen …»

Ich drückte auf den Summer, um sie hereinzulassen. «So eine bescheuerte Lüge.»

* * *

«Weißt du, eigentlich wollte ich mich heute Morgen schon von ihm scheiden lassen, als er mir erzählte, was er alles gesagt hat.» Simone griff nach dem Teebecher und dem Teller mit Toast, den sie für mich gemacht hatte, und stellte beides auf den Esstisch. «Und das ist kein Scherz. Ich drücke nur die Daumen, dass es alles nicht so schlimm ist, wie es klang.» Sie sah mich niedergeschlagen an und setzte sich.

Ich hatte die Hände im Schoß verschränkt und starrte auf Tee und Toast. Ich mochte beides nicht anrühren. «Es ist nicht Guys Schuld», sagte ich.

«Ich bin nicht hergekommen in der Erwartung, dass du mich jetzt tröstest, sondern um mich zu entschuldigen und, wenn es möglich ist, zu helfen.» Sie schob mir den Teller zu. «Und das Erste, was ich tun werde, ist sicherzugehen, dass du wenigstens ein paar Bissen isst.»

Ich schaute nicht auf. «Ich will dich gar nicht trösten. Es ist meine Schuld. Ich habe Guy gesagt, James wüsste alles über meinen Putzjob. Guy hat einfach nicht kapiert, dass es James war, mit dem ich da im Restaurant saß, und auch da ist es meine Schuld, weil ich es nicht deutlich genug gesagt habe. Er hat nichts gesagt, was ich dir nicht erzählt hätte. Und er hat auch nichts falsch gemacht.»

«Okay, dann lass mich dir folgende Frage stellen», sagte sie mit unterdrücktem Zorn. «Wenn Guy nicht gekommen wäre oder dir nur aus der Entfernung zugewinkt hätte, wäre dein Abend mit James dann angenehm oder sogar perfekt gelaufen?»

Ich rührte mich nicht, hob aber den Blick und sah sie an.

«Damit ist alles gesagt», sagte sie. Ohne Vorwarnung fiel sie von Wut in totale Verzweiflung und brach in Tränen aus. «Gott, es tut mir so leid. Es lief so gut für dich. Wir haben uns so für dich gefreut. Ich gebe mir selbst ebenso die Schuld wie Guy. Ich hätte wissen müssen, dass ich ihm nichts erzählen darf, was … naja, ich hätte wissen müssen, dass ich ihm im Grunde gar nichts erzählen darf. Ich wusste es, weißt du», schluchzte sie. Sie stand auf und ging in die Küche, um ein Stück Küchenrolle zu holen. «Ich wusste es in der Sekunde, in der er gestern Nacht in mein Schlafzimmer gewankt ist. Er hat erwähnt, dass er dich getroffen hat, und ich dachte sofort: ‹Scheiße, wetten, er hat alles versaut?› Ich konnte mir zwar nicht vorstellen, wie, aber ich wusste einfach, dass es so gewesen sein musste.» Sie schnäuzte sich die Nase und schaute mich an. «Ich werde mich nicht noch einmal bei dir entschuldigen, weil du dann doch nur sagst, dass alles in Ordnung ist, obwohl es nicht so ist. Aber ich würde sehr gern mit dir darüber nachdenken, wie man das alles wieder zurechtbiegen kann.»

Ich lehnte mich zurück und seufzte. «Darüber habe ich auch schon nachgedacht. Guy hat James einfach die Fakten weitererzählt, wie ich sie dir erzählt habe. Ich kann ihm im Grunde nur noch sagen, dass der Teil ein Scherz war, in dem er behauptet hat, ich hätte sein Haus nach Tagebüchern durchwühlt und wolle ein Buch über alles schreiben.»

Sie lächelte mich unter Tränen an. «Na, das ist doch immerhin ein Anfang.»

Ich schüttelte den Kopf. «Sehen wir es doch mal realistisch, Sim. Wenn James in der Lage ist, so etwas von mir zu glauben, dann, naja, dann ist es irgendwie ohnehin ein hoffnungsloser Fall, oder? Und außerdem wird er natürlich denken, dass ich nur die Situation retten will – und meinen Ruf. Er legt viel Wert auf sein Privatleben, und ich bin dabei erwischt worden, dass ich über Menschen getratscht habe, denen er nahesteht und die er um jeden, absolut *jeden* Preis beschützen will. Außerdem glaubt er jetzt, dass ich meinen wahren Beruf aus reiner Hinterhältigkeit verschwiegen habe.» Ich stellte mir vor, wie lange ich reden und wie sehr ich zurückrudern müsste, um überhaupt damit anfangen zu können, ihm alles zu erklären. «Das wird nichts.»

Simone sackte ein wenig zusammen. «Ich glaube das nicht. Es muss doch etwas geben, was wir tun können.» Sie tupfte sich erneut die Augen ab und schob den Teller noch weiter auf mich zu, bis er so knapp am Rand stand, dass er herunterzufallen drohte. «Nur einen einzigen Bissen.»

Ich brachte ein Lächeln zustande und griff nach dem Becher. «Ich trinke den Tee.»

«Hör mal, ich weiß, dass ich wahrscheinlich der letzte Mensch auf der Welt bin, mit dem du den Tag verbringen willst, aber würdest du vielleicht zum Lunch zu uns kommen, mir zuliebe? Guy ist nicht da. Ich habe ihm gesagt, er soll mit den Kindern mit dem Zug nach Weston fahren.»

Ich schaute aus dem Fenster und sah bedrohlich schwarze Wolken und Bäume, die sich im Wind neigten. «Weston? Bei dem Wetter? Und mit einem Kater?»

Sie ließ ihre Kiefermuskeln spielen. «Er hat es verdient. Die Kinder finden es bei jedem Wetter toll. Sie wollen aufs Riesenrad. Hoffentlich muss Guy dann kotzen.» Sie lachte unter Tränen und beugte sich dann zu mir. «Es wird schon alles wieder gut.»

Ich nickte, wohl wissend, dass wir beide nicht daran glaubten.

«Bitte, komm doch mit zu uns und iss mit mir zu Mittag. Ich will heute wirklich nicht allein sein. Wer weiß, was ich noch mit Guys Schallplattensammlung anstelle? Außerdem, wenn du nicht kommst, rufe ich dich nur ständig an.»

Ich starrte auf meinen Toast. Trotz meiner Überzeugung, dass mich nichts würde trösten können, wollte ich auch nicht schon wieder allein in meiner Wohnung bleiben.

Ich biss von dem Toast ab, kaute und schluckte es herunter. «Danke», sagte ich dann und stand auf. «Das wäre wirklich schön. Ich gehe nur mal kurz duschen.»

Kapitel 33

Um halb sieben war ich wieder zu Hause. Als Guy Simone eine Nachricht geschickt hatte, dass er und die Jungs in etwa einer halben Stunde wieder da sein würden, brach ich sofort auf. Ich wollte ihm lieber aus dem Weg gehen, nicht, weil ich sauer auf ihn gewesen wäre – das war ich wirklich nicht –, sondern weil ich wusste, dass mir seine Zerknirschung unangenehm sein würde. Den ganzen Tag hatte sich Simone ständig für alles und jeden entschuldigt, und ich konnte noch mehr Selbsterniedrigung einfach nicht mehr ertragen. Außerdem hatte ich so meine Zweifel daran, dass Simone ihr Temperament würde zügeln können. Ihre Wut auf Guy schien im Laufe des Tages kein bisschen abgenommen zu haben, und ich wollte nicht dabei sein, wenn alle Dämme brachen.

Aber obwohl wir beide nicht gerade bestens gelaunt waren, war der Tag mit ihr viel schöner, als ich erwartet hatte. Das lag nicht nur daran, dass ich mein Handy zu Hause gelassen hatte und mir daher keine Sorgen über unangenehme Mitteilungen machen musste, sondern auch daran, dass ich aus einer Eingebung heraus vorgeschlagen hatte, die Wohnung zu saugen. Natürlich hatte Simone die unrealistische Erwartung gehabt, dass ich mich bei ihr «entspannen» würde, während sie das Essen zubereitete. Zuerst lehnte sie daher ab. Ganz offensichtlich hielt sie meinen Vorschlag für das erste Zeichen eines kompletten Nervenzusammenbruchs. Aber als ich ihr erklärte, dass es sowohl für mich als auch für sie gut war, wenn ich bei ihr putzte, gab ich nach, wobei sie sich wortreich für den Zustand ihres oberen Stockwerkes entschuldigte.

«Dieses Haus ist außen hui und innen pfui», sagte sie, griff in einen Schrank und holte den Staubsauger heraus. «Wir schaffen es gerade noch, das Erdgeschoss in Ordnung zu halten, aber ich warne dich, oben herrscht Armageddon.»

Und als ich schließlich um zwanzig vor sieben in meinen Sessel sank, ein Glas Rotwein in der einen und ein Handy am Ladekabel in der anderen, dachte ich daran, dass das kein bisschen übertrieben gewesen war. Das Badezimmer hatte ausgesehen, als hätte man es in den Mixer gestopft, und das Spielzimmer erinnerte mich mit all den kaputten Kuscheltieren und Plastikwaffen an die Art Ort, an dem die unheimlichen Zwillinge aus *The Shining* großen Spaß gehabt hätten. In den Schlafzimmern der Jungs sah es kaum besser aus. Fast jeder Quadratzentimeter des Fußbodens war mit Spielsachen und Büchern bedeckt, sodass ich schon überlegt hatte, lieber eine Schneeschaufel zu benutzen als den Staubsauger. Aber alles aufzuräumen, während Simone in der Küche stand, war ein gutes Training und eine wirksame Ablenkung von meinem Kummer. Als Simone nach oben kam, um mir zu sagen, dass das Essen fertig wäre, strahlte sie freudig überrascht beim Anblick der neuen Ordnung, und das wiederum löste in mir zum ersten Mal an diesem Tag so etwas wie echte Freude und Selbstwertgefühl aus.

Ich lächelte nun bei der Erinnerung daran. Dann kam Leben in mein Smartphone, und jeder einzelne Muskel in meinem Körper spannte sich wieder an.

Fünf Mitteilungen waren in der Zwischenzeit gekommen: eine von Gavin, eine von Guy, eine von Aiden, eine von Emily und eine von James. Ich konnte mich nicht entscheiden, bei welcher von den beiden letzten ich das üblere Gefühl hatte, also beschloss ich, sie alle beide aus Feigheit fürs Erste zu ignorieren.

Aidens Nachricht war kurz und auf den Punkt: Er hoffe, dass es mir gutginge, und wollte mir nur sagen, dass er «sich mit Summer zusammengesetzt und ihr alles erzählt habe». Kurz überlegte ich, ob sich seine Definition von «alles» wohl mit meiner deckte, aber dann merkte ich, dass es mir eigentlich egal war. Ich mochte ihn genug, um ihm Glück zu wünschen, aber ich war inzwischen vollkommen und ehrlich der Meinung, dass seine Beziehung zu Summer absolut keine Bedeutung mehr für mich hatte.

Guys Mitteilung war, wie erwartet, schmerzhaft zerknirscht. Er hatte sie schon vor einigen Stunden geschickt, und obwohl es aus dem Text nicht zu erkennen war, klangen die Verzweiflung und Tristesse eines kalten, grauen Dezembertags durch, den man alleinig in der Gesellschaft zweier hyperaktiver Kinder und eines Katers verbrachte.

Gavin dagegen bot das Kontrastprogramm, und paradoxerweise wirkte das auf mich noch viel deprimierender. Er war begeistert von seinem Urlaub, freute sich sehr, mich am Montag zu sehen, und vor allem war er ganz gespannt, von meinem Date mit James zu hören. Er begann mit der Aufforderung, ihm absolut alles genauestens zu erzählen, und endete mit der Feststellung, er habe seine Meinung geändert und wolle kein Wort davon hören, bis wir uns am nächsten Tag sähen, allerdings würde er bis dahin «vor lauter Nervosität völlig verrückt» geworden sein.

Ich scrollte herunter, um die Nachricht noch einmal zu lesen, die ich ihm vor vierundzwanzig Stunden geschickt hatte.

Hi! Ich bin ganz verrückt vor Nervosität und vermisse Neil und dich SO SEHR. Weißt du was? Ich habe ein Date mit James Brooke heute Abend. Er ist der NICHT verdorbene Typ, der KEIN Verhältnis mit seiner Schwester hat. Ich weiß! Verrückt, oder? Aber ich mag ihn wirklich gern. Gestern war ich noch total glücklich, dass er mich gefragt hat, aber jetzt muss ich vor Aufregung fast kotzen. Bin kurz davor, euch anzurufen, werde aber widerstehen. Drückt die Daumen für mich. Ganz tief in meinem Inneren, unter der Übelkeit, bin ich gerade ziemlich glücklich und glaube, dass er eine Menge damit zu tun hat. Aber mehr sage ich nicht. Will ja mein Glück nicht herausfordern. Montag erzähle ich alles, wenn wir uns sehen – dann kannst du dich vorher noch vom Jetlag erholen. Alles Liebe an dich und N. Schöne Vorweihnachten!! G x

Ich starrte auf die Zeilen, gleichzeitig fasziniert und verzweifelt, wie schnell sich das Leben in nur vierundzwanzig Stunden ändern konnte. Ich fühlte mich nicht in der Lage, Antworten zu tippen, also legte ich mein Handy auf die Armlehne und holte den Laptop unter dem Sessel hervor, um mein Erlebnis in Simones «Außen hui, innen pfui»-Haus meinem Putztagebuch hinzuzufügen. Ich hatte bereits bis fast zum Ende meines Dokuments gescrollt, als ich aus Versehen mein Handy von der Armlehne stieß und es zwischen Sitzkissen und Lehne fiel. Ich fingerte es wieder hervor und beschloss, die beiden verbliebenen Mitteilungen zu lesen, auch wenn sich alles in mir dagegen sträubte. Also atmete ich tief durch und entschied mich, zuerst James' Nachricht zu öffnen.

> Grace, ich wollte dich nur darüber informieren, dass wir bis Roses Rückkehr im neuen Jahr keine Putzfrau brauchen. Percy hat mich gebeten, dir ihren Dank für das Putzen ihrer Wohnung am Freitag auszurichten. Sie hat sich über das Ergebnis sehr gefreut und wird dir die Bezahlung zukommen lassen. James

Meine erste Reaktion war überwältigende Erleichterung darüber, dass er sich nicht in Beschuldigungen erging und dass Roses Job sicher war. Offenbar hatte James Percy nichts von dem erzählt, was sich zwischen uns abgespielt hatte. Andererseits überraschte mich das nicht. Es bestätigte leider nur, was für ein rücksichtsvoller, maßvoller und diskreter Mann er war. Die Erkenntnis, wie sehr meine Meinung von ihm von seiner Meinung über mich abwich, verstärkte meinen Kummer nur. Daher wurde die erste Erleichterung schnell von riesigem Bedauern abgelöst.

Ich löschte seine Mitteilung und öffnete Emilys.

> Grace! Wie geht es dir? Ich bin gerade zu einer vorweihnachtlichen Tour quer durchs Land aufgebrochen,

um einige Freunde wiederzusehen, aber ich wollte dir doch noch ein paar Zeilen zukommen lassen, weil ich dich diese Woche nicht sehen werde, wenn du zum Putzen kommst – und das bedeutet, dass wir uns erst im neuen Jahr wiedersehen :-(Ich weiß, dass Rose dann wiederkommt, und obwohl wir uns wirklich auf sie freuen, würden Percy und ich trotzdem gern mit dir in Kontakt bleiben. Hoffentlich findest du hin und wieder Zeit, mit uns eine Tasse Tee zu trinken. Ich bin mir sicher, dass James auch gern in Kontakt bleibt. Es stimmt schon, dass er schwer zu durchschauen ist, aber es gibt einfach einige Dinge, die ein Mann vor seiner Schwester nicht verbergen kann. Hoffentlich ist dir das jetzt nicht peinlich, aber du weißt ja, wie gerne ich Komplimente weitergebe, und irgendwo da drin versteckt sich auf jeden Fall eines ;-). Alles Liebe, Emily xx
Ooh! Und Percy fragt, ob du am Donnerstag vielleicht noch mal zum Putzen kommen und auf ein Tässchen bleiben kannst? Sie hat etwas für dich. Ich kann es kaum fassen, dass ich das beinahe vergessen hätte. Frohe Weihnachten!
E xx

Ich schaltete das Handy aus und legte es neben mein Glas auf den Couchtisch. Also hatte er es Emily ebenfalls nicht erzählt. Mein Ruf war bei allen noch vollkommen intakt – außer bei ihm.

Ich atmete tief durch und konzentrierte mich wieder auf meinen Laptop, entschlossen, nicht zu weinen, egal wie sehr mir danach war. Als ich den Tagebucheintrag vom neunten Dezember mit dem Titel «Was für ein Spaß auf der Beerdigung» noch einmal durchlas, musste ich traurig lächeln. Ich genoss die Erinnerung an die Fahrt und sah vor meinem inneren Auge, wie ich fröhlich neben James saß, erst auf Mauds Trauerfeier und dann später in seinem Auto vor meinem Haus. Und dann, als ich wusste, dass ich wieder in meine unangenehme Gegenwart zurückkehren musste, las ich ein letztes Mal die Worte: «Ich wollte so sehr den Abstand zwischen James und mir verringern», klickte dann auf das Dokument und zog es langsam, aber unaufhaltsam quer über den Bildschirm in den Papierkorb, zusammen mit der Hoffnung auf eine Beziehung mit James.

Kapitel 34

Wenn ich am Sonntagabend schon geglaubt hatte, unruhig und deprimiert zu sein, dann war Montagmorgen nichts dagegen. Mein Wecker weckte mich um 8:15 Uhr, wie jeden Montag in den letzten zehn Wochen. Damit hatte ich genug Zeit zum Duschen, Frühstück und die Fahrt nach Bennett Park, sodass ich um 9:30 Uhr dort anfangen konnte – mal ganz davon abgesehen, dass ich an diesem Morgen absolut keinen Termin hatte; niemand wartete auf mich, und ich hatte nichts zu tun. Ich fühlte mich komplett nutzlos.

Wie auf Autopilot ging ich ins Badezimmer und stellte die Dusche an, als mich die ganze Wucht meines Elends erst überwältigte. Ich setzte mich auf den Boden, ließ die Dusche laufen und den Raum mit Wasserdampf füllen. Was, zum Teufel, sollte ich in den nächsten neun Stunden und vierzig Minuten mit mir anfangen, bis ich endlich um sechs Uhr zu meinem Friseurtermin bei Gavin gehen konnte?

Die Erfahrungen der letzten Wochen hatten mir gezeigt, dass ich eine Beschäftigung finden musste, wenn ich nicht wieder in die Trägheit und den Zynismus fallen wollte, unter denen ich nach der Trennung von Aiden gelitten hatte. Zu Hause herumzusitzen und zu grübeln, war keine gute Lösung. Also verwarf ich auch die Möglichkeit, einen Spaziergang zu machen, weil man dabei zu viel nachdenken konnte, und beschloss, einen Weihnachtsbaum kaufen zu gehen, auch wenn mir überhaupt nicht festlich zumute war. Ich hatte das bereits vor einigen Tagen für den heutigen Nachmittag nach dem Putzen geplant. Aber da ich ja nun nicht putzen sollte, verlegte ich den Plan in den Vormittag, damit der nicht so deprimierend leer war.

Ich ging zu Fuß in den nächstgelegenen Gartenladen, um den Kauf ein wenig in die Länge zu ziehen. Dort angekommen bat ich den Eigentümer, dessen gerötete Wangen, Bart und breite Gestalt ihn wie einen Weihnachtsmann um die vierzig aussehen ließen, mir jeden einzelnen Baum zu erklären, und zwar unter besonderer Berücksichtigung von Höhe, Form und Nadelgefahr. Als ich allerdings ein gefährlich ungeduldiges Glitzern in seinen Augen entdeckte, weil ich ihn bat, einen vierten Baum von seiner Folie zu befreien, beschloss ich, dass ich die Sache nun nicht länger in die Länge ziehen konnte und mich entscheiden musste.

«Ähm …» Ich schaute mich um und tippte mir nachdenklich gegen die Unterlippe. «Ich glaube, ich nehme den da.» Ich deutete auf ein neunzig Zentimeter hohes Exemplar in einem rotglasierten Terrakotta-Topf, der mit einem großen Silberbogen geschmückt war.

Der Eigentümer biss die Zähne zusammen. «Dieser kommt also nicht in Frage», sagte er und zeigte auf den gerade ausgewickelten zwei Meter hohen Baum, der hinter ihm an der Wand lehnte.

«Ich würde ihn zu gern nehmen, aber ich bin zu Fuß gekommen, und wahrscheinlich ist er auch zu groß für mein Wohnzimmer.»

«Ein Meter zwanzig zu groß», stellte er fest.

«Ganz genau.»

«Und bevor ich ihn ausgewickelt habe, konnten Sie nicht erkennen, dass er ein Meter zwanzig zu groß war?»

Ich lächelte betreten.

«Oder bevor ich den da, den da und den da ausgewickelt habe?» Er zeigte auf die anderen großen Tannen, die vor dem Laden an einem Zaun lehnten.

«Entschuldigung», sagte ich leise und blinzelte, weil ich fürchtete, dass mir womöglich gleich die Tränen kamen.

Er sah mich prüfend an. «Ist schon in Ordnung. Zum Glück wickele ich ungeheuer gerne Weihnachtsbäume aus und wieder ein», seufzte er müde.

Ich fühlte mich sofort ein wenig besser. «Wirklich?»

«*Nein*», sagte er mit Nachdruck.

«Oh.» Der Weihnachtsbaumkauf schien diesmal eine ganz besonders emotionale Angelegenheit zu werden.

«Die *sehr kleine* Blautanne, die Sie sich da ausgesucht haben, macht dann ...», er fuhr mit dem Zeigefinger eine Preisliste herunter, «... fünfunddreißig Pfund, einschließlich Topf.» Ich nickte und reichte ihm meine Kreditkarte. «Sie ist schwerer, als Sie glauben, wegen des Topfes. Der ist voll mit Erde. Sie sollten sich also lieber eins meiner Transportwägelchen leihen und sie nach Hause schieben, sonst machen Sie sich noch den Rücken kaputt.»

«Danke sehr. Das ist so freundlich. Tut mir sehr leid, dass ich so viel von Ihrer Zeit in Anspruch genommen habe.» Mit seiner etwas rauen Zuvorkommenheit konnte ich mindestens ebenso schlecht umgehen wie mit seiner Ungeduld.

Er riss den Bon vom Kartenlesegerät ab und gab ihn mir. «Ist schon okay. Der Laden brummt ja nicht gerade, oder? Die meisten Familien haben ihren Baum schon letztes Wochenende gekauft.»

Das Wort «Familien» machte mir schmerzlich bewusst, wie einsam ich war. Ich sah erst meinen kleinwüchsigen Baum an, dann wieder den Weihnachtsmann. Er räusperte sich. «Also, dann wollen wir ihn mal auf den Wagen wuchten.» Er hob ihn grunzend an und ließ ihn schwer auf eine meterlange Holzplatte auf Rollen fallen. An der kurzen Seite der Platte war ein langer Metallstab zum Lenken befestigt. «Seien Sie nur vorsichtig mit den Bordsteinkanten. Und wenn Sie ihn eine Treppe hinauftragen, sollten Sie vorher jemanden zu Hilfe …» Er verstummte betreten. «Sie schaffen das schon allein, solange Sie sich Zeit lassen und beim Heben immer schön in die Knie gehen.»

Waren die Worte «mutterseelenallein auf der Welt» eigentlich auf meine Stirn tätowiert? Immerhin gab er sich alle Mühe, einigermaßen einfühlsam zu sein, obwohl es ihm deutlich nicht lag. Dann schob ich den Wagen eilig aus dem Laden, über den kleinen, eingezäunten Vorhof und auf den Ausgang zu. Weil der Wagen so lang war, dass ich nicht sehen konnte, ob die Luft rein war, schob ich ihn ganz vorsichtig auf den Bürgersteig, und als ich endlich ganz draußen war, sah ich, dass zwei mit Geschenken beladene Fußgänger und eine Frau mit einem Kinderwagen geduldig dastanden und auf mich warteten.

«Vielen Dank», sagte ich und konzentrierte mich darauf,

den Baum auf dem Wagen festzuhalten, während ich den Wagen wendete. «Ich bin gerade wohl eher ein Schwertransport.»

Die Passanten murmelten etwas Zustimmendes und gingen weiter. Nur die Frau mit dem Kinderwagen rührte sich nicht. Als ich den Wagen endlich richtig ausgerichtet hatte, sagte ich zu ihr: «Ich glaube, jetzt haben Sie genügend Platz, um an mir vorbeizukommen …» Wir sahen uns an, und ich verstummte.

Es gab einen Gott, das erkannte ich in diesem Augenblick. Und er hasste mich. Es reichte ihm nicht, dass ich bereits benommen auf dem Boden des Boxrings des Lebens lag; nein, er musste mir noch eben schnell in die Rippen treten.

Summer und ich starrten uns ein paar Sekunden an. Keine von uns beiden schaffte es, ihre Gesichtszüge zu etwas zu verziehen, was auch nur annähernd freudige Überraschung ausgedrückt hätte. Und gerade als ich glaubte, dass es schlimmer nicht kommen konnte, begriff ich, dass sie natürlich nicht alleine war. Das Verdeck des Kinderwagens, das in der Kälte hochgestellt war, verbarg ihr Kind – das Kind der *beiden* – vor mir.

Ich schaute Summer an und zuckte die Achseln. «Ich weiß nicht, was ich sagen soll. Und ich habe keine Kraft, mir etwas auszudenken.»

Sie nickte.

«Ich gehe jetzt dort entlang», kündigte ich an und deutete die Straße entlang. «Sehr langsam», fügte ich mit Blick auf mein Holzwägelchen hinzu.

«Danke», sagte sie mit zittriger Stimme.

«Wofür?» Plötzlich sah ich, dass sie weinte. Es waren stille Tränen, die ihr über das Gesicht rannen, ihr Make-up abwuschen und zwei blasse Narben nackter Haut hinterließen.

«Ach du meine Güte, weine doch nicht.» Ich ließ den Wagen stehen und trat eilig zu ihr. «Bitte nicht. Ich bin selbst schon so kurz vorm Weinen, das halte ich nicht aus.» Ich legte einen Arm um sie, sie lehnte ihren Kopf an meine Schulter und schluchzte laut und glucksend los. Passanten zwängten sich betreten an uns vorbei und taten so, als bemerkten sie die hysterische junge Mutter nicht, die eine Woche vor Weihnachten auf dem Bürgersteig offenbar einen Nervenzusammenbruch erlitt.

«Tut mir leid.» Sie hob den Kopf, griff in ihre Manteltasche und zog ein blaues Baumwolltaschentuch heraus, in das sie sich schnäuzte.

«Schon in Ordnung», sagte ich, nahm meinen Arm von ihrer Schulter und steckte die Hände in meine Manteltaschen. «Wie gesagt, ich habe heute auch nah am Wasser gebaut.»

Sie schaute mich an. «Nicht das Weinen tut mir leid. Sondern das, was ich getan habe. Die Sache mit Aiden. Und das …» Sie deutete auf den Kinderwagen.

Ich beugte mich neugierig vor. Warren schlief tief und fest, sein Gesicht war unter einer winzigen, blau-weiß gestreiften Mütze kaum sichtbar. Das kleine Mündchen formte soeben etwas wie ein kurzes Lächeln, bevor es sich wieder entspannte. Vermutlich lag es nur an seiner Verdauung, aber es war trotzdem wunderschön. Ich lächelte auf ihn herab.

«Du darfst dich nicht für ihn entschuldigen», sagte ich zu Summer.

So rot wie ihre erschöpften Augen waren, hatte sie ganz sicher nicht zum ersten Mal an diesem Tag geweint. «Ich liebe ihn», sagte sie.

Ich nickte, unsicher, ob sie Aiden oder Warren meinte, aber

eigentlich war es auch egal. Beides war mir recht, und um ehrlich zu sein, hoffte ich im Grunde, dass sie beide meinte.

«Gut», sagte ich und lächelte.

«Aiden hat mir erzählt, dass du ihn weggeschickt hast», sagte sie leise. «Vielen Dank dafür. Ich weiß, dass er nicht zu mir zurückkehren wollte.» Sie warf einen Blick in den Kinderwagen. «Zu uns», verbesserte sie sich.

Offenbar hatte Aiden ihr tatsächlich alles erzählt, wie er es angekündigt hatte. «Das ist bestimmt nicht wahr. Er war nur müde und verwirrt.»

Sie schüttelte traurig den Kopf. «Wie kannst du nur so nett sein? Ich wünschte, das wärst du nicht. Es erhöht dein Podest nur noch. Ich weiß, dass Aiden eigentlich nur dich will. Er hat dich immer gewollt. Er wollte mit der Beziehung zu mir nur erreichen, dass du ihn mehr wolltest als er dich. Er braucht das.» Sie hielt inne und sah zu mir hoch. «Wenn du ihn damals auch nur ein einziges Mal gebeten hättest, bei dir zu bleiben, dann wäre er nicht weggegangen. Ich weiß, dass er die ganze Zeit nur darauf gehofft hat. Aber du hast es nicht getan. Du warst einfach zu stark. Nur deshalb ist er bei mir geblieben. Ich war nun einmal da und ich wollte ihn mehr, als er mich wollte. Das war mein einziger Vorzug dir gegenüber.»

Ich starrte sie an und suchte nach der triumphierenden, jungen, super-selbstbewussten Schlampe, die mir den geliebten Mann gestohlen hatte. Stattdessen sah ich nur eine gebrochene Frau, die in einer kaputten Beziehung mit jemandem steckte, von dem ich nicht sicher war, ob er überhaupt jemals jemanden mehr lieben konnte als sich selbst. Ich erinnerte mich daran, wie sie in der Öffentlichkeit immer an ihm geklebt hatte. Ich hatte geglaubt, dass sie mir und allen anderen zeigen wollte, dass sie gewonnen und ich verloren hatte, dass er zu ihr und nicht zu mir gehörte. Jetzt begriff ich, dass sie ihn einfach verzweifelt hatte festhalten wollen.

Ich atmete tief durch. «Summer, ich will Aiden nicht, und er will mich nicht. Das liegt alles weit hinter uns. Du und er habt jetzt Warren und damit etwas sehr Wichtiges – Warren gehört nur euch und hat nichts mit mir oder irgendjemand anderem zu tun. Du solltest vor allem an Warren denken.» Ich schaute erneut in den Kinderwagen. «Er ist wirklich wunderschön. Bereue es nicht, ihn bekommen zu haben.»

Sie starrte den Kinderwagen regungslos an. «Wenn ich doch nur du wäre», flüsterte sie.

Um bei Verstand zu bleiben, nahm ich an, dass sie Warren meinte. Alle anderen Annahmen hätten einfach zu tragische Verwicklungen zur Folge, vergangene, gegenwärtige, zukünftige, mit denen ich in meiner gegenwärtigen deprimierenden Stimmung gar nicht gut umgehen könnte.

Ich seufzte und legte mir die Hand auf die Stirn. «Wo wolltest du gerade hin?»

Sie wandte den Blick nicht vom Kinderwagen. «Nirgends.»

«Das Gefühl kenne ich, aber sieh mal ...», ich warf einen verlorenen Blick auf mein Tannenbaumwägelchen, «... ich muss das hier irgendwie nach Hause kriegen und weiß nicht, ob ich das überhaupt in einem Anlauf schaffe. Wollen wir zusammen einen Kaffee bei Costa trinken? Ich könnte den Baum draußen stehen lassen.»

Sie hob den Kopf und runzelte die Stirn. «Aber wenn ihn jemand klaut?»

«Das wäre dann wohl eine klassische Win-Win-Situation», versetzte ich und zuckte die Achseln.

Sie lächelte mich erschöpft an. «Alles, was ich getan habe, tut mir so leid. Ich habe ein solches Durcheinander für uns alle angerichtet.»

Ein unangenehmer Kloß begann sich in meiner Kehle zu bilden. «Komm, wir reden einfach nicht mehr über die Vergangenheit», schlug ich vor.

Sie nickte nur, wischte sich die restlichen Tränen aus dem Gesicht und steckte das Taschentuch zurück in ihre Manteltasche. Und dann schoben Summer und ich den Kinderwagen und das Tannenbaumwägelchen zum Coffeeshop.

Kapitel 35

«Verdammter Mist», murmelte Gavin. «Und ich dachte, jetzt gäbe es nur noch Glühwein und Jingle Bells auf einem Fell vor dem Kamin.»

Wir hatten es uns auf dem kleinen weißen Ledersofa am Fenster seines ansonsten leeren Friseursalons bequem gemacht. Um uns herum blinkten weiße Lichterketten, vor uns standen zwei unberührte Gläser mit Prosecco auf dem niedrigen Couchtisch. Ich war ungefähr zwanzig Minuten vor meinem Termin bei ihm angekommen und hatte ihn erst einmal auf den neuesten Stand gebracht, was die Ereignisse der letzten paar Wochen und, noch wichtiger, der letzten zweiundsiebzig Stunden anging.

«Leider nicht. Kein Glühwein, kein Kaminfeuer.» Ich schüttelte traurig den Kopf.

«Gott, das ist eine solche Schande», sagte er und starrte ins Leere. «Er klang so nett. Netter Charakter, gutes Aussehen. Perfekt für jemanden, der ein bisschen hysterisch ist, so wie du.»

«Schönen Dank auch», erwiderte ich.

«Und? Hat Simone Guy umgebracht?»

Ich verdrehte die Augen. «Was denkst du denn?»

«Armer Kerl. Ich weiß gar nicht, wer mir mehr leidtut – er oder du.»

Ich sah ihn stirnrunzelnd an. «*Du* natürlich», sagte er hastig, beugte sich vor und reichte mir mein Proseccoglas. «Aber Neil wird sich so aufregen, weißt du. Er hat sich im Urlaub richtig schön entspannt, aber das hier wird ihn gleich wieder unter Stress setzen. Und dann noch der Jetlag …»

«Tja, tut mir wirklich leid, dass ich mit meinem tragischen Liebesleben wieder die Aufmerksamkeit auf *mich* ziehe, Gavin, aber ich fürchte, dass Neils Kummer nicht ganz in dieselbe Kategorie fällt wie meiner», sagte ich ein wenig gereizt.

Er trank einen großen Schluck Prosecco und wedelte mit der Hand in meine Richtung. «Ach, jetzt mach mal nicht so ein Theater. Er wird sich doch nur so aufregen, weil er dich so gern *mag*, du dumme Kuh. Das tun wir doch beide.» Er legte den Arm um meine Schulter.

«Tut mir leid. Ich habe das alles nur gerade so satt.»

«Das wundert mich nicht.» Er drückte mich. «Und dann auch noch an Weihnachten. Ich würde mich umbringen, wenn ich du wäre.»

«Das hilft», murmelte ich.

Er lachte. «Ich ziehe dich doch nur auf. Es ist ja nun nicht alles schlimm, nicht wahr? Immerhin bist du über Aiden wirklich hinweg. Und Summer klingt verdammt deprimiert. Jetzt sag nicht, dass das nicht ganz oben auf deiner Weihnachtswunschliste stand?»

Ich setzte mich auf und nahm einen Schluck Prosecco. «Letztes Jahr vielleicht. Jetzt tut sie mir nur noch leid. Hoffentlich kriegen sie ihre Beziehung wieder hin.»

«Ich war noch nie so stolz auf dich, und ich war wirklich schon sehr oft stolz auf dich.»

Ich lächelte ihn an. «Danke, Gavin.»

Wir stießen an. «Jedenfalls bin ich sicher, dass wir das alles wieder hinkriegen», sagte er.

Ich schüttelte den Kopf. «Wenn du ein wenig darüber nachdenkst, wirst du auch begreifen, dass man da nichts mehr machen kann. James glaubt wirklich das Schlimmste von mir, und ich will gar nicht erst versuchen, ihn vom Gegenteil zu überzeugen. So ist es jetzt nun mal. Aber mir geht's gut. Und mach dir keine Sorgen, ich werde euch mit meiner schlechten Laune schon nicht das Fest verderben. Ich freue mich richtig darauf», versicherte ich.

Er stellte sein Glas ab und klatschte in die Hände. «Ich mich auch. Neil macht den Hauptgang und ich die Vorspeisen und den Nachtisch. Da werden die Fetzen fliegen!»

Ich lachte. «Und was soll ich mitbringen?»

«Wie wäre es mit etwas zu trinken, Knabberzeug und Schoki? Aber lieber nichts Selbstgemachtes wie zum Beispiel diese selbstgemachten Trüffeldinger, die du zu Ostern gemacht hast.»

«Die haben wirklich lange gedauert, aber ich habe ja nichts anderes zu tun, also mache ich sie gerne. Ich fand sie gar nicht so toll, weißt du. War da vielleicht irgendetwas, was ich hineingetan habe, ein bisschen verdorben?»

«Glaubst du? Meine Tante Tina liebt dich heiß und innig, aber sie sagte, dass sie wie etwas schmeckten, das du aus dem Katzenklo gefischt hast.»

Ich lachte, und er zog mich an sich, küsste mich auf den

Scheitel und zauste mir das Haar. «Also, was machen wir jetzt mit diesem Wischmopp auf deinem Kopf?»

«Mir egal, was du damit machst. Wie wäre es mit einem Kurzhaarschnitt? Ein radikaler Schnitt, ein neuer Anfang.»

Er zog mich hinter sich her zum Waschbecken. «Nein. Ich bin für ein bisschen Spitzenschneiden und ein paar Strähnchen. Als du hereingekommen bist, dachte ich gleich: ‹Gott, die sieht wirklich sexy aus, und das ohne einen Hauch von Bellatrix.› Das möchte ich nicht kaputt machen, verstehst du?»

Kapitel 36

Obwohl ich am Montagnachmittag das Teetrinken bei Percy am Donnerstag zugesagt hatte, freute ich mich aus verschiedenen Gründen kein bisschen darauf.

Erstens vermutete ich, dass sie mich für meine Putzarbeiten in ihrem Haus bezahlen wollte, und ich wollte kein Geld dafür annehmen.

Zweitens fühlte ich mich noch immer ziemlich schlecht und war mir nicht sicher, ob ich das vor ihr würde verbergen können.

Und drittens, und das war der wichtigste Grund, wollte ich auf keinen Fall in die Nähe von Bennett Park kommen. Es lag nicht so sehr daran, dass ich Angst davor hatte, James über den Weg zu laufen. Es war mehr die grauenvolle Befürchtung, dass allein der Anblick seines Hauses den ohnehin schon zähen Prozess meiner seelischen Genesung um einiges zurückwerfen würde.

Aber dagegen stand die schlichte Tatsache, dass ich Percys Gefühle nicht verletzen wollte. Und eine Absage würde genau diese Wirkung haben. Außerdem hatte ich Dienstag und Mittwoch größtenteils allein verbracht, nachdem Gavin und ich uns am Montag getroffen haben, und es gab seitdem nur wenige kurze Nachrichten von ihm, Neil und Simone als Ablenkung.

Das hatte mich doch einigermaßen überrascht, denn bis dahin hatte mich Simone praktisch stündlich mit Mitteilungen bombardiert, um sich nach meinem Seelenzustand zu erkundigen. Aber ihre Check-ups hörten am späten Montagabend abrupt auf. Danach erhielt ich nur noch eine Nachricht, in der sie fragte, wo wir uns am nächsten Samstag zu unserem Weihnachts-Nichtlauf treffen wollten. Ein Teil von mir war ganz erleichtert, nicht mehr rund um die Uhr von ihr nach meinem Befinden befragt zu werden, aber als ihr Desinteresse am Dienstag und dann auch noch am Mittwoch anhielt, verspürte ich langsam eine Mischung aus Sorge, dass es ihr womöglich nicht gutging, und einem winzigen bisschen Schmerz darüber, dass ihre Sorge um mich so plötzlich nachgelassen hatte.

Mein Gefühl der Einsamkeit versuchte ich als lächerlich abzutun, als nicht gerade hilfreiche Selbstbezogenheit, aber da auch Neil plötzlich nichts mehr zum Thema James verlauten ließ und Gavin sich nach meinem Friseurtermin bei ihm nur ein einziges Mal gemeldet hatte, fiel mir das doch schwer. Wahrscheinlich wollten sie allesamt nur verhindern, dass ich zu viel grübelte, und hatten außerdem in der Woche vor Weihnachten zu viel zu tun. Und ich würde ja das kommende Wochenende bei Neil und Gavin verbringen. Sicher wollte Neil dann lieber selbst mit mir reden, statt das Thema per Kurznachrichten oder am Telefon zu besprechen. Und da ich ja auch Simone wie üblich am Samstag sehen würde, galt für sie dasselbe. Trotzdem kam mir die Stille ein wenig merkwürdig vor.

Im Laufe der Woche verlor angesichts der Einsamkeitsgefühle die Aussicht darauf, Bennett Park einen Besuch abzustatten, einiges von ihrem Schrecken. Ich hatte bereits drei Romane durchgelesen, vier Pralinenschachteln geleert und jeden Wasserhahn, jeden Tisch und jede Arbeitsfläche in meiner Wohnung beinahe zu Tode gescheuert. Ich hatte keinen Zweifel, dass mir der Besuch bei ihr guttun würde.

Nach der Uhr in meinem Auto war es Punkt zwei Uhr nachmittags, als ich meinen Mini in einer Seitenstraße von Bennett Park parkte. Der Blick durch die Windschutzscheibe in den strömenden Regen zeigte mir, dass ich die große Kapuze aufsetzen konnte. Sie sorgte nicht nur für einen willkommenen Tunnelblick, weil sie mich daran hinderte, den Blick schweifen zu lassen, sondern erlaubte es mir auch, die kurze Entfernung zu Percys Wohnung mit beinahe komplett verborgenem Gesicht zurückzulegen. Daher stand ich um 2:05 Uhr vor ihrer Haustür, inkognito und ohne auch nur den kleinsten Blick auf Nummer 3 geworfen zu haben.

Bevor ich klingeln konnte, sah ich Percy schon durch den Eingangsflur auf mich zueilen.

«Grace, meine Liebe!», rief sie, als sie die Tür geöffnet hatte, packte mich am Arm und zog mich herein. «Ich habe schon nach Ihnen Ausschau gehalten. Kommen Sie schnell raus aus diesem schlimmen Wetter. Oh, Sie sind ja nass bis auf die Haut!» Dann rief sie über ihre Schulter: «Sie ist ganz nass, das arme Ding!»

Ich schob meine Kapuze zurück und beugte mich zu ihr hinab, um sie zu umarmen. «Mir geht's gut, ehrlich», protestierte ich lächelnd und schaute ängstlich zur Wohnungstür. War Emily womöglich früher von ihrer Feiertagsreise zurückgekommen? «Wer ist denn sonst noch da, Percy?»

Sie legte erschrocken beide Hände auf den Mund und sah mich schelmisch an. «Oh, ich bin ein hoffnungsloser Fall, was?», sagte sie und rief in die Wohnung: «Du kannst jetzt rauskommen, meine Liebe! Ich habe die ganze Überraschung verdorben. Tattrige alte Tante, die ich bin.»

Sie half mir aus meinem Mantel, nahm mich bei der Hand und führte mich in ihre Wohnung. Ich schaute mich um, aber nirgendwo war jemand zu sehen. «Ich fürchte, die Arme kann mich nicht hören», murmelte sie, ging auf den kleinen Schrank unter der Treppe zu, in dem sie den Staubsauger aufbewahrte, und steckte den Kopf hinein. «Sie ist da!», verkündete sie fröhlich. Aus dem Schrank drangen gedämpfte Geräusche der Begeisterung, begleitet von Stöhnen und etwas Geklapper, weil der Staubsauger und ein paar Eimer von dem geheimnisvollen Gast in den Flur geschoben wurden. Und dann tauchte endlich auf allen vieren und ein wenig zerzaust, aber kichernd und eindeutig bei guter Gesundheit – Rose auf.

* * *

«Es war also alles ganz wunderbar», erzählte Rose, «aber es geht doch nichts über Bristol.»

«Selbst im Regen?», fragte ich nach. Percy stellte die zweite Tasse Tee vor mich hin.

«Selbst dann», antwortete sie lächelnd.

«Also, ich fühle mich ganz zerrissen», seufzte Percy, die sich neben mich aufs Sofa gesetzt hatte. «Ich freue mich so sehr, dich wiederzusehen, Rose, aber gleichzeitig bin ich ganz niedergeschmettert bei dem Gedanken, dass ich Grace jetzt vielleicht seltener zu sehen bekomme.»

Rose lächelte stolz. «Ich wusste doch, dass du sie lieben würdest, Percy. Genau wie ich.»

Ich blinzelte hastig, nicht zum ersten Mal an diesem Nachmittag überwältigt von der deutlich gezeigten Zuneigung der beiden Damen mir gegenüber.

«Vorsicht, ihr macht mich ganz weinerlich. Außerdem bin ich wild entschlossen, in Kontakt zu bleiben, Percy. Bevor ich heute Abend gehe, werden wir einen Termin ausmachen, wann Sie mich bei mir zu Hause zum Tee besuchen.»

Percy strahlte.

«Na also, hätten wir das auch geklärt», stellte Rose fröhlich fest.

«Ich weiß, dass Emily Sie auch gern wiedersehen würde», sagte Percy und tätschelte sanft mein Knie. «Und ich wage sogar zu behaupten, ein gewisser junger Mann, der nicht allzu weit von hier wohnt, würde sich über eine Einladung zum Tee *ebenfalls* freuen.»

Rose kicherte, und ich spürte, wie ich rot wurde.

«Oh, Percy, jetzt sind ihr unsere Scherze peinlich. Wir scherzen doch nur, Gracie, nicht wahr, Percy?», sagte Rose.

«Du meine Güte, ja, meine Liebe. Wir sind doch nur zwei alte Glucken, die sich auf eine kleine Romanze freuen. Ich weiß doch, dass ihr beide eine so wunderbare gemeinsame Zeit auf der Beerdigung hattet», sagte Percy.

«Beerdigung?», fragte Rose.

«Maud», erwiderte Percy.

Rose nickte traurig.

«James und Grace sind anstelle von Arthur und mir dorthin gefahren, weil wir zu krank waren. Und sie hatten wirklich eine ganz großartige Zeit. Besonders James hat es sehr genossen, weil er doch so vom Tod fasziniert ist, weißt du.»

Leichte Belustigung huschte über Roses Gesicht, aber sie fragte nicht nach. «Jetzt mal ganz ernsthaft, James ist doch wirklich ein wunderbarer Mann, oder, Grace?», sagte sie stattdessen.

Ich lächelte und starrte in meine Teetasse. «Das ist er», sagte ich so sachlich, wie ich konnte. «Aber wenn ihr beide auf eine Romanze wartet, dann fürchte ich, dass es keine geben wird. Ich glaube, ich bin überhaupt nicht sein Typ.»

Ich schaute auf und sah gerade noch, wie Percy etwas mit den Lippen formte, während Rose ganz ungewöhnlich ernst wirkte. Rose spürte, dass ich sie ansah, räusperte sich und beugte sich leicht zu mir.

Percy wirkte einen Moment lang verwirrt, drehte sich dann zu mir um und sagte: «Oh ja. Verstehe. Also, wer möchte einen Keks?»

Ich nickte, erleichtert, dass das Thema James jetzt beendet war. «Ich würde sehr gern einen Keks essen, danke», sagte ich und schickte ein paar stumme Gebete für meine Backenzähne gen Himmel.

«Ooh, ich auch! Ich habe deine Kekse wirklich vermisst, Percy.» Ich konnte nicht den Hauch von Furcht oder Ironie in Roses Blick erkennen.

«Und ich habe ein paar Weihnachtsknallbonbons für uns!», verkündete Percy.

Ich musste unwillkürlich lachen und war wieder ganz dankbar für die Wärme und Freundschaft, die mir diese beiden älteren Damen entgegenbrachten. «Ich liebe sie. Es knallt hier also in diesem Jahr das erste Mal für mich.»

«Tja, meine Liebe, ich bin mir absolut sicher, dass es nicht das letzte Mal sein wird», sagte Percy und gab mir einen Kuss auf die Stirn.

Kapitel 37

Wir einigten uns darauf, dass Roses Mann Tony sie und mich von Percy abholen sollte. Dank Percys Glühwein nach ihrem Spezialrezept war ich leider nicht mehr in der Lage, selbst zu fahren. Sie hatte mir angeboten, ein Schlückchen zu probieren, als ich gegen vier Uhr aufbrechen wollte. Also trank ich ein Gläschen und wollte dann nach Hause gehen. Ich hatte jedoch die Rechnung ohne Percys beeindruckendes Überzeugungstalent gemacht. So trank ich noch ein zweites Glas, bis ich merkte, dass darin gewaltige Mengen Brandy enthalten waren, eine Zutat, die sie vergessen hatte zu erwähnen und mit ebenso gewaltigen Mengen Zucker geschmacklich kaschiert hatte. Erst als das Zimmer sich leicht zu drehen begann, beschlich mich eine Ahnung, dass das Getränk mehr Alkohol enthielt, als Rose und ich angenommen hatten. Diese wurde bestätigt, als kurz darauf Rose mitten im Satz einschlief.

Ich wollte zu Fuß nach Hause gehen oder ein Taxi rufen, aber Rose, die wieder aufgewacht war, wollte davon nichts hören. Als gegen sieben Uhr Tony vor der Tür stand, zogen Rose und ich unsere Mäntel an und öffneten auf Drängen Percys einen letzten Knallbonbon.

«Frohe Weihnachten, Percy. Und vielen Dank für den schönen Nachmittag und Abend», sagte ich und beugte mich hinunter, um ihr einen Kuss zu geben und mir die goldene Weihnachtskrone aus dem Knallbonbon aufsetzen zu lassen. «Es hat mir gutgetan.»

Sie nahm mein Gesicht in die Hände. «Sie sind ein wunderbares Mädchen, Grace. Es ist mir eine Ehre, Sie zu kennen.»

Durch den Alkohol hatte ich mich nicht mehr so gut im Griff, daher fiel mein Lächeln ein wenig zittrig aus. «Das kann ich nur zurückgeben, Percy», sagte ich leise.

In dem Moment klingelte es an der Tür.

Rose seufzte. «Mein Tony kann manchmal so verdammt ungeduldig sein. Ich habe ihm doch gesagt, dass wir uns noch die Mäntel anziehen müssen.»

«Macht ihr in Ruhe eure Mäntel zu, ich gehe raus und sage ihm Bescheid.» Damit ging Percy mit vorsichtigen, leicht unsicheren Schritten zur Tür.

Ich zog mir die Stiefel an und zog den Reißverschluss meines Parkas zu. Erst ein erfreutes «Ah!» von Percy ließ mich aufschauen. «Oh du meine Güte, du bist es!»

Der Besucher, der vor der Tür stand, sagte: «Ja, in der Tat, ich bin's. Überrascht dich das? Hast du die Vorhangstange etwa schon repariert?»

Ich drehte mich erschrocken zu Rose um. «Das ist James, oder?»

Leicht beschwipst wandte sie den Blick von Percy zu mir. «Percy hat ihm heute Morgen eine Nachricht hinterlassen und gefragt, ob er nach der Arbeit vorbeikommen könne. Sie dachte, es wäre vielleicht nett, wenn ihr beide euch über den Weg laufen könntet. Wir haben es wohl beide völlig vergessen», flüsterte sie und legte mir die Hand auf die Schulter. «Ist das in Ordnung, Gracie?»

Percy lud James gerade zu einem Glas Glühwein ein. Er zögerte und sagte dann: «Naja, das wäre schön, aber wenn die Vorhangstange wieder hängt, würde ich gern nach Hause gehen. Ich bekomme noch Besuch.»

Ich atmete erleichtert aus.

«Besuch? Du kannst also gar nicht hereinkommen?», erwiderte Percy zutiefst enttäuscht.

Nach einer kurzen Pause sagte James: «Weißt du was, ich habe noch eine halbe Stunde, für ein Glas reicht das.»

Percy strahlte. James trat ein, und Percy sagte fröhlich: «Oh James, ja, Rose ist wieder da, und wir haben ein bisschen Glühwein mit Grace getrunken. Knallbonbons haben wir auch geöffnet. Sieht Grace in ihrem praktischen Anorak und mit der goldenen Krone nicht wunderschön aus?»

Sie hatte die Hände bewundernd unter dem Kinn gefaltet. Ich überlegte fieberhaft, welche Miene der Situation angemessen wäre. Aber da ich so etwas noch niemals erlebt hatte, hatte ich keinen Erfahrungsschatz, den ich plündern konnte, und so starrte ich James einfach nur ausdruckslos und ohne Blinzeln an. Es war, als schaute ich in einen Spiegel, bis sein Blick zu Rose glitt, er lächelte und mit ausgestreckten Armen zu ihr trat. «Willkommen zu Hause, Rose. Wir haben dich alle vermisst.»

Percy und Rose lachten, und ich war erleichtert, dass sie in ihrem Schwips nicht merkten, dass James mich vollkommen ignorierte und ich starr vor Schrecken war.

«Ich habe euch auch alle vermisst. Ich würde so gern bleiben und noch ein Gläschen mit euch trinken, aber ich habe wohl schon ein bisschen zu viel intus, und Tony steht draußen und wartet auf Grace und mich. Oh», machte sie plötzlich und legte erschrocken die Hand auf den Mund, «wo ist denn eigentlich meine Handtasche? Habe ich sie im Wohnzimmer gelassen?»

Percy sah sie nachdenklich an. «Ich glaube, ich habe sie in der Küche gesehen, meine Liebe. Ich schaue dort mal nach, während du im Wohnzimmer suchst. Und vielleicht im Badezimmer.» Damit verschwanden sie.

James sah ihnen hinterher. Ich schwieg; ich war ebenso um Worte wie um den richtigen Gesichtsausdruck verlegen. Stattdessen musterte ich das Gesicht des Mannes, von dem ich mir vor weniger als eine Woche noch erhofft hatte, er möge mich nach unserem Date zum Abschied küssen. Von weitem hörte ich Percys und Roses Unterhaltung und ihr Lachen auf ihrer Handtaschenjagd, und plötzlich tat es mir ungeheuer leid um alles, was hätte sein können. Und als ich es nicht länger ertragen konnte, wandte ich mich um und ging durch die Eingangshalle zur Tür. Nach kurzer Zeit hörte ich Schritte hinter mir und spürte eine Hand auf meinem Arm.

«Grace», sagte James leise.

Ich wandte mich um. «Was?»

«Sie werden sich fragen, wo du hingegangen bist. Sie werden sich Sorgen machen.» Es klang nicht wütend, aber es war auch nicht leichthin gesagt. Ich merkte, dass es ihn enorme Selbstbeherrschung kostete, nicht anders zu reagieren – als ob meine plötzliche Entscheidung zu gehen und die daraus folgende Notwendigkeit, darüber auch noch zu sprechen, nun wirklich eine Zumutung war. Und ich hatte das unbestimmte Gefühl, dass er mich, sollte es nötig sein, auch einfach zurück in die Wohnung zerren würde, um Rose und Percy Aufregung oder Sorge zu ersparen.

Er starrte mich an, wartete auf eine Antwort und zeigte nicht einmal den Anflug eines Lächelns. Und doch waren seine Absichten wie immer vollkommen, seine Motive über jeden Zweifel erhaben. Er liebte seine Familie und seine Freunde und kümmerte sich um sie, und für ihn war ich schlicht diejenige, die sich wieder einmal kein bisschen um die Gefühle anderer scherte.

«Stimmt.» Ich nickte und fühlte mich dabei am ganzen Körper wie taub. «Sag ihnen, dass ich Tony Bescheid sage, dass wir jetzt kommen. Er muss sich ja inzwischen fragen, wo wir bleiben. Ich warte dann im Auto auf Rose.»

Und dann, ohne seine Antwort abzuwarten, öffnete ich die Haustür und stieg die Stufen herab.

Kapitel 38

«Also ja, unser Urlaub war wirklich toll. Es ist nur schade, dass wir nicht jedes Jahr so eine Reise machen können. Ich meine, für mich ist es ja kein Problem – ich packe meinen Laptop ein und fahre los –, aber Gavin wird unruhig, wenn er seinen Salon zu lange allein lassen muss.» Neil schenkte uns Tee ein.

Ich griff nach meiner Tasse, lehnte mich zurück, schaute mich im Café um und bewunderte die Stechpalmen- und Efeuranken, mit denen die Balken geschmückt waren. Seit unserem etwas schwierigen Treffen Anfang Oktober waren wir nicht mehr hier gewesen. Jetzt war die Stimmung viel entspannter.

Neils Mitteilung, in der er mich einlud, mit ihm Tee zu trinken, war am Abend zuvor als unerwartete, aber sehr angenehme Überraschung gekommen; unerwartet, weil ich ihn am morgigen Heiligabend ohnehin sehen würde, und angenehm, weil sie mich davon abhielten, nach dem Zusammentreffen mit James bei Percy in ein tiefes, dunkles Loch zu fallen.

«Weiß Gavin eigentlich, dass du mit ihm über Silvester nach New York fährst?»

Neil sah ganz ungewohnt schelmisch drein. «Nein. Und er

hat auch keine Ahnung, dass ich ihm einen Heiratsantrag machen will.»

Ich legte die Hände auf den Mund und sprang auf. «Oh, das ist ja wohl das *Aller*schönste, was ich in ... naja, vielleicht in den letzten zehn Jahren gehört habe», lachte ich und drückte ihn ganz fest.

«Danke», sagte er ein wenig atemlos. «Hoffentlich sagt er ja.»

«Natürlich tut er das. Ihr beide könntet gar nicht besser zueinanderpassen. Ihr seid komplett unterschiedlich und ergänzt euch perfekt.»

Er lächelte und rückte seine Brille zurecht, die bei meiner Umarmung verrutscht war, sodass er aussah wie ein junger, makellos gekleideter zerstreuter Professor.

«Gavin und ich wünschen uns so sehr, dass du dasselbe Glück hast wie wir», sagte er. Ich musste lächeln, weil ich gerade dasselbe gedacht hatte.

«Wir lieben dich einfach sehr», fügte er sanft hinzu.

Ich drohte ihm mit dem Finger. «Jetzt werd bloß nicht so sentimental, Neil. Ich schaffe es gerade mal eben auszuhalten, wenn Gavin mir sagt, wie sehr er mich liebt, aber wenn du es tust, fange ich an zu weinen und kann dann nicht mehr aufhören.»

«Ich muss dir etwas sagen, Grace», sagte er und räusperte sich. Jetzt klang seine Stimme eindeutig beklommen. «Aber ich möchte, dass du weißt, dass Gavin und ich nur das Beste für dich wollen. Versprich mir, dass du das nicht vergisst.»

«Oh, jetzt machst du mir aber Angst», sagte ich. Würden die beiden mich von ihrem Weihnachtsfest ausladen? Oder wollte Neil mich nicht mehr als seine Klientin haben? Das waren beides ausgesprochen unangenehme Vorstellungen. «Also, schieß los. Was willst du mir sagen?»

Er atmete tief durch. «Also. Vor zwei Tagen, am Mittwoch, habe ich James Brooke in seinem Büro aufgesucht.» Er hielt inne. «Bis jetzt alles klar?»

«Du ...» Mehr brachte ich nicht heraus.

«Ganz genau. Als Gavin mir erzählt hat, was passiert ist, bin ich zu James gegangen, um ihm zu sagen, wie ehrlich und einfühlsam du bist, und dass du niemals auch nur im Traum daran denken würdest, wahre Begebenheiten und echte Personen in deinen Romanen zu verarbeiten. Und dann habe ich die Gelegenheit ergriffen, ihm zu erklären, dass deine fiktionalen Charaktere und Situationen eher dazu neigen ...»

«Unrealistisch zu sein?», schlug ich fassungslos vor.

«Ich habe es allerdings mit der Umschreibung ‹außerhalb des alltäglichen Erfahrungsbereiches der meisten Menschen› versucht.»

«Ich kann einfach nicht glauben, dass du das getan hast, Neil.»

«Meinst du das im guten oder im schlechten Sinn?», fragte er.

«Es passt überhaupt nicht zu dir.»

«Im guten oder im schlechten Sinn?», wiederholte er.

«Im guten Sinn», murmelte ich abwesend.

«Gott sei Dank», sagte er sichtlich entspannter und griff nach seiner Tasse. «Ich war mir wirklich nicht sicher, was du dazu sagen würdest.»

«Ich meine, wenn du gesagt hättest, dass *Gavin* zu ihm gegangen ist, um ihm das zu sagen, wäre ich sicher nicht dermaßen überrascht gewesen – überrascht natürlich schon, sehr, *sehr* überrascht. Aber *du…*»

Neil erstarrte mitten in der Bewegung, seine Hand schwebte jetzt ein paar Zentimeter über seiner Teetasse. «Naja, da wir gerade von Gavin reden …» Er setzte seine Brille wieder ab, schloss dann die Augen und kniff mit Daumen und Zeigefinger seine Nasenwurzel. «… das ist die andere Sache, die ich dir erzählen muss.»

Ich wappnete mich innerlich. «Was? Was hat er getan?»

Neil seufzte. «Er ist zu James Brooke gegangen.»

Ich blinzelte mehrmals in rascher Folge. «Aber ich dachte, *du* wärst zu James gegangen.»

«Bin ich auch.»

«Gavin ist mit dir zusammen gegangen?»

Neil schüttelte den Kopf. «Ich fürchte nicht.»

«Er ist *einzeln* zu ihm gegangen?»

«Ja.»

«Unabhängig von dir? Allein?»

«Ja. Er ist gestern zu ihm gegangen.»

«Um James exakt dasselbe zu erzählen, was du ihm schon am Tag zuvor gesagt hattest?»

«Naja, es könnte sein, dass er es etwas … emotionaler ausgedrückt hat.»

«Wie emotional?»

«Offenbar hat er ganz schön geweint dabei.»

«Oh Gott.» Ich stützte den Kopf in die Hände.

«Es tut mir leid, Grace», sagte Neil mit hängenden Schultern. «Wir wollten natürlich nicht beide gehen. Aber ich habe Gavin nichts davon erzählt, weil er es mir womöglich ausgeredet hätte. Und er hat es mir nicht erzählt … naja, aus haargenau denselben Gründen. Gestern Abend ist alles ans Licht gekommen, als ich nach Hause kam und Gavin in seinen Lieblingsteddy geheult hat.»

Ich starrte an die Decke. «Naja, es ist ja auch egal, oder?», sagte ich schließlich, schniefte und griff nach meiner Serviette. «Es ist ja nicht so, als hättet ihr alles noch schlimmer gemacht. Und immerhin fühle ich mich jetzt ganz außerordentlich geliebt von euch.» Ich tupfte mir die Tränen ab. «Du Dreckskerl.»

Er lachte sanft.

«Im Ernst jetzt. Ich bin euch beiden wirklich dankbar.»

«Soll ich dir sagen, was er gesagt hat?», fragte er.

«Von mir aus, aber ich glaube, das weiß ich schon. Ich habe ihn gestern Abend kurz bei Percy getroffen. Zu sagen, die Stimmung wäre nicht so gut gewesen, ist die Untertreibung des Jahrhunderts.»

Neil schüttelte den Kopf. «Es ist zwar kein Happy End, Grace, aber er denkt nicht schlecht von dir.»

Ich runzelte die Brauen. «Das kann ich kaum glauben.»

Neil beugte sich vor und nahm meine Hand. «Er hat uns beiden so ziemlich dasselbe gesagt. Er sagte, dass er glaube, dass du nicht die Absicht hattest, deine Erfahrungen in einem Buch zu verarbeiten …»

«Weil er weiß, dass ich weiß, dass er mich bis dorthinaus verklagen würde, wenn ich das versuche.»

«So war es überhaupt nicht. Er war sehr liebenswürdig. Keine Spur von Drohungen – und er war außerdem so nett, Gavin nicht zu sagen, dass ich schon am Tag zuvor bei ihm gewesen war.»

«Aber wenn er wirklich glaubt, dass ich keine bösen Absichten habe, warum hat er *mir* das dann nicht gesagt? Warum hat er mich letzte Nacht angesehen, als wäre ich der letzte Mensch auf der Welt, dem er nachts auf der Straße begegnen wollte? Da war doch noch etwas, stimmt's? Sag's mir.»

«Es war wirklich nur ein kurzer Besuch. Er hat weder mir noch Gavin sein Herz ausgeschüttet. Er hat nur noch gesagt, obwohl er Hochachtung vor dir hat ...»

«Hochachtung?», schnaubte ich. «Wer benutzt dieses Wort im einundzwanzigsten Jahrhundert überhaupt noch? Abgesehen von Politikern – oder Rechtsanwälten, nehme ich an.»

«Obwohl er also Hochachtung vor dir hat, habe es da persönliche Umstände gegeben, aus denen eine Fortsetzung der Beziehung nicht möglich sei», wiederholte Neil ruhig.

«Was? Und hast du auch gefragt, was das für Umstände sind?»

«Natürlich nicht. Es war überdeutlich, dass er nicht darüber sprechen wollte», antwortete Neil.

«Aber ich nehme an, Gavin hat ihn danach gefragt?»

Neil seufzte. «Natürlich.»

«Und?»

«Er hat gesagt, diese persönlichen Umstände seien untrennbar mit dem Privatleben anderer verbunden, daher könne er nicht darüber sprechen.»

«Kurzum: Er hat eine Jüngere gefunden.»

«Jetzt hör mal auf», sagte Neil plötzlich ganz streng. «Du hast verdammt viel von deinem Zynismus abgelegt, seit wir uns zum letzten Mal in diesem Café getroffen haben, und ich will nicht, dass du in diese lächerliche Bitterkeit und Freudlosigkeit zurückfällst. Gavin will das auch nicht. Reiß dich also zusammen. Nicht jeder Mann auf dieser Welt ist ein Dreckskerl, Grace, und ich würde eine Menge Geld darauf verwetten, dass James Brooke keiner ist. Ich weiß nicht, was da los ist, aber was ich weiß, ist, dass es immer noch die Möglichkeit gibt, dass ihr beide Freunde werdet. Selbst wenn keiner von euch beiden das jetzt glauben kann.» Er griff erneut nach seiner Teetasse und hob sie mit leicht zitternder Hand. Zwei verräterische rote Flecken erschienen auf seinen Wangen.

Ich ließ beschämt den Kopf hängen. «Tut mir leid, Neil. Die Sache ist die, dass ich genau weiß, wie wunderbar und ehrenwert er ist. Deshalb fühle ich mich ja so schlecht. Außerdem ist das alles ganz allein meine Schuld. Aber vielen Dank, dass ihr versucht habt, die Sache geradezubiegen.»

«Gavin und ich sind überzeugt, dass alles wieder gut wird», sagte er leise, während er die Tasse mit einem leichten Klirren auf der Untertasse absetzte.

«Wahrscheinlich weint Gavin deshalb die ganze Zeit», versetzte ich.

Er verdrehte die Augen. «Hör mal, bleibe einfach so fröhlich, wie du schon warst, bevor der ganze Mist passiert ist, und schreib mir endlich ein Buch, um Himmels willen. Das ist das Allerwichtigste überhaupt.»

«Wenn ich hin und wieder zu euch zum Putzen kommen darf, haben wir einen Deal.»

Er dachte kurz nach. «Ein bisschen abartig, aber von mir aus.» Dann lächelte er sein perfektes Lächeln, setzte sich die Brille wieder auf und griff nach der Speisekarte. «Wollen wir das Arrangement mit Kuchen besiegeln?»

Kapitel 39

«Unglaublich, dass wir *tatsächlich* Sport machen», keuchte ich. Simone und ich joggten mit nahezu negativer Geschwindigkeit die wunderschön mit Raureif überzogene, aber bitterkalte Ladies Mile zum Café hoch.

Sie wedelte mit der Hand und schüttelte den Kopf, um mir klarzumachen, dass sie nicht sprechen konnte. Einen Moment später tippte sie mich an, hielt sich die Seite und beugte sich vornüber. «Seitenstiche», formte sie mit den Lippen.

Ich nickte, blieb neben ihr stehen und legte ihr besorgt die Hand auf den Rücken. «Ich glaube, das haben wir richtig gut gemacht», stieß ich hervor, wobei ich mich bemühte, in den kurzen Abständen zwischen meinen keuchenden Atemzügen so viele Wörter wie möglich auszustoßen. «Und wir mussten es tun … von sechs Uhr … an heute Abend tue ich achtundvierzig Stunden lang nichts anderes … als zu essen, zu trinken … und Musicals zu gucken … und Schiffeversenken zu spielen …»

An dieser Stelle stöhnte oder wieherte Simone, das konnte ich nicht so genau sagen.

«Genau. Gavin liebt Schiffeversenken. Merkwürdig, ich weiß.»

Sie atmete tief und geräuschvoll durch die Nase und richtete sich auf, um dann langsam durch den Mund auszuatmen. «Ich bin schlimmer als unfit», stellte sie fest, die Hände auf die Hüften gelegt. «Richtiggehend peinlich.»

«Wir sind nicht mehr weit vom Café entfernt. Wollen wir den Rest gehen?»

Sie nickte und hakte sich bei mir ein. «Ich muss das Laufen im neuen Jahr etwas ernsthafter angehen. Ich habe doch tatsächlich zugenommen, weißt du», sagte sie.

«Hast du nicht», widersprach ich.

«Doch», beharrte sie. «Zwei Kilo, seit wir mit dem Laufen angefangen haben. Das liegt an diesen Plunderteilchen. Und warum siehst du so schlank aus? Das will ich auch.»

Ich zuckte die Achseln. «Wahrscheinlich liegt's am Putzen. Ich werde sicher ordentlich zulegen, jetzt, wo das vorbei ist, du wirst schon sehen.»

Sie schwieg und drückte liebevoll meinen Arm.

«Mir geht es gut», sagte ich.

«Du freust dich auf Weihnachten mit Gavin und Neil, oder?», fragte sie und lehnte kurz ihren Kopf gegen meine Schulter. «Wann, sagtest du, gehst du dorthin?»

«Gegen sechs, und ja, ich freue mich wirklich darauf. Aber mit euch hätte ich auch gern gefeiert, wenn Gavin mich nicht vorher gefragt hätte. Dieses Jahr hatte ich die freie Auswahl. Ich habe wirklich Glück.»

«Na, du hast vor allem Glück, dass du nicht zu uns kommen musst», sagte sie bitter.

«Warum? Du bist doch wohl nicht noch immer sauer auf Guy, oder?» Ich runzelte missbilligend die Stirn.

«Ach nein, ich habe ihm vergeben. Oder so ähnlich. Irgendwann.»

«Aber wenn Guy nicht das Problem ist, was dann? Seine Mum kommt auch, oder? Und ich kann mich erinnern, dass sie ganz lustig ist. Abgesehen vom Katheter», fügte ich hinzu.

«Mein Bruder kommt», sagte Simone.

«Aber Matt ist doch auch sehr lustig. Oder hast du Angst, dass er Katheter-Witze reißt?»

«Zuzutrauen wäre es ihm. Aber das wirkliche Problem ist seine neue Freundin.»

«Noch so eine Politaktivistin?», fragte ich und erinnerte mich an die traurige Geschichte von dem Familientreffen, das ruiniert war, nachdem Guy gesagt hatte, dass er Margaret Thatchers Augen irgendwie «freundlich» fand. Matts damalige Freundin war tödlich beleidigt gewesen.

«Schlimmer», sagte Simone. «Sie ist Veganerin.»

«Nein! Sogar an Weihnachten?», rief ich entsetzt aus.

Sie nickte feierlich. «Sogar an Weihnachten.»

«Das ist ja furchtbar unhöflich.»

«Hab ich auch gesagt.»

«Jetzt tut es mir nicht mehr leid, dass ich nicht komme.»

«Das kann ich dir nicht verdenken. Vielleicht schleiche ich mich später raus und komme bei Neil und Gavin vorbei.»

Ich lachte. «Oh, da würden die beiden sich aber freuen.» Ich blieb ruckartig stehen. «Aber ich habe dir ja noch gar nicht die erschreckenden Neuigkeiten über Neil erzählt.»

Sie riss die Augen auf. «Er ist *doch* hetero, oder? Ich *wusste* es!»

«Ich tu jetzt mal so, als ob du das nicht gesagt hättest, und erzähle dir die *wirklich* erschreckenden Neuigkeiten.»

«Oh. Okay», sagte sie enttäuscht.

«Er hat etwas vollkommen Verwegenes und ganz und gar Untypisches getan.» Ich lächelte sie neckisch an. «Er ist zu James gegangen und hat sich für meinen Charakter verbürgt.»

Ihre Kinnlade klappte herunter. Und als sie sich nach einigen Augenblicken nicht weiter gerührt hatte, sagte ich: «Ist schon in Ordnung. Am Anfang war ich auch geschockt, aber dann fand ich es nicht so schlimm. Es war immerhin lieb von ihm.»

Sie nickte schweigend und schloss den Mund wieder.

«Das Einzige, was ein bisschen schwierig ist, ist die Tatsache, dass *Gavin* ebenfalls zu ihm gegangen ist, am Tag darauf. Ganz auf eigene Faust. Keiner wusste es vom anderen.»

Simones Mund öffnete sich erneut.

«Ich weiß», sagte ich traurig. «Das ist ein bisschen peinlich, nicht wahr? Hinterher fiel mir ein, dass James vielleicht gedacht hat, dass ich sie geschickt hätte – oder zumindest *sehr* vielen Leuten erzählt habe, was passiert ist. Er ist ein Mensch, der großen Wert auf seine Privatsphäre legt, und das verbessert seine Meinung über mich ganz bestimmt nicht. Aber jetzt ist es ja auch egal. Da muss ich mir darüber auch keine Gedanken machen.»

Ich sah Simone fragend an und wartete auf eine Reaktion. Als immer noch keine kam, begann ich, mir Sorgen zu machen, und stupste sie an. «Alles in Ordnung mit dir? Du darfst gern darüber lachen, weißt du.»

Endlich schüttelte sie den Kopf und verbarg ihr Gesicht in den Händen. «Oh, Grace.»

«Was?», lachte ich unsicher. «Jetzt sei nicht albern. Ich habe dir doch gesagt, dass es für mich in Ordnung ist, Sim.»

Sie schaute auf, und aus ihrem Gesicht war alle Farbe gewichen. So grau hatte ich sie nicht mehr gesehen, seit sie vor anderthalb Jahren die Grippe gehabt hatte. «Ich bin auch zu James gegangen. Ich habe die ganze Zeit nur auf eine Gelegenheit gewartet, es dir zu sagen», flüsterte sie.

Ich starrte sie an. «Einen Augenblick lang dachte ich, du hättest gesagt, dass du auch zu James gegangen bist.»

Sie biss sich auf die Unterlippe. «Das habe ich auch gesagt», sagte sie tonlos.

Ich schloss die Augen und ließ den Kopf sinken.

«Und dann …», fuhr sie fort.

«Oh mein Gott, da kommt noch mehr», murmelte ich.

«Und dann hat Guy …»

Ich hob abrupt den Kopf. «Bitte sag jetzt nicht, dass Guy auch zu James gegangen ist. Bitte nicht. Wenn das wirklich so war, will ich es gar nicht wissen. Oder doch: Hat er?»

Sie hatte Tränen in den Augen, ihr Mund zitterte. «Nein.» Sie schüttelte kaum merklich den Kopf.

Ich legte die Hand auf die Stirn und seufzte tief. «Gott sei Dank.»

«Er hat mit ihm geskypt», sagte sie leise.

Ich nickte langsam und resigniert. «*Natürlich* hat er das getan. Und ich bin mir ganz sicher, dass James es toll fand, einmal auf ganz andere Weise kontaktiert zu werden.»

Simone streichelte mir den Oberarm. «Es tut mir so leid, Grace. Wir wollten doch nur helfen. Ich habe James Montagnachmittag gesehen, und dann hat Guy am Dienstagmorgen mit ihm geskypt, nachdem er sich bei seiner Sekretärin einen Termin hat geben lassen. Er hat es gemacht, weil es mir so schlecht ging und ich dachte, ich hätte am Montag vielleicht alles falsch gemacht, und auch, weil er denkt, dass alles seine Schuld war. Er wollte James nur erklären, dass er nicht mehr auf dem neuesten Stand war, und ihm sagen, was für ein wunderbarer Mensch du bist. Du weißt doch, wie er ist.» Sie ließ die Arme hängen. «Es tut mir so leid», wiederholte sie. «Ich kann mir vorstellen, wie peinlich das für dich sein muss.»

«Nein, nein, *mir* tut es leid. Dass ich so undankbar war.» Ich trat auf sie zu und umarmte sie. «Das war wirklich wunderbar, was Guy und du da für mich getan habt. Und ihr wart deutlich schneller als Neil und Gavin. Das werde ich denen mal unter die Nase reiben.»

An meiner Schulter schniefte und kicherte es. «Soll ich dir denn etwas von meiner Unterhaltung mit ihm erzählen?», fragte sie dann.

«Nicht, wenn es darin um persönliche Umstände geht, die eine Beziehung mit mir unmöglich machen.»

Sie nickte traurig.

«Hab ich alles schon gehört, weißt du.» Ich lächelte kläglich.

Sie zog ein Taschentuch aus ihrem Ärmel und schnäuzte sich. «Ein Plunderteilchen?», fragte sie.

«Absolut», antwortete ich. «Und beim Plunderessen kannst du mich mit Geschichten über deine vegane Weihnachtsfeier aufheitern.»

Kapitel 40

«B6», sagte ich.

«Mogelst du?», fragte Gavin, betrachtete mich misstrauisch und griff nach einem Stecker.

«Nein, natürlich nicht. Wie sollte ich mogeln können, ohne Röntgenblick?»

«Weiß ich nicht, aber du hast heute noch nicht ein Mal danebengelegen. Und das ist doch ziemlich unmöglich.»

«Naja, unmöglich seid Neil und du auch, und doch sitzen wir hier alle zusammen», versetzte ich heiter. «Ist das Leben nicht merkwürdig?»

«Es reicht!», rief Neil und kam mit einem Tablett mit drei Gläsern wieder ins Wohnzimmer. «Wir machen jetzt eine Baileys-Pause, bevor ihr handgreiflich werdet.»

«Baileys», sagte ich begeistert, stand auf und ging zum Sofa.

Neil stellte die Gläser auf den Couchtisch vor dem Feuer und setzte sich in den cremefarbenen Sessel daneben. «Ich lege ein bisschen feierliche Musik auf», sagte er und drückte einen Knopf an der Anlage, die in einem Regal neben ihm stand.

«Und ich setze mich neben dich, Grace», sagte Gavin etwas barsch.

«Um sicherzugehen, dass ich mir nicht das Fernglas schnappe und auf dein Schiffeversenken-Feld gucke?», fragte ich.

«Botschaft ist angekommen, Süße.» Er ließ sich neben mir in die Polster fallen.

Ich lachte, beugte mich vor, nahm zwei Baileys-Gläser und gab ihm eins. «Vielen Dank, dass ihr mit mir zusammen Weihnachten feiert», sagte ich, knuffte ihn spielerisch in die Seite und lächelte Neil zu.

Gavin küsste mich auf den Scheitel, und Neil hob sein Glas. «Und danke dir für unsere Weihnachtspyjamas. Sie sind toll.» Er schaute bewundernd an seinem dunkelblauen, seidigen Baumwollpyjama herunter, den ich ihm geschenkt hatte und den er bereits trug, obwohl es noch nicht ganz halb neun war. «Ich fühle mich wie Cary Grant in ‹Indiskret›», sagte er.

«Genau daran musste ich denken, als ich ihn gekauft habe!», rief ich glücklich aus.

«Äh, und was genau ist dir durch den Kopf gegangen, als du meinen gekauft hast?», fragte Gavin und zupfte an seinem hautengen Jersey-Pyjamamodell, das mit kleinen Fregatten der Königlichen Marine übersät war. «Vermutlich Medikamente, die man nur auf Rezept bekommt?»

Ich boxte ihn gegen den Arm. «Hast du überhaupt eine Ahnung, wie schwierig es ist, Pyjamas mit Schlachtschiffen darauf in Erwachsenengrößen zu bekommen?»

Er riss gespielt überrascht die Augen auf. «Wirklich? Gibt es dafür etwa keine Nachfrage?»

Er fiel in mein Lachen ein. «Ich finde ihn toll. Besonders das elastische Bündchen am Fußgelenk. Es ist bestimmt schon gut dreißig Jahre her, seit ich einen Schlafanzug mit Bündchen hatte. Erinnert mich an Bonanza und Debbie Gibson. Aber jetzt sag doch mal, was es *damit* auf sich hat», sagte er und zeigte auf meinen cremefarbenen Einteiler mit Öhrchen an der Kapuze und flauschigen schwarzen Hufen an den Füßen. «Den finde ich auch toll. Vielleicht klaue ich ihn dir, bevor das Fest vorbei ist.»

«Naja, meine Mum hat mir immer Weihnachtsschlafanzüge geschenkt, als ich noch klein war. Und als sie starb, hat ihre Schwester, meine Tante Barbara, die Tradition weitergeführt. Sie schenkt mir immer noch einen zu Weihnachten. Normalerweise treffe ich sie und meine Cousins um Weihnachten herum, aber diesmal hat sie ihn per Post geschickt. Dieses Modell hier ist viel wilder als das, was sie normalerweise kauft. Vielleicht hat einer meiner Cousins es für sie ausgesucht.»

«Eine schöne Tradition. Vielleicht sollten wir sie auch bei uns einführen, Gavin», schlug Neil vor.

«Finde ich auch», sagte Gavin und drückte mich erneut.

«Ihr habt hier alles so festlich dekoriert», sagte ich und trank zufrieden von meinem Baileys. Überall standen Kerzen, der Kamin und die Regale waren mit Weihnachtsgirlanden dekoriert. Aber das Glanzstück im Zimmer war der perfekt geschmückte, über zwei Meter hohe Weihnachtsbaum, der im vorderen Erker ihres makellosen und doch ausgesprochen gemütlichen edwardianischen Hauses stand. «Dieses Zimmer könnte auch aufs Cover von ‹Homes and Gardens›.»

«Das war alles Neil.» Gavin strahlte stolz. «Er weiß wirklich, wie man Weihnachten feiert.»

Neil lächelte befangen und wollte gerade etwas erwidern, als es an der Tür klingelte. «Das sind sicher die Weihnachtssänger.» Er sprang auf. «Ich hole mal die Pasteten aus dem Ofen. Wollt ihr mitkommen und zuhören?»

«Äh, nein, schon in Ordnung, danke. Hier am Feuer ist es warm, und wir hören sie ja trotzdem, nicht wahr, Grace?», sagte er, wandte sich mir zu und verdrehte die Augen, als Neil das Zimmer verließ. «Nach außen hin wirkt er immer so kühl und gefasst, aber in Wirklichkeit ist er ein richtiger Softie. Diese Weihnachtssänger kommen von der St.-Peter-Kirche. Sie sammeln für wohltätige Zwecke und wissen genau, dass Neil immer etwas spendet. Er schmeißt ihnen die Zehnpfundnoten hinterher, als ob sie bald aus der Mode kämen. Und verpflegen tut er sie auch. Sie kommen jeden Heiligabend vorbei – deshalb geht er auch nicht aus. Er findet sie großartig, und sie singen immer ein spezielles Medley für ihn.»

«Ach, das ist doch sehr süß», sagte ich und kuschelte mich noch tiefer ins Sofa.

«Sie sind grauenhaft. Kennst du den Teil in ‹Harry Potter und der Feuerkelch›, wo Harry das goldene Ei öffnet, und die Ohren der Leute fangen an zu bluten?»

Ich nickte.

«Genauso klingen die. Das reinste Gekreisch. Sie haben letztes Jahr ‹Mary's Boy Child› von Boney M. ‹gesungen›, und nicht einmal das Tamburin war im Takt. Ich will nicht an die Tür gehen, weil ich meine Gesichtszüge einfach nicht unter Kontrolle habe. Neil hat letztes Jahr gesagt, dass ich aussah, als litte ich unter Verstopfung.»

Ich lachte. «Oh, jetzt will ich sie aber unbedingt hören», sagte ich, beugte mich vor und lauschte. «Ich höre ja gar nichts. Werde ich langsam taub?»

Gavin runzelte die Stirn und schaute über die Schulter zur Wohnzimmertür. «Nein, ich höre auch nichts. Wahrscheinlich haben sie ihre Pastetchen noch nicht aufgegessen.»

In diesem Moment kam Neil zurück.

«Das waren gar nicht die Weihnachtssänger, oder?», fragte Gavin und guckte extra traurig. Dann setzte er hinzu: «Was ist los? Du siehst so ...»

Und in diesem Moment trat James ein.

Sofort überkamen mich dieselbe Unsicherheit, die Lähmung und die schiere Angst, die ich vor achtundvierzig Stunden gespürt hatte, als er zu Percy gekommen war. Er dagegen war diesmal weit besser vorbereitet. «Hallo und frohe Weihnachten, Grace. Und Gavin», fügte er mit Blick auf ihn hinzu.

Ich starrte ihn an, während Gavin mich anstarrte.

«Gavin, James ist gekommen, um mit Grace zu reden», sagte Neil.

Gavin legte beide Hände auf den Mund, um mich dann sehr fest zu drücken.

«Gavin», sagte Neil leise.

«Sorry, ja.» Gavin ließ mich wieder los, ging um das Sofa herum und streckte James feierlich die Hand hin. «Frohe Weihnachten, James, und darf ich nur sagen, dass ...»

«Später vielleicht, Gavin», sagte Neil. «Hilf mir doch ein bisschen in der Küche. Die Weihnachtssänger sind bestimmt bald hier. James hat gesagt, dass er sie schon in der Straße gesehen hat.» Er schloss die Tür hinter ihnen.

James' Lächeln war zwar noch vorhanden, aber doch ein wenig schwächer geworden. In dem verzweifelten Versuch, das auf uns lastende Schweigen zu brechen, sagte ich: «Das hier ist mein neuer Pyjama-Einteiler. Er ist von Tante Barbara, aber ich glaube, dass einer meiner Cousins ihn ausgesucht hat.»

In meinem Kopf fragte eine kleine innere Stimme, die genau wie Neil klang, warum ich eigentlich in den unmöglichsten Situationen immer solchen Mist reden musste.

James warf einen Blick zur Tür. Ich merkte, dass die Stimme überhaupt nicht in meinem Kopf gewesen war, sondern tatsächlich zu Neil gehörte, der mit Gavin sprach. Gavin murmelte etwas von «Tourette-Syndrom», dann hörte man ihre Schritte, die sich in Richtung Küche entfernten.

James wandte sich wieder an mich. Offenbar hatte ihn die kleine Unterhaltung vor der Tür überhaupt nicht beeindruckt. «Darf ich mich setzen?»

Ich nickte. Er setzte sich aufs Sofa, allerdings so weit wie möglich von mir entfernt.

«Ich hatte diese Woche eine Menge Besucher», sagte er dann und starrte dabei geradeaus, als spräche er mit dem Kamin.

Ich nickte erneut und betrachtete ebenfalls das Feuer.

«Alle haben mir gesagt, was du für ein wunderbarer Mensch bist: Simone, Guy, Neil, Gavin, Rose, Percy – jeder.»

Ich drehte mich zu ihm um. «Rose und Percy?»

Weder blinzelte er, noch drehte er sich um. Er nickte nur. «Gavin ist Percys Friseur.»

Ich schaute wieder ins Feuer. «Das wusste ich nicht.»

«Sie haben sich Freitagmorgen miteinander unterhalten, als Percy sich bei ihm die Haare hat legen lassen. Dann hat Percy mit Rose gesprochen. Gestern Nachmittag sind sie dann zusammen bei mir aufgetaucht. Eine respekteinflößende Delegation.»

«Kann ich mir vorstellen.»

«Rose hat sogar Belege mitgebracht, in Gestalt von E-Mails und Zetteln, aber die musste ich mir gar nicht ansehen. Ich habe ihnen nur gesagt, was ich allen anderen gesagt habe: Dass ich ebenfalls nicht glaube, dass du jemals etwas tun, sagen oder schreiben würdest, um jemandem absichtlich zu schaden.»

Ich atmete tief durch und zwang mich, mich zu konzentrieren, um diesmal nichts Dummes zu sagen. «Letzten Samstag scheinst du das aber noch geglaubt zu haben. Es ist eine Schande und nicht besonders schmeichelhaft, dass es so lange gedauert hat, bis du zu diesem Schluss gekommen bist», sagte ich dann.

Schließlich sah er mich ruhig an. «Ich habe fünf Minuten gebraucht. Wahrscheinlich weniger.»

«Und warum hast du es mir dann nicht gesagt, statt mit großem Getöse nach Hause zu rennen?», erwiderte ich leicht verärgert.

Seine Mundwinkel zuckten, als müsse er ein Lächeln unterdrücken, was meinen Ärger nur noch befeuerte. War das alles nur ein Witz für ihn? Hatte er eine Woche lang nur so getan, als wäre er wütend und verletzt, obwohl er die ganze Sache in Wirklichkeit sehr unterhaltsam gefunden hatte – ein Spiel mit Gefühlen, ebenso leidenschaftlich gespielt, wie Gavin Schiffeversenken spielte?

«Wie schön, dass du das alles so lustig findest. Und schön, dass deine Gefühle so tief sind.»

Er runzelte die Stirn. «Was meinst du damit?»

«Ich meine, dass ein Mensch mit Gefühlen zurück ins Restaurant gegangen wäre, um mich zu beruhigen. Ein Mensch mit Gefühlen hätte mich nicht so außer mir, so einsam und beschämt allein gelassen und so beinahe mein Weihnachtsfest ruiniert.»

«Stimmt», sagte er ruhig. «Deshalb bin ich auch ins Restaurant zurückgegangen. Ungefähr zehn Minuten später war ich wieder da, aber sie sagten mir, dass du nur einen Augenblick nach mir gegangen wärst, ohne das Taxi.»

«Oh», machte ich, weil er mir so effektiv den Wind aus den Segeln genommen hatte. «Ah, aber warum bist du mir dann nicht hinterhergegangen? War es dein Ego? Oder der Stolz vielleicht?», fragte ich mit erhobenem Zeigefinger wie ein triumphierender Staatsanwalt im Kreuzverhör.

«Wenn Ego oder Stolz eine Rolle gespielt hätten, wäre ich erst gar nicht zurückgekommen. Tatsache ist, dass ich ein Taxi angehalten habe und sofort zu deiner Wohnung gefahren bin.»

«Oh», machte ich erneut. Es war irgendwie beunruhigend, dass James mir erneut ein Argument zerpflückt hatte, aber gleichzeitig freute ich mich, dass er mir gefolgt war. Es war alles so verwirrend. «Tante Barbara schenkt mir jedes Weihnachten einen neuen Pyjama», sagte ich.

«Sind sie vielleicht von John Lewis?»

«Weiß ich nicht genau.»

Er atmete tief durch. «Also, ehe du jetzt wieder in Panik verfällst, soll ich dir vielleicht erzählen, was passiert ist, nachdem ich das Taxi angehalten habe?»

«Ist gut», sagte ich leise.

«Ich habe den Fahrer gebeten, mich nach Henleaze zu fahren. Als ich vor deiner Wohnung ankam …»

Ich ächzte, weil es mir plötzlich dämmerte. «Du bist gleichzeitig mit mir vor meiner Wohnung angekommen!», rief ich.

«Ganz genau. Das bin ich.»

«Und du hast in einem blauen Bristoler Taxi gesessen!»

«Das habe ich.»

«Und ich …» Ich ließ mich zurückfallen und starrte in die festlich tanzenden Flammen im Kamin.

«Und du standst da mit Aiden. Um genau zu sein, lagst du in seinen Armen», sagte er leise.

Ich nickte langsam. «Ja. Sind das womöglich die persönlichen Umstände, die eine Beziehung mit mir unmöglich machen?»

«Jedenfalls wurde mir da klar, dass du immer noch eine sehr enge Beziehung zu ihm hast. Und als ich weiterfuhr, gingt ihr beide auf deine Wohnung zu.»

«Wenn du das Simone, Guy, Neil, Gavin oder Rose erzählt hättest, hätten sie …»

«Ich konnte mit niemandem darüber sprechen», unterbrach er mich. «Dann hätte ich vielleicht etwas ausgeplaudert, was dich oder andere sehr verletzt hätte.»

Ich warf die Arme hoch. «Und warum hast du *mich* dann nicht gefragt? Warum hast du mir nicht einfach gesagt, was du gesehen hast, und mich gebeten, es zu erklären?»

Er lächelte traurig. «Ich bin nicht aus Holz, Grace. Wenn du mich stichst, blute ich, weißt du. Dich zu bitten, mit mir essen zu gehen, war schon ohnehin so schwierig, weil es wichtig war – weil du wichtig geworden bist … für mich. Als ich dich dann mit Aiden sah, hielt ich es für richtig, mich zurückzuziehen, um niemandes Glück im Wege zu stehen, auch meinem eigenen nicht.»

«Und warum bist du jetzt gekommen? Um mir die Gelegenheit zu geben, dir zu beweisen, dass ich deiner wert bin? Damit ich alles erklären und dich davon überzeugen kann, dass ich niemals ein Verhältnis mit dem Mann einer anderen Frau eingehen würde, egal, was früher geschehen ist?» Ich schüttelte den Kopf. «Ich glaube, das will ich nicht.»

«Und ich würde dich auch nie darum bitten. Wobei ich schon darauf hinweisen möchte, dass du noch vor wenigen Augenblicken frustriert warst, weil ich dich *nicht* darum gebeten hatte, die Situation zu erklären.» Er sah mich an und zog eine Augenbraue hoch.

Langsam verzweifelte ich an seiner messerscharfen Argumentation und fühlte mich sehr erschöpft. «Und warum bist du dann hier?»

«Weil nach Simone, Guy, Neil, Gavin, Rose und Percy auch noch Aiden kam.»

«Aiden?», wiederholte ich leise. Diesen Namen hatte ich in dieser Aufzählung nun wirklich nicht erwartet.

«Ja, vorhin ist Aiden bei mir vorbeigekommen», wiederholte er. «Er wusste nicht, dass ich euch am letzten Samstag gesehen hatte. Er wusste nur, was du ihm erzählt hast, bevor du ihn zurück zu seiner Familie geschickt hast. Und wie alle anderen wollte er sichergehen, dass ich dich nicht für einen Menschen hielt, der absichtlich jemanden verletzen würde. Nicht einmal die Frau, die einen so großen Anteil am Scheitern eurer Ehe hatte.»

Ich war überwältigt von dem, was Aiden da getan hatte. Nicht für sich selbst, sondern für mich. «Aiden hat das wirklich …?»

Er nickte.

«Aber das ist ja so dermaßen …» Ich fand keine Worte, um meine Gefühle zu beschreiben. In unserer gesamten Beziehung als Partner, Ehepaar, als Exmann und als Freunde hatte Aiden nicht ein einziges Mal etwas so Selbstloses getan. Der Besuch bei James war nicht nur nicht eigennützig, sondern vermutlich auch noch beruflich schwierig, persönlich demütigend und emotional schmerzhaft.

«Dass er das für mich getan hat», murmelte ich.

«Du wirst eben geliebt, Grace», sagte James schlicht.

Wir schwiegen eine Weile, dann stand James auf. «Ich gehe dann besser mal wieder», sagte er.

Ich stand ebenfalls auf und bekam sogar ein höfliches Lächeln hin. «Ja, genau. Natürlich», sagte ich. Mir war fast ein wenig schwindelig von all den widerstreitenden Gefühlen in mir. Ich musste erst einmal einordnen, was ich gerade erfahren hatte. «Ich begleite dich hinaus.» Ich ging voran. «Danke, dass du gekommen bist», sagte ich und öffnete die Haustür. «Und dafür, dass du alles erklärt hast. Das ist einfach wunderbar. Frohe Weihnachten, James.» Plötzlich fühlte ich mich so unsagbar wohl, und ein glückliches Strahlen breitete sich auf meinem Gesicht aus.

Er lächelte etwas unsicher und trat hinaus.

«Tschüs!», sagte ich fröhlich, schloss die Tür und ging eilig in die Küche.

Dort saßen Gavin und Neil mit ihren Baileys-Gläsern und einem Teller mit Pastetchen am Tisch. Ich klatschte in die Hände, und sie schauten fragend auf. «Es ist alles ganz phantastisch!», rief ich, umarmte sie beide, zog mir dann einen Stuhl heran. «Aiden ist auch zu James gegangen und hat ihm erklärt, dass nichts zwischen uns läuft.» Da Gavin und Neil mich verwirrt anschauten, sprach ich umso schneller. «James hat alles missverstanden, weil er mich Samstagnacht vor meiner Wohnung mit Aiden gesehen hat, als wir uns gerade umarmten. Und um fair zu sein, war das wirklich ein sehr emotionaler Moment, und wenn ich ganz ehrlich bin, habe ich wirklich kurz daran gedacht, mit Aiden zu knutschen. Aber nicht, weil ich ihn so mag», versicherte ich hastig, «sondern nur, weil es mir gerade so schlechtging und ich mich damit an Summer gerächt hätte. Aber was freue ich mich jetzt, dass ich ihn nicht geküsst habe, weil James im Taxi gesessen hat, wer weiß, was sonst passiert wäre? Und über diese ganze Sache mit Summer und Aiden bin ich so was von hinweg. Ich brauche diese kleinliche Rache nicht. Schon gar nicht, weil es doch diesen wunderbaren, umwerfenden James gibt. Ich bin Aiden ja so dankbar. Und James ist einfach …» Ich seufzte zufrieden und glücklich. «… Er ist so wunderbar-umwerfend. Er hat sich richtig um mich bemüht. Um mich!»

Es dämpfte meine Freude etwas, dass Gavin und Neil mein Strahlen nicht erwiderten. Stattdessen sahen sie sich verwirrt an. «Was? Was ist los? Freut ihr euch gar nicht für mich? Habe ich wieder etwas nicht kapiert? Jetzt ist doch alles in Butter, oder?»

«Die ist echt krass», murmelte Gavin und rieb sich die Schläfen. Neil sah mich irgendwie verzweifelt über den Rand seiner Brille an.

«Wo ist er, Grace?», fragte er sanft.

Ich zuckte die Achseln. «Wo ist wer?»

«James. Du weißt schon, dieser wunderbare, umwerfende Mann? Wo hast du ihn hingetan?»

«Naja, er ...», fing ich an, und dann begriff ich. «Ooh.»

«Genau.» Gavin seufzte genervt. «Statt diesem wunderbaren, umwerfenden Mann die Kleider vom Leib zu reißen und ihn dann einzuladen, mit uns etwas zu trinken, hast du ihn rausgeworfen. Hast du ihm wenigstens gesagt, wie wunderbar und umwerfend er ist, bevor du ihn rauskomplimentiert hast?»

«Ich habe ihm frohe Weihnachten gewünscht. Aber das ist nicht ganz dasselbe, oder?», fragte ich verunsichert.

Sie schüttelten ihre Köpfe.

«Hast du denn *irgendetwas* gesagt, was man mit viel Phantasie dahingehend interpretieren kann, dass du dich von ihm angezogen fühlst?», fragte Neil.

Ich rief mir die Unterhaltung mit James ins Gedächtnis. «Mist», sagte ich dann.

Ich starrte niedergeschlagen an meinem Einteiler herab und sprang dann auf. «Kann mir einer von euch große Stiefel oder Schuhe leihen?»

«Was?», fragte Neil verständnislos.

«Ja!», rief Gavin, rannte in den Flur und holte ein Paar schwarze Gummistiefel. «Hier, da passen auch deine Schafhufe hinein!»

«Tu das nicht. Lass es eine Stunde oder so sacken, dann ruf ihn an», warnte Neil erschrocken.

«Ach, halt doch den Rand, Cary Grant!», sagte Gavin und stützte mich, während ich versuchte, meinen Plüschfuß in den Gummistiefel zu zwängen. «Wo ist dein Sinn für Romantik geblieben?» Er hob meinen Fuß. «Einfach zutreten, Grace. Richtig doll!»

«Sie sind doch ein bisschen eng», sagte ich atemlos und machte mich daran, den anderen Huf in den zweiten Gummistiefel zu schieben. «Aber jetzt bin ich drin.»

Gavin strahlte «Super. Jetzt los mit dir. Er kann noch nicht so weit sein, und wenn er schon weg sein sollte, tja, dann hast du ja immer noch Plan B von diesem Langweiler hier.» Er machte eine herablassende Kopfbewegung in Richtung Neil, schob mich dann in den Flur und öffnete mir die Haustür. «Geht's nicht noch ein bisschen schneller?», feuerte er mich an, während ich den Flur entlanghumpelte. «Long John Silver mit seinem Holzbein würde dich locker überholen.»

«Diese Gummistiefel sitzen so eng an meinen Hufen. Ich tu ja schon, was ich kann!»

«Ich weiß, ich weiß», sagte er tröstend und half mir in Neils grauen Fischgrätmantel. «Behalt den an. Und geh nicht zu weit. Nur aus dem Gartentor heraus und ein paar Schritte rechts und links die Straße entlang. Und setz die Kapuze auf! Es ist kalt draußen.»

«Danke», sagte ich atemlos, schlurfte zum Gartentor und winkte ihm zu. «Geh du wieder rein. Du hast nur den Pyjama und deine Pantoffeln an.»

«Lauf, Forrest, lauf!», lachte er. Ich hörte, wie er die Haustür schloss, als ich auf den Bürgersteig trat.

Die Straße lag verlassen und still da. Ich schaute mich nach rechts und links um und beschloss, bis zur Biegung in die Richtung zu gehen, in die James gehen musste, wenn er nach Hause wollte. So schnell mich meine extrem zusammengequetschten

Füße trugen, hoppelte ich in weniger als einer Minute zur Biegung. Von hier aus konnte ich bis zum Ende der Straße schauen, aber es war keine Spur von James zu entdecken.

Enttäuscht hinkte ich in die andere Richtung, für den Fall, dass er sich entschlossen hatte, auf dem Heimweg vielleicht einen Abstecher in den Supermarkt zu machen. Es war eine ziemlich verzweifelte Hoffnung, aber noch wollte ich nicht aufgeben. Lange Schritte erwiesen sich als effektiver und weniger schmerzhaft als kleinere, also humpelte ich jetzt langsamer, aber mit riesigen Schritten, ungefähr so wie Neil Armstrong, als er aus Apollo 11 auf den Mond trat. In einer, wie ich fand, unter den gegebenen Umständen beeindruckenden Zeit kam ich wieder bei Neil und Gavin an, ging aber weiter, die Bewegung der Wohnzimmervorhänge geflissentlich ignorierend, bis ich ganz bis zum anderen Ende der Straße schauen konnte.

Keine Spur von James. Ich ließ den Kopf hängen. Allerdings kam mir eine Gruppe von etwa sechs Erwachsenen und drei oder vier Kindern entgegen, die Musikinstrumente trugen. Sie grüßten freundlich und wirkten beeindruckend unbeeindruckt von dem Schaf in Gummistiefeln und Ted-Baker-Mantel. Ich brachte ein schwaches Lächeln zustande und sagte halbherzig «Fröhliche Weihnachten», um mich dann einigermaßen niedergeschlagen umzudrehen und langsam und mit schmerzenden Füßen zurückzuschlurfen.

Als ich wieder vor Neils und Gavins Haus ankam, standen die beiden zu meiner Erleichterung nicht mehr hinter dem Vorhang. Ich ging nicht gleich wieder hinein, um mich ein wenig zu sammeln und wieder sorglos und heiter zu wirken. Also atmete ich erst einmal tief durch und lächelte probeweise.

Hinter mir hörte ich das Geräusch einer sich öffnenden Autotür. «Grace», sagte jemand, und ich drehte mich um.

James stand neben seinem Auto, einen Arm auf das Dach gelegt, und wirkte vollkommen entspannt.

Das Lächeln auf meinem Gesicht verschwand sofort. «Hast du etwa die ganze Zeit im Auto gesessen und zugeschaut, wie ich die Straße hoch- und runterrenne?»

Er nickte.

Ich gestikulierte wild. «Und warum, in drei Teufels Namen, bist du nicht gleich ausgestiegen?»

Er ging um das Auto herum und stellte sich vor mich, ohne zu lächeln oder zu blinzeln. «Weil es lustig war.»

Ich zog meinen Mantel zurecht, schaute auf meine schwarzen Gummistiefel und den plüschigen Stoff, der sich darüber bauschte, sodass meine Beine riesigen Hähnchenschenkeln aus Wolle ähnelten. «Na gut, ich verstehe, dass das womöglich recht lustig ausgesehen haben muss», gab ich widerwillig zu.

«Diese Unterhaltung, die wir da drin hatten, die ist nicht …», James hielt inne und schaute auf seine Schuhe, «… sie ist nicht ganz so gelaufen, wie ich gehofft hatte.» Er schaute wieder hoch und lächelte dann, wie immer mit Verzögerung. «Wie siehst du das denn?»

Seine Frage verwirrte mich ein wenig. «Naja, ich hätte gern das eine oder andere Argument für mich verbucht, aber du scheinst irgendwie immer zu gewinnen.»

«Okay …»

«Und ich hätte es vorgezogen, dabei nicht gerade in einem Schaf-Einteiler zu stecken.»

«Verstehe. Aber davon mal abgesehen, fandst du, dass es gut gelaufen ist?»

«Ich hätte es lieber gehabt …», fing ich an und bemühte mich mit aller Kraft, mich nicht von der Situation überwältigen zu lassen. «Ich hätte dich lieber nicht hinausbegleitet und …»

James schwieg, zog eine Braue hoch und wartete.

Ich erinnerte mich gerade noch rechtzeitig an Neils Rat, mich in Krisensituationen einfach nur an die Tatsachen zu halten und so wenig Information wie möglich zu geben, also sagte ich: «Und ich finde dich wunderbar-umwerfend, James.»

«Das beruht in jeder Hinsicht auf Gegenseitigkeit, Grace», sagte er leise und lächelte.

«Das ist doch gut, oder?», flüsterte ich. Erstaunlich ruhig trat ich einen Schritt auf ihn zu, legte meine Arme um seinen Hals und küsste ihn. Seine Arme hingen ein, zwei Sekunden reglos an ihm herunter, bis er mir endlich die Kapuze herunterschob und mich auf eine Art küsste, auf die ich mindestens eine Woche und vielleicht sogar mein ganzes Leben gewartet hatte.

Hätte man mir nicht sanft auf die Schulter getippt und sehr leise «Entschuldigen Sie bitte» gesagt, hätte ich ihn vielleicht niemals mehr losgelassen. Aber so drehte ich mich um und sah, natürlich, die Weihnachtssänger.

«Verzeihung, aber wenn Sie ihn küssen, können wir nicht an Ihnen vorbei und hier hinein», sagte ein hochgewachsener, älterer Herr in einer Barbour-Jacke.

«Oh ja, Entschuldigung», sagte ich und trat mit James einen Schritt zurück. «Wir haben Sie gar nicht kommen hören. Es hat ja auch niemand gekreischt.»

«Gekreischt?», fragte er nach.

«Ich meinte, gesungen», sagte ich leise. «Da habe ich mich wohl versprochen.»

Er nickte. «Offenbar sind überraschend viele Leute heute Abend nicht zu Hause, obwohl sie das Licht angelassen haben», sagte er und sah sich etwas verwirrt um. «Oh, aber Neil ist da.» Neil und Gavin hatten die Vorhänge jetzt weit aufgezogen und standen am Fenster. Neil hatte die Hände in die Hosentaschen gesteckt und lächelte breit, während Gavin geschmacklose Dinge mit seiner Zunge machte, die Hüften vor und zurück bewegte und die Daumen reckte. «Und sein Partner scheint sich ja diesmal ganz besonders zu freuen, uns zu sehen», sagte der Barbour-Mann heiter. Damit setzte sich das Grüppchen in Bewegung und ging auf die Haustür zu.

Ich schaute ihnen noch immer hinterher, als James meine Hand nahm. «Was ich sagen wollte, als wir dadrinnen waren, ist, dass es mir leidtut, dass ich letzten Samstag das Restaurant verlassen habe, selbst wenn es nur zehn Minuten waren. Das war ein Fehler.» Er strich mir über das Haar. «Es ist nur so, dass es mir überraschend schwerfällt, klar zu denken, wenn du in meiner Nähe bist.»

Ich schüttelte den Kopf. «Mir tut es leid, dass ich gesagt habe, dass du gehen sollst. Es ist nur so, dass es mir überraschend schwerfällt, vernünftig zu reden, wenn du in meiner Nähe bist.»

«Wirklich? Ist mir gar nicht aufgefallen», sagte er lächelnd und zog mich an sich. «Aber wenn das so ist, sollten wir einfach eine Pause vom Sprechen und Denken machen.» Er küsste mich erneut.

«Das war ja *so* eine gute Idee», hauchte ich schließlich. «Ich finde, in Zukunft sollten wir immer eine Pause machen, wenn wir keine Worte finden …», ich küsste ihn erneut, «… oder Gedanken.»

«Ist gut. Weißt du, das hier läuft weit besser, als ich erhofft hatte. Vielleicht mal abgesehen von diesen riesigen Gummistiefeln. Ich kann jetzt nicht behaupten, meine Daumen dafür gedrückt zu haben.»

«Ich finde sie toll. Es sind meine Glücksgummistiefel.» Ich hielt ihn ganz fest und legte meinen Kopf auf seine Brust. «Könntest du vielleicht reinkommen und etwas mit uns trinken – oh, vielleicht, wenn die da weg sind?» Die Weihnachtssänger hatten plötzlich und sehr schief ein Lied angestimmt. «Ich bin mir nicht sicher, ob sie den Begriff ‹Medley› wirklich verstanden haben. Sie scheinen all ihre Lieder gleichzeitig zu singen, statt eins nach dem anderen.»

Er antwortete nicht, also wandte ich mich wieder zu ihm um. Er sah mich aufmerksam und ziemlich ernst an. «Was denkst du gerade?», fragte ich.

Er blinzelte. «Ich habe gedacht …»

«Ja?»

«Ich habe gedacht, dass du geliebt wirst, Grace.»

Ich atmete tief durch und lächelte ihn an. «Du auch», sagte ich, stellte mich auf die Spitzen meiner Gummistiefel und küsste ihn. «Du auch.»

Epilog

Acht Monate später

«Hallo?», rief ich, öffnete die Haustür und trat ein. «Rose?»

Niemand antwortete. Ich schloss die Tür hinter mir, zog meine Strickjacke aus und legte sie zusammen mit meiner Tasche über das Treppengeländer, seufzte müde und ging in die Küche.

Dort setzte ich Wasser auf und ließ mich auf einen Küchenstuhl fallen. Ich stützte den Kopf in die Hände und starrte an die Wand. Die körperlichen und seelischen Anstrengungen des Nachmittags forderten ihren Tribut.

Ich regte mich erst wieder, als der Kessel pfiff, raffte mich auf, stellte das Gas aus und machte mir eine Tasse Tee.

«Hallo, Gracie», sagte Rose fröhlich und unglaublich laut, als sie die Küche betrat.

«Ach du meine Güte, Rose!» Ich wirbelte herum und legte die Hand auf die Brust. «Ich dachte schon, ich hätte dich verpasst. Ich habe gerufen, als ich reingekommen bin.»

«Entschuldige, das habe ich gar nicht gehört.» Sie griff in die Tasche ihres Overalls und hielt den iPod und die Ohrstecker hoch, die Tony ihr einen Monat zuvor zum Geburtstag geschenkt hatte. «Bruce Springsteen», sagte sie, steckte sich einen Finger ins Ohr und rüttelte ihn. «Ich glaube, ich bin jetzt ein bisschen taub. Schreie ich eigentlich?»

«Nein, alles in Ordnung. Eine Tasse Tee? Einen Keks?» Ich holte die abgenutzte Dose vom Regal und zeigte ihr den Inhalt. «Habe ich gestern erst aufgefüllt. Guck mal, ich habe auch Schokokekse.»

«Verführerin», sagte sie und nahm einen. «Danke schön.»

«Und einen Tee?»

«Ich würde wirklich gerne, aber ich kann heute leider nicht», sagte sie und setzte sich. «Tony ist schon auf dem Weg, und ich muss ja noch packen.»

«Du freust dich bestimmt sehr auf den Urlaub und darauf, Violet wiederzusehen», sagte ich und setzte mich zu ihr.

«Ja, das tue ich. Nur zwei Wochen natürlich, aber diesmal wird es viel heißer sein, sodass ich danach vermutlich ohnehin genug habe.»

«Und Violet besucht euch an Weihnachten, oder?»

«Ja. Aber jetzt sag schnell, wie war der Nachmittag mit Neil?» Sie biss ein Stück von ihrem Keks ab und hielt die Hand unter ihr Kinn, um die Krümel aufzufangen.

Ich verzog das Gesicht.

«Oh, nein. Mochte er das auch nicht?»

Ich schüttelte den Kopf, und sie seufzte traurig. «Habt ihr denn noch andere Ideen?»

«Naja, ich überlege ernsthaft, ihn umzubringen, wenn das als Idee zählt. Wenn ich gewusst hätte, Rose, dass ich monatelang jede zweite Woche mit ihm durch ganz Gloucestershire, Wiltshire und Somerset reisen muss, hätte ich mich bestimmt nicht dazu bereit erklärt, seine Trauzeugin zu werden.»

Rose legte ihre Hand auf meine. «Offenbar schätzt er deine Meinung sehr.»

«Ich weiß, und wir bekommen jedes Mal Kuchen umsonst», erwiderte ich, um ein bisschen positiver zu klingen. «Aber ich sage dir, es war wirklich gut, dass er schon aus dem Auto gestiegen war, als er sagte, wir sollten vielleicht doch noch mal nach Chalke Hall fahren.»

«Chalke Hall? Aber war das nicht der erste Landsitz, den ihr euch angeschaut habt?»

Ich nickte feierlich. «Das war er. Zum Glück hat er meine Flüche nicht gehört, weil er schon die Autotür zugeschlagen hatte.»

Rose lachte. «Konntet ihr auch über andere Themen sprechen? Über das Buch?»

«Oh ja, das ist alles in Ordnung. Er findet es toll. Und auch das Exposé des nächsten Buches. Das sind also alles Luxusprobleme in meinem Leben, Rose.»

Sie tätschelte meinen Arm. «Du hast dir dein Glück redlich verdient, Gracie. Was du alles durchmachen musstest, und trotzdem hast du dich nicht unterkriegen lassen.»

Ich lächelte. «Ohne dich hätte ich das nicht geschafft, Rose.»

Sie sah mich gerührt an. In diesem Moment klingelte ihr Handy. «Tony ist draußen», sagte sie mit Blick auf das Display. «Ich geh dann mal lieber.»

Ich umarmte sie lange und sagte: «Ich wünsche dir einen wunderbaren Urlaub. Wir sehen uns dann in ein paar Wochen.»

«Ja, und ich hoffe, dass Neil sich für eine Location für seinen Hochzeitsempfang entschieden hat, wenn ich zurück bin.»

«Darauf würde ich lieber nicht wetten», sagte ich resigniert.

Sie nahm ihre grüne Tasche, die sie neben der Tür zum Arbeitszimmer hatte stehen lassen. «Oh, und bevor ich's vergesse, ich habe eine Schachtel mit Schokosticks unter deinem Bett gefunden. Ihr Haltbarkeitsdatum ist noch nicht abgelaufen, also habe ich sie in den Kühlschrank gelegt.»

«Danke, Rose, aber das sind meine», sagte James. Er stand am Fuß der Treppe und schaute zu uns hoch. «Ich hatte mich schon gefragt, wo sie eigentlich geblieben sind … diesmal.»

«Hör auf, Grace zu ärgern.» Rose drohte ihm mit dem Finger. Sie nickte in Richtung des roten Fiats, der vor Percys Haus stand, winkte mir noch einmal zu, umarmte James schnell und ging.

James und ich standen nebeneinander an der Haustür, er hatte den Arm um meine Schultern gelegt, ich meinen um seine Taille, und so schauten wir Rose hinterher. «Wie viel eklige schimmelige Schokolade wohl unter unserem Bett liegen wird, bis sie wieder da ist», sagte er versonnen.

«Keine Sorge. Solange du jedes Mal nachschaust, wenn du staubsaugst, wird es schon gehen.»

«Du hast recht.» Er hob die Hand und winkte, weil Tony seinen Arm aus dem heruntergekurbelten Autofenster streckte und davonfuhr. «Da bin ich wohl völlig grundlos in Panik geraten.»

«Nicht schlimm. Immerhin kannst du ja von meiner professionellen Erfahrung nutznießen.»

«Da wir gerade von Professionalität sprechen … müsste es nicht heißen ‹meine professionelle Erfahrung nutznießen›? Ich bin ja kein Schriftsteller, aber mir doch ziemlich sicher, dass das der richtige Gebrauch des Wortes ist.»

«Siehst du die Langeweile auf meinem Gesicht?», fragte ich und schaute zu ihm hoch.

«Na gut. Wie wäre es, wenn wir uns ein Glas einschenkten und uns in den Garten setzten? Du kannst mir alles von Neils Hochzeitsplänen erzählen. Oder langweilt dich das Thema Hochzeit genauso wie das Thema Grammatik?»

«Überhaupt nicht.» Ich strich ihm das Haar glatt, stellte mich dann auf die Zehenspitzen und küsste ihn auf die Wange. «Ich bin weiterhin ein großer Fan von Hochzeiten.»

«Das ist eine wirklich gute Nachricht, ich nämlich auch.» Damit wandte er sich zu mir. Sein Gesicht war jetzt ganz ernst.

«Tust du das jetzt wirklich?», fragte ich leise.

«Ja, Grace.» Einen Augenblick lang schien er nachzudenken, dann fügte er hinzu: «Ich tue das jetzt wirklich.» Dann lächelte er, nahm mich bei der Hand und zog mich ins Haus. «Komm, lass uns darüber sprechen.»

Weitere Titel von Jo Platt

Die Bücherfreundinnen

Die Liebe schreibt die schönsten Geschichten

Herz über Kopf

Jo Platt
Herz über Kopf

Ihren Freitagabend möchte Ros eigentlich nur in der Gesellschaft einer Flasche Sekt vor dem Fernseher verbringen. Doch dann klingelt es an der Tür. Der merkwürdige bärtige Mann mit dem Blumenstrauß entpuppt sich als ihr Nachbar Daniel, und er bringt schlechte Nachrichten: Er hat Mr. Edward, das Meerschweinchen, überfahren. Mit dem Rasenmäher. Der Verlust des Nagers stürzt Ros in eine emotionale Krise. 18 Monate ist es her, dass ihr Verlobter – von Ros nur liebevoll die Ratte genannt – aus der Kirche floh, am Tag ihrer Hochzeit, durch das Fenster der Sakristei. Und es ist nicht übertrieben zu behaupten, dass das vorzeitige Ableben von Mr. Edward einen noch größeren Einfluss auf Ros' Leben hat als die Flucht der Ratte …
Seit Helen Fielding und Marian Keyes wurde nicht mehr so pointiert über die komplizierte Beziehung zwischen Männern und Frauen geschrieben.

368 Seiten

«Wer mal wieder richtig Lust hat auf britische Fabulierkunst, der wird mit diesem Roman richtig Spaß haben.»

Love Letter

MIX
Papier aus verantwortungsvollen Quellen
FSC® C083411
www.fsc.org

Das für dieses Buch verwendete Papier ist FSC®-zertifiziert.